KB133820

강렬한 울림을 주는 이야기 주제 잡는 법

K. M. 웨일랜드

박상미 옮김

Writing Your Story's Theme by K.M. Weiland

copyright © 2020 by K.M. Weiland

All rights reserved

Korean Translation Copyright ⓒ2024 Geuldam Publishing Co.

Korean edition is published by arrangement with K.M. Weiland through Corea Literary Agency, Seoul

이 책의 한국어판 저작권은 Corea 에이전시를 통해 K.M. Weiland와 독점계약한 글담출판사에 있습니다.

신 저작권법에 따라 한국 내에서 보호받는 저작물이므로 무단 전재와 복제를 금합니다.

강렬한 울림을 주는 이야기 주제 잡는 법

K.M. 웨일랜드 지음 | 박상미 옮김 WRITING YOUR STORY'S THEME

독자 마음을 사로잡는 법을 알려주는 단 한 권의 지침서

난다아날로그

차례

제6장

이야기의 서브텍스트 심화하기

제7장

의미 있는 상징 담기

제8장

이야기에 가장 잘 맞는 주제를 공들여 만들기

들어가며　어떻게 하면 영원히 기억될 이야기를 쓸 수 있을까?

옛날 옛적에 캐릭터Character와 플롯Plot이 사랑에 빠졌습니다. 둘의 관계는 처음부터 폭풍 같았습니다. 열정적이고 낭만적이고 크나큰 대가를 치러야 했지요. 그들은 더 이상 한순간도 함께 살 수 없다고 확신한 적도 있었습니다. 상대방을 완전히 포기하려고도 했습니다. 그러나 아무리 단호하게 마음을 먹어도 미적지근한 소설 한두 권보다 더 오래 떨어져 있을 수는 없었지요. 아니나 다를까 이 불행한 연인은 언제나 재회했고, 그들은 세월이 흘러도 환생해서 계속 상대방을 찾았습니다.

그들은 주제Theme가 멀리서 지켜보며 자신들을 짝사랑한다는 사실을 전혀 깨닫지 못하는 것 같았습니다. 팬들이 플롯이냐 캐릭터냐에 대해 열렬히 논쟁하던 좋은 시절 동안 몰래 둘의 관계를 맺어준 것은 주제였습니다. 주제는 플롯과 캐릭터가 서로를 미워한다고 생각할 때도 둘이 계속 함께하도록 뒤에서 애썼지요. 주제는 그들의 결합에 의미를 부여하고, 그들을 팀으로 만들었습니다.

그리고 가장 위대한 삼각관계는 모든 소설에서 그렇게 계속됩니다.

★ ★ ★

작가들은 닭이 먼저냐, 달걀이 먼저냐라는 논쟁이라도 벌이듯 플롯과 캐릭터의 장점을 자주 따져 본다. '뭐가 먼저지?' '뭐가 더 중요하지?' '진정으로 위대한 이야기의 특징은 뭐지?' 하지만 이 논쟁의 패러다임은 잘못됐다.

먼저 캐릭터 중심 소설은 한 가지 소설 기법을 제공하고 플롯 중심의 소설은 다른 기법을 제공하기 때문에 두 가지가 똑같이 유효하므로 결정적인 답이 없는 딜레마다. 이러한 질문은 캐릭터와 플롯의 관계가 더 큰 삼각형, 바로 뾰족하고 형이상학적이며 강력하고 피할 수 없는 주제로 완성되는 삼각형의 일부라는 사실을 무시하는 경향이 있다는 점이 중요하다.

플롯과 캐릭터의 주도권 싸움에서 주제가 그렇게 자주 배제되는 이유는 무엇일까? 몇 가지 이유가 있다.

가장 분명한 이유는 단순히 작가들이 종종 주제를 플롯, 캐릭터와 같은 범주로 보지 않기 때문이다. 플롯과 캐릭터는 이야기의 구체적인 부분이지만 주제는 더 추상적으로 보인다. 플롯과 캐릭터는 "얘들아, 이건 어떻게 하는 거냐 하면……"라고 설명하는 것처럼 거의 언제나 기법 측면에서 논의된다. 반면에 주제는 모호하게 손짓하며 "아, 있잖아요, 그저 뭐랄까, 그냥 그렇게 일어나는……"라고 언급되는 경우가 많다.

작가들은 주제의 모호성이라는 이 원칙을 일종의 종교로 바꾸어버린다. 열정 넘치는 신인 작가가 주제를 찾기 위해 질문하면 ("어떻게 하면 강력한 주제로 이야기를 쓸 수 있습니까?") 단호하고 불가사의한 대답이 돌아온다("주제를 의도적으로 쓰지 말아야 한다").

그런 불가사의함은 주제가 어떻게 기능하고 이야기의 다른 주요 요소와 어떻게 상호 작용하는지 제대로 이해하지 못하기 때문에 생긴다. 가장 명확하고 정확한 주제를 제대로 만들어내지 못하는 경우가 많기 때문에 작가들은 때로 스스로 겁을 먹고 아예 주제에서 멀어진다. 우리는 설교조의 주제에 관해 건전한 두려움을 갖다가 점점 불합리하게 주제를 아예 피하게 된다.

강력하고 응집력 있는 주제는 작가의 무의식에서 자연스럽게 떠오르는 경우도 있다. 하지만 작가의 의도적 이해와 이야기의 다른 주요 요소인 플롯과 캐릭터를 사용한 덕분에 이처럼 본능적인 것처럼 보이는 주제가 떠오른다는 것이 진실에 더 가깝다.

여기에는 비밀이 있다. 플롯과 캐릭터아크Character arc(인물호人物弧. 이야기가 진행되는 과정에서 경험에 따라 인물이 변화하는 과정 — 옮긴이)를 제대로 이해하고 의도적으로 만들어낼 수 있으면, 그 무의식을 주제로 확장하는 데 아주 가까워진 것이다. 더 이상 당신이 글을 쓸 수 있을 만큼 충분히 이해하는 방식으로 무의식이 당신에게 말을 걸기를 바라고 기도할 필요가 없다. 훌륭한 플롯과 멋진 캐릭터들이 때로는 멋진 이야기로 결합되지 않는지 더 이상 혼란스러워 하지 않아도 된다. 독자들이 내 이야기에 영혼이 없거나 그것이 독선적 설교라고(마찬가지로 나쁘다) 생각할까 봐 걱정할 필요도 없다. 대신 주제를 안개 속에서 꺼내 밝은 햇빛 속에서 작용할 수 있게 함으로써 이야기에서 결정을 내려야 할 때마다 지침으로 삼을 수 있다.

나는 이 글의 첫머리 우화에서 플롯과 캐릭터, 주제를 삼각관계로 제시했다. 하지만 소설의 세 주요 요소가 끊임없이 재생되는 관계를 나타내는 원 모양이 이해하는 데에는 더 도움이 될 것이다. 플롯, 캐릭터, 주제는 이야기에서 각각 개별적이고 고립된 측면이 아니다. 그러므로 그 요소들은 따로 떼어내 발전시킬 수 없다. 오히려 이들은 공생 관계다.

주제는 주인공이 어느 시점에 아무렇게나 내뱉는 축하 카드의 인사말 같은 감정이 아니다. 그보다 주제는 캐릭터를 만들고 캐릭터는 다시 플롯을 만들고, 플롯은 다시 온전한 원을 그리면서 주제를 만들고, 주제는 캐릭터를 만들고 캐릭터는 플롯을 만들고 플롯은 주제를 만드는 식으로 끝없이 반복되는 원을 형성한다.

솔직히 나는 이에 대해 생각만 해도 흥분된다. 주제는 더 광범위한 전체에서 발견되는 통일된 패턴을 나타내야 한다. 이는 주제가 플롯, 캐릭터와의 관계에서 생산적이며 동시에 수용적인 요소라는 것이 온전히 이치에 맞는다는 의미다. 존 가드너는 그의 고전 《소설의 기술The Art of Fiction》에서 이렇게 썼다.

> "주제는 …… 이야기에 편승하는 것이 아니라 이야기에서 환기된다. 작가의 직관적 행위로 시작되었다가 결국에는 작가의 지적 행위로 바뀐다."

이 말은 작가에게 세 가지 요소 가운데 하나에서 시작한 다음 그것을 이용해 다른 두 요소에서 응집력 있는 징후를 만들어낼 능력이 있다는 뜻이다. 플롯으로 시작했다면 그 열매에 캐릭터와 주제라는 씨앗이 이미 들어 있을 것이다. 캐릭터로 시작해도 마찬가지다. 그리고 주제로 시작한다면? 아, 더 이상 설교는 하지 않겠다. 이제 당신은 독자들에게 말로 표현하지 않고 플롯과 캐릭터를 통해 보여주는 강력한 메시지를 만들어낼 수 있다.

플롯과 캐릭터, 주제를 더 큰 전체의 세 가지 측면으로 보는 데 익숙해지면 각각 분리하기가 어려워져 가장 먼저 떠오른 것이 무엇인지도 구분하기 어려울 정도로 각각을 분리할 수 없게 된다.

소설 작가는 독자들에게 일관된 큰 그림을 보여주는 것을 목표로 삼아야 한다. 그 목표를 이루기 위해 가장 유용한 과정 중 하나는, 사실 더 큰 그림을 머릿속에서 세분화하고 분리한 구체적인 부분들을 마음에 두는 것이다. 이렇게만 해도 주제를 둘러싼 모호함의 안개를 없앨 수 있을 것이다. 이야기에서 어떤 것이 주요 조각이고 어떤 것이 그렇지 않은지 알게 되면, 그 조각들이 어떻게 관련되어 있고 서로 어떤 영향을 주는지 더 잘 이해할 수 있을 것이다.

당연히 이것은 모든 플롯 구조와 캐릭터아크 등을 모두 포함하는 심오하고 미묘한 소재다. 먼저 모든 이야기의 거의 모든 부분에서 발견할 수 있는 다음 세 가지(더하기 반)를 반영하는 요소를 생각해봐야 한다.

1a. 외부 플롯 행동

이것은 보통 주인공(그리고 다른 캐릭터들)의 적극적 행동과 반응적 행동으로 표현된다. 이것이 바로 이야기에서 일어나는 사건이며, 캐릭터들이 경험하고 독자들이 상상하는 행동이다. 예를 들어 다음과 같다.

◆ 《콜드 마운틴Cold Mountain》에서 인만이 집을 향해 여행한다.
◆ 《건지 감자껍질파이 북클럽The Guernsey Literary and Potato Peel Pie Society》에서 줄리엣이 섬사람들에게 제2차 세계대전 동안 그들이 겪은 일을 이야기해준다.

◆ 《두 도시 이야기A Tale of Two Cities》에서 시드니 칼튼이 찰스 다네이를 구한다.
◆ 《왕들의 길The Way of Kings》에서 칼라딘이 부서진 평원에서 벌어지는 끝없는 전쟁에서 노예 신분으로 싸운다.

1b. 주요 갈등

보통 주요 갈등은 외부 플롯 행동의 핵심 요소지만 다르게 표현되는 경우가 많기 때문에 독자적 층으로 고려할 만하다. 외부 플롯 행동은 보통 어떤 의미에서 물리적이지만, 주요 갈등은 정신적 수준에서 표현되는 경우가 많다. 그것은 사실상 주인공이 해결해야 할 퍼즐이다. 이는 완전한 미스터리일 수도 있고, 단순히 궁극적인 플롯 목표에 이르는 방법을 주인공에게 점진적으로 가르쳐주는 일련의 목표나 갈등, 결과일 수도 있다. 예를 들어 다음과 같다.

◆ 인만은 산속에서 방향을 찾는 법과, 도중에 만나는 사람들 때문에 생기는 장애물을 피하는 방법도 찾아내서 집으로 돌아가는 방법을 알아낸다.
◆ 줄리엣은 사라진 엘리자베스 매케너에게 무슨 일이 일어났는지 알아내기 위해 구체적인 미스터리를 추적한다. 한편으로는 일반적 수준에서 섬사람들과 이야기하기 위해 설득할

방법을 알아낸다.

♦ 시드니는 프랑스로 가서 다네이를 구할 계획을 세운다.

♦ 칼라딘은 처음에는 노예로, 그다음에는 군인으로 살아갈 방법
을 알아낸다.

2. 캐릭터아크

(반드시는 아니지만 대부분 주인공의) 캐릭터아크는 내적 갈등을 표
현하고, 내적 갈등은 플롯의 외부 행동을 통해 표현되면서 외적 갈
등을 다시 촉진하거나 외적 갈등으로 촉진된다.

우리가 목록에서 플롯이라는 맨위층(가장 분명한 층)부터 시작했
다. 하지만 연속된 층들을 더 깊이 파고들어갈수록 이야기의 핵심
에 점점 가까워진다. 이야기의 플롯 행동을 캐릭터의 내적 갈등과
성장이 외부로 표현된 은유로 생각해보자. 그러면 주제의 추상적
개념이 실제 이야기에서 구체적으로 만들어지는 핵심적인 방법
중 하나를 발견하게 될 것이다. 예를 들어 다음과 같다.

♦ 인만은 전투 중 부상을 입고 병원에 입원해 있던 중 탈영해서
고향에 있는 연인 아이다에게 돌아가고 싶다는 강렬한 욕망
때문에 생기는 의심과 괴로움을 떨치려 고전한다.

♦ 줄리엣은 건지섬 사람들 대부분과, 그중에서 특히 친절하지

만 과묵한 도시와 사랑에 빠지기 시작한다.

◆ 시드니는 루시를 위해 찰스를 구하려고 애쓴다. 왜냐하면 그렇게 하는 것이 자신이 사랑하는 여자와 함께할 수 있다는 헛된 희망을 버리는 것이기 때문이다.

◆ 칼라딘의 타고난 고귀함과 본능적 리더십이 운명에 대한 괴로움과 자신을 노예로 만든 사람들에 대한 증오와 경쟁한다.

3. 주제

이제 바닥까지 내려왔다. 이야기에서 가장 눈에 띄지 않지만 가장 중요한 주제는 앞서 다룬 모든 요소를 실현한 것이다. 이는 주인공 개인의 캐릭터아크와 외부 플롯 전체에서 펼쳐지는 진실과 거짓 사이의 상징적 논쟁이다. 그리고 이를 통해 캐릭터는 결국 성장하게 될 것이다. 예를 들어 다음과 같다.

◆ 인만과 아이다가 함께하기 위해 각자 투쟁하는 과정에서 고통에 맞서 의미를 찾는다는 자기 성찰적 주제가 드러난다.

◆ 줄리엣은 건지섬 사람들이 보여준 소박한 용기와 충성심을 사랑하게 되면서 마침내 자기 삶의 목적과 의미를 발견한다.

◆ 결국 다네이를 대신해 자신을 희생한 시드니는 "내가 그동안 알던 것보다 훨씬 훨씬 좋은 …… 휴식"의 대가로 자신의 방탕

한 삶을 포기한다.

◆ 자신의 괴로움과 증오를 극복하기 위해 고군분투하는 칼라 딘은 주변의 많은 캐릭터에게 반영되고 대비되며 결국 그들 의 도움을 받아 이타적인 지도자가 되기 위해 점점 자신을 헌 신하는 것으로 절정에 이른다.

지금까지 살펴본 것처럼 이야기에서는 플롯, 캐릭터, 주제라는 세 요소가 언급한 순서대로 잘 보인다. 하지만 이야기를 정의할 때 차지하는 중요성은 사실 그 반대다.

어떤 이야기를 쓰든 이야기의 가장 중요한 조각인 플롯과 캐릭 터, 주제가 모두 균형을 이뤄야 성공할 수 있다. 세 가지 중 한 가지 로 글을 쓰기 시작했더라도 결국에는 반드시 세 가지 모두를 고려 해서 써야 한다. 글을 쓰면서 세 가지를 동시에 목적에 맞게 만들 어낼 수 있다면, 주제를 그림자 밖으로 끌어낼 수 있을 뿐 아니라 깊은 의미와 목적이 있는 이야기를 만들어낼 수 있을 것이다.

"대단한 책을 쓰려면 대단한 주제를 골라야 한다.
지금까지 많은 사람이 시도했지만
벼룩을 소재로 해서는
훌륭하고 오래 읽히는 글을 쓸 수 없다."

– 허먼 멜빌

제1장

자신만의
주제 원칙 발견하기

내가 '무한한 단어'라고 생각하는 것들이 있다. 이는 우리가 설명할 수 있다고 생각하는 것보다 본질적으로 훨씬 많은 것을 표현한다. 바로 시에 쓰인 단어들이다. 사실 한 단어가 모든 것을 담고 있어 그 자체로 완벽한 시가 되는 단어가 많다. 내게는 '주제'가 그런 단어다.

주제는 평생 공부해도 결코 확실히 이해할 수 없는, 언제나 흥미로운 소재 중 하나다. 주제 주위를 여러 번 돌다가 깔끔하고 간단한 방식으로 그것을 정확히 담아냈다고 생각한 것도 잠시 결국 모호하고 신비로운 많은 측면 중에서 단 한 가지만 보았다는 사실을 깨닫게 된다.

그것은 재미있다.

실망스럽기도 하다.

작가에게(사실 모든 예술가에게) 무한한 주제와 맺는 유한한 관계는 우주를 이해하려고 밤하늘을 바라보는 것과 비슷하게 느껴질 수 있다. 많은 글쓰기가 그렇듯이 우리는 미쳐버리거나 "고생 끝에 낙이 온다"라는 사실을 깨닫는다.

주제를 정복하는 것이 그만큼 까다로운 이유는 주제에 관해 이야기하는 것이 마찬가지로 까다롭기 때문이다. 주제가 아주 방대하고 추상적인 제재다 보니, 작가마다 주제를 조금씩 다르게 정의한다. 나는 오랫동안 트위터와 페이스북에 '오늘의 글쓰기 질문들(#WQOTD)'을 올리면서 이 점을 직접 체험했다. 나는 가끔 "당신이 하는 이야기의 주제는 무엇입니까?"라고 단순하게 묻는다. 이 질문에 '책임감' 같은 한 단어로 요약해 줄줄이 말하는 작가에서부터, 자신의 주제를 한 단어로 규정할 수 없어 조바심내는 작가에 이르기까지 아주 다양하게 반응한다. 개인적으로 특히 좋아하는 주제를 요약하는 방법은 플롯에서 두드러지게 나타나는 캐릭터의 모든 변화를 중심으로 '진실'을 찾는 것이다. 하지만 다른 작가들은 그렇게 하는 대신에 바탕에 있는 화제나 반복되는 모티프를 찾기도 하는데, 이 방법 또한 유효하다. 하지만 그중 많은 것들이 결코 이야기에서 뚜렷하게 드러나지는 않는다.

이렇게 조금씩 다른 접근법이 많기 때문에 주제가 실제로 무엇인지 혼란스러울 수 있다. 이러한 접근법은 모두 정당해 보이고, 실제로 정당하다. 모든 접근법이 꼭 그 자체로 결정적인 것은 아니라 해도, 이야기의 더 큰 그림에 대한 시각을 가질 수 있도록 도와주기 때문이다. 각각의 관점이 우리가 하는 일을 의식적으로 분석하고 완성도를 높일 수 있는 기준을 제공한다는 점도 마찬가지로 중요하다.

뒤에 이어지는 장들에서는 플롯과 캐릭터라는 렌즈를 통해 주제를 살펴볼 것이다. 그럼으로써 주제의 징후를 더 구체적이고 분명하게 볼 수 있도록 도와줄 것이다. 그러나 먼저 우리는 주제 자체라는 문을 통해 제재로 들어가야 한다. '주제 자체'는 다음과 같은 주제의 가장 간단한 정의로 가장 잘 요약할 수 있다.

> 주제란 일관된 아이디어나 제재이고, 반복되는 패턴으로 살펴볼 수 있으며, 비교와 대조를 통해 확장된다.

소설의 주제는 '이야기의 교훈'에 불과하다는 좁은 관점에 갇히기 쉽다. 이 때문에 자신이 다루는 주제를 다른 표현 수단에서 살펴보는 것도 도움이 된다. 음악을 예로 들어 생각해보자. 음악은 순수한 감정이고, 때로는 정신적 또는 상상 속의 경험으로 표현될 뿐 아니라 신체적 경험으로도 표현된다. 음악은 말하지 않아도 이야기를 하고 진실을 전한다. 프랑스의 작곡가 피에르 셰페르는 다음과 같이 말했다.

> "변주곡으로 아주 오래된 주제를 연습할 때면 음악이 순간적으로 본성을 드러낸다. 그 순간에 음악의 모든 신비가 설명된다."

이야기도 마찬가지다. 지성과 행동, 감정이라는 다양한 옷을 입고 등장하기는 하지만, 이야기는 궁극적으로 주제를 표현한 것이다. 플롯과 캐릭터는 작가의 근본적인(때로는 무의식적인) 아이디어를 시각적 은유로 보여주는 겉치레일 뿐이다. 그런 아이디어에 보편적 진실이 들어 있다면, 플롯이나 캐릭터보다는 주제가 궁극적으로 독자들과 연결될 것이다.

이야기의 주제 원칙이란 무엇일까?

주제를 표현하는 가장 간단한 방법은 '주제 원칙thematic principle'을 이용하는 것이다. 주제 원칙은 단어일 수도 있고 문장일 수도 있다. 어떤 것이든 주제 원칙은 하고자 하는 이야기의 '일관된 아이디어'다. 이는 보편적 진실을 자신의 이야기로 표현하고 탐색하는 것이다. 보편적 진실의 형태는 다음과 같이 다양하다.

◆ ('전쟁은 악하다'처럼) 일반적 믿음을 증명하려 할 수도 있고, ('전쟁은 필요악이다'처럼) 일반적으로 받아들이는 믿음을 반증하려 할 수도 있다.

◆ ('우리는 왜 여기에 있는가?'처럼) 인간 존재에 대한 가장 심오한 질문을 다룰 수도 있고, ('사랑이 가장 중요하다'처럼) 우리가 가장 깊이 간직하고 있는 가치를 탐구할 수도 있다.

◆ 암묵적이든 명시적이든 ('사랑이 모든 것을 이긴다'처럼) 답을 제

시할 수도 있고, ('사랑이 모든 것을 이기는가?'처럼) 질문만 제기할 수도 있다.

◆ ('다른 사람의 생명을 희생해서 내 생명을 지켜도 괜찮은가?' 같은) 도덕적 딜레마에 초점을 맞출 수도 있고, ('도심에서의 삶' 같은) 특정 패턴을 단순히 강조할 수도 있다.

◆ ('나치 독일은 비도덕적이었다'처럼) 논평을 선택할 수도 있고, ('홀로코스트 사건'처럼) 단순하게 언급할 수도 있다.

◆ ('삶은 의미 있다'처럼) 고상한 진실을 선택할 수도 있고, ('고등학교 생활은 힘들다'처럼) 일상적인 것일 수도 있다.

◆ ('삶은 경이롭다'처럼) 낙관적일 수도 있고, ('인간은 이기적이다'처럼) 비관적일 수도 있다.

'주제 원칙은 모호하면 안 된다.' 훌륭하지만 주제가 불분명한 이야기를 제시할 수도 있으므로 언뜻 보면 이 명제를 쉽게 반증할 수 있을 것 같다. 그 이유는 훌륭한 주제가 뻔하거나 '정확한' 경우는 드물기 때문이다. 이야기가 제대로 전달된다면 아무리 미묘한 주제라도 모호하거나 우발적이지 않다는 점을 합리적으로 확신할 수 있다.

주제가 무엇인지 전혀 확신하지 못한 작가가 말하는 모호한 주제와, 이야기에 속속들이 완벽하게 스며들어 중요성이 거의 눈에 띄지 않는 미묘한 주제 사이에는 엄청난 차이가 있다.

내가 가장 좋아하는 영화 가운데 한 편인 존 스터지스 감독의 고전 작품 〈대탈주The Great Escape〉를 처음 분석할 때, 처음에는 일관된 주체 원칙을 명시적으로 요약하는 것이 어렵다고 생각했다. 이야기의 주제를 찾기 위해 내가 기대는 방법은 주인공의 캐릭터아크의 중심에서 진실을 확인한 다음, 이야기의 모든 측면에서 그것을 반영하는 진술을 찾는 것이다. 하지만 〈대탈주〉 같은 일부 이야기에서는 주제를 그리 쉽게 발견할 수 없다(뒤에서 더 자세히 설명할 것이다).

이야기를 간결한 '주제 원칙'으로 압축하는 것은 지나치게 단순화하는 것처럼 보일 수도 있다. 하지만 바로 그 이유로 주제 원칙은 값진 도구가 된다. 이야기의 본질을 가장 간결한 진술로 압축하면 그것을 글 전체를 이끌어가는 원칙으로 삼을 수 있다.

주제의 수준에서 자신의 이야기가 무엇에 관한 것인지 찾아내면 모든 장면, 모든 캐릭터의 충돌, 모든 부수적 상징성을 솔직하게 평가할 수 있다. 이야기의 모든 조각이 더 긴밀하게 결합될수록 주제가 더 강력해지고, 서툴게 설교하는 대신 플롯과 캐릭터아크를 통해 압도적으로 미묘함에 더 의지할 수 있다.

앞서 이야기한 대로 주제는 거의 혼자서 만들어지지 않는다. 주제 아이디어는 플롯 아이디어, 캐릭터 아이디어와 함께 빠르게 자란다. 이는 주제 원칙만 따로 찾아낼 필요가 없다는 뜻이다. 플롯의 요점과 캐릭터들의 변화를 찾아내면 주제 원칙을 곧바로 겨냥

하는 번쩍이는 큰 화살을 갖게 된다.

하지만 잠깐 주제 원칙에 관해서만 따로 이야기하고 싶다. 특히 플롯과 캐릭터아크가 통합적인 아이디어나 진실을 곧바로 가리키지 않는 것 같은 이야기들에서 주제를 찾아낼 수 있는 몇 가지 방법을 검토하려 한다.

이야기의 주제 원칙은
어떻게 찾을까?

〈대탈주〉를 다시 살펴보자. 이 영화는 연합군 공군이 제2차 세계대전 기간에 독일 포로수용소에서 탈출하기 위해 온갖 노력을 다하는 모습을 시간순으로 보여주는 실화다. 등장인물이 아주 많지만, 이 영화는 캐릭터에 대한 이야기가 아니라 사건에 대한 이야기다. 그렇다면 주제 원칙은 무엇일까? 이 이야기에서 놀라운 역사적 책략 이상으로 공유하려는 진실은 어떤 것일까?

표면적으로 〈대탈주〉는 작가들이 주제에 의식적으로 접근하면 안 된다고 느끼는 이유를 반영하는 것처럼 보일 수도 있다. 작가들이 주제를 유난히 잘 표현하면 오히려 관객들이 주제를 말로 표현하기 어려운 경우가 많기 때문이다(아론 코플랜드의 발레음악 〈로데오Rodeo〉나 귀스타브 홀스트의 모음곡 《행성The Planets》처럼 훌륭한 음악의 주제를 깊이 생각하지 않고 머릿속에 떠오르는 대로 말할 수 있는가?). 하지만 독자나 관객으로서 우리는 이야기의 주제들이 매끄럽게 연결되기 때문에 이런 어려움을 겪게 된다는 점에 유의해야 한다. 주제에 대한 작가의 무지 때문에 그런 어려움이 생기는 경우는 거의 없다.

다른 사람의 이야기를 읽거나 보는 사람으로서 또는 이야기를 쓰는 작가로서 주제를 찾아내기 위해 가장 먼저 살펴야 할 부분이 결말이다. 결말은 항상 이야기가 무엇을 말하려고 하는지 알려준다(유기적이고 성공적으로 결말에 이르는 이야기도 있다. 마지막 장면에서 사실 앞서 다룬 이야기가 약하게 뒷받침할 뿐인 주제가 담긴 주장을 보여주는 이야기도 있다). 얼마나 미묘하든 얼마나 노골적이든 절정의 순간에는 이야기의 주제가 담기고, 해결 장면에서는 보통 배경에 대해 설명한다.

이야기의 마지막 장면들에서 구체적인 아이디어를 찾아냈다면 앞서 다룬 이야기들을 다시 훑어봐야 한다. 앞에서 내내 같은 아이디어를 보여주었는가? 그러지 않았다면 이야기가 주제에 맞지 않는 것일 수 있다. 또는 작가가 이야기의 추상적 주제에 관한 구체적 정의를 적절하게 선택하지 못했을 수도 있다. 이런 경우라면 다시 써야 한다.

나는 결국 〈대탈주〉의 주제를 '불굴의 인간 정신'으로 규정했다. 이 이야기는 탈출한 전쟁 포로들이 대부분 죽거나 다시 포로가 되면서 끝난다. 겉으로는 이런 상황이 대단한 불굴의 정신을 보여주는 것 같지는 않다. 하지만 특히 두 장면을 통해 이 영화가 무엇에 관한 이야기인지 알려준다. 먼저 작전을 실행할 가치가 있는지 의심하는 밥 헨들리 대위에게 영국 고위 장교가 다음과 같이 반응한 장면이다.

"그거야 자네가 어떻게 보는가에 따라 달라지네, 헨들리."

이 제안은 스티브 맥퀸이 연기한 캐릭터 버질 힐츠 대위가 돌아옴으로써 바로 강화된다. 맥퀸이 (군사 법원으로 가는) 낙담한 포로수용소 지휘관을 제압하고 거만한 웃음을 지으며 영화가 끝난다. 독방으로 돌아가는 그의 도전적인 모습이 경쾌하지만 가슴 아픈 음악을 배경으로 화면에 펼쳐진다. 그 장면은 이 결말을 패배로 보면안 된다는 점을 힘주어 강조한다.

이렇게 이론화된 주제 원칙이 플롯과 캐릭터 개발보다 먼저 일어난 모든 일을 배경으로 화면에 나타나면, 우리는 모든 장면에서 그것이 어떻게 공감을 일으키는지 볼 수 있다. 하지만 그 힘은 미묘한 방식으로 확대된다. 주제를 말로 표현하는 대신 보여주는 것이다.

주제는 여전히 애매하게 남아 있다. 이야기의 주제 전제thematic premise는 여러 가지 방식으로 요약할 수 있다. 어떤 사람들은 〈대탈주〉를 들여다보고 나서 그것의 주제 전제를 다르게 표현할 것이다. 하지만 이러한 다양성은 보통 같은 원칙에 대한 다른 관점을 제안할 뿐이다. 예를 들어 어떤 사람은 '불굴의 인간 정신'이라고 표현한 주제를, 다른 사람은 '고결한 애국심'으로 표현할 수도 있다.

주제 원칙은 주제의 본질이다. 이야기의 주제에 관한 다른 모든 해석이 참조하거나 그 해석을 발달시키는 토대인 중심 아이디어로서 주제 원칙은, 이야기의 주제에 대한 계획을 세우고 주제를 찾아내기 위한 강력한 지점이다.

정교한 은유로 뻔하지 않게 주제 드러내기

일단 이야기의 주제 원칙을 찾아내면 진짜 글쓰기가 시작된다. 어떻게 하면 주제와 플롯을 매끄럽게 연결할 수 있을까? 주제와 관련된 은유는 이야기 세계에서 캐릭터들의 플롯 모험들에 숨겨진 의미로 생겨난다.

뛰어난 작가들은 겉으로는 플롯으로만 이루어진 것처럼 보여도 주제와 긴밀히 연관된 이야기를 만들어낸다. 그런 작가들은 너무 뻔하지 않은 방식으로 독자나 관객이 주제를 느끼고 깊이 생각할 수 있도록 설득력 있는 이야기를 쓴다. 그들이 주제와 플롯의 이음매를 매우 '정교한 은유'라는 보이지 않는 실로 봉합해서 연결한다.

은유는 작가들의 연장 가방에 들어 있는 기술 중에서 가장 실용적인 것이다. (작가의 기술들을 '연장 가방'과 비교한 것처럼) 비교를 통해 묘사할 때 기본적 문장 구조에서 가장 간단하게 은유를 이용한다. 가장 거시적 수준에서 이야기 자체는 규모가 큰 은유에 지나지 않는다. 다시 말해 허구적 인물들이 실제 삶을 묘사하는 은유로 만들어진 허구적 모험을 해나가는 것이다.

문장 수준과 이야기 수준 사이의 어딘가에서, 반복되는 또 다른 패턴을 발견하는 것은 놀라운 일이 아니다. 바로 이 지점에서 이야기의 보이지 않고 내재적인 주제를 가시적이고 표면적인 은유를 통해 플롯이 형상화하는 강력한 기술을 발견한다. 이야기에 대한 이러한 해석은 다양한 수준으로 명료하게 적용할 수 있다.

이처럼 다양한 해석 수준의 스펙트럼 한쪽 끝에서 우화들(《사자와 마녀와 옷장The Lion, the Witch, and the Wardrobe》, 《동물농장Animal Farm》 등)은 의도적으로 자신을 노골적 은유(각각 기독교와 소련)로 표현한다.

다른 쪽 끝에서는 사실을 기반으로 하거나 다큐드라마 이야기(《대탈주》, 《나, 클라우디우스I, Claudius》 등)는 실제 사건에서 의미를 추정하고 구체화함으로써 은유적으로 주제를 유추할 수 있게 한다. 이 범주에서 성공한 이야기와 성공하지 못한 이야기가 극명하게 대조된다는 점을 잠깐 짚고 넘어가자. 성공하지 못한 이야기는 실제 사건을 보여주기는 하지만 주제와 관련된 은유를 찾아내지 못한다. 또한 그런 사건의 중심에서 의미를 통합함으로써 플롯을 이야기로 탈바꿈하는 데 실패한다. 예를 들어 론 하워드 감독의 〈하트 오브 더 씨In the Heart of the Sea〉는 그 자체만 봐도 문제가 많다. 원자료source material를 공유하는 유명한 장편 서사, 즉 매우 은유적이고 주제를 잘 표현한 《모비 딕Moby Dick》과 비교하면 그 작품의 문제를 더 잘 알 수 있다.

두 극단 사이에는 은유로서의 이야기에 노골적으로 접근하는 방법이 얼마든지 있다. '설화'와 '모험담', '우화'(존 가드너가 구분한 대로)는 대부분 점점 깊어지는 비현실(곧 상상) 속에 따라서 점점 뚜렷해지는 은유 속에 푹 잠겨 있다.

예를 들어 익숙한 이야기 형식을 개별적으로 다루는 작가의 특정한 세부 사항들이 미묘한 차이, 역설, 때로는 반전을 만들어내더라도, 전형적 소설, 즉 장르 소설은 이야기의 가장 기본적인 주제를 예상할 수 있는 전통적 은유로 형성된다. 액션 장르에서 보여주는 영웅의 여정과 '행복하게 살았습니다'로 끝나는 로맨스 장르의 결말에는 내재적 주제 은유가 미리 정해져 있다.

나는 은유적 주제와 정형화되지 않은 이야기를 조화롭게 섞은 일본 영화 〈늑대 아이Wolf Children〉를 매우 훌륭한 작품이라고 생각한다. 흥분하면 늑대로 변하는 남매와 이 특별한 아이들을 혼자서 몰래 키우는 엄마의 이야기로, 하이콘셉트high concept(영화나 드라마의 내용이 매우 특이하지만 재미있고 복잡하지 않아서 많은 인기를 끌 것 같은 작품을 기획하는 것—옮긴이)를 전제로 한 작품이다. 그 작품의 전제는 액션 모험이나 로맨스 같은 장르를 포함해 여러 가지 다른 방향으로 전개할 수도 있었다. 대신 그 이야기는 어머니가 아이들을 보호하고 키우면서 아이들이 어른으로 살아갈 수 있도록 준비시키기 위해 노력하는 모습들을 생생하게 보여주는 거의 '문학적인' 장면들이 여유롭게 계속 이어진다.

이 작품은 이 특별한 어머니가 늑대인간으로서 아주 특별한 어려움을 겪는 이 특별한 아이들을 키우는 이야기다. 이 영화는 상상적 요소는 거의 강조하지 않고 사실주의에 가까운 방법으로 장면들을 표현한다. 다시 말해 이것은 실제로 다루는 것보다 더 많은 이야기를 다루지 않는 것 같은 아주 솔직한 이야기다.

하지만 아이들이 자라는 모습을 담은 가슴 저린 슬라이드쇼에 맞춰 엔딩크레디트가 올라가면, 관객들은 지금까지 본 것이 부모가 되는 과정에 대한 깊은 은유라는 점을 분명히 알게 된다. 늑대인간이라는 전제가 아이들을 키우는 모든 부모가 직면하는 생소하고 극복할 수 없을 것 같았던 어려움에 대한 은유였음을 깨닫는다.

가장 적절한 은유를 찾기 위한 세 가지 질문

당신이 이야기에 대해 떠올리는 첫 느낌은 주제와 관련된 것일 수도 있다. 그렇다면 플롯을 생각한 주제의 은유로 구성할 수 있다는 이점이 있다. 하지만 플롯과 캐릭터가 먼저 떠오를 때가 더 많다. 이 경우에는 은유를 발견하는 것이 아니라 구성해야 하기 때문에 더 까다롭다. 새로 드러나는 주제를 찾으려면 기존에 있거나 발전하는 플롯을 들여다봐야 한다.

이 섬세한 과정은 가능한 한 계속 유기적으로 이루어져야 한다. 플롯과 캐릭터, 주제의 균형을 유지하는 것은 저글링처럼 공 하나를 잡았다가 다음 공을 잡기 위해 재빨리 던지는 과정을 끊임없이 반복해야 하는 것과 같다.

플롯에 너무 무거운 주제를 부여하거나(너무 뻔한 도덕극이 될 위험이 있다), 주제에 너무 무거운 플롯을 부여하지(주제와 해서 부자연스럽고 공허한 논쟁이 될 위험이 있다) 않도록 조심해야 한다. 오히려 플롯이 주제에 대해, 주제가 플롯에 대해 어떤 이야기를 하는지 발견하기 위해 플롯과 주제를 세밀하게 검토하고 따져보고 느껴야 한다.

대부분의 플롯에는 어떤 주제가 내재하고 있다. 작가는 캐릭터가 재미있는 모험을 겪는 과정에서 플롯이 어떤 은유를 제시하는지 발견해야 한다. 그러기 위해서는 제대로 된 질문을 찾으면 된다. 그런 질문에는 다음과 같은 세 가지가 있다.

첫째, 멀리서 보면 어떤 이야기로 보이는가?

아주 새로운 아이디어가 있어도 그 아이디어는 모든 세부 사항들에 묻히기 쉽다. 캐릭터, 관계, 행동, 개별 장면들, 심지어 캐릭터 아크까지 이 모든 것은 이야기라는 전체 모자이크를 구성하는 반짝이는 유리 조각들일 뿐이다. 자신이 무엇을 갖고 있는지 정확하게 보려면 뒤로 아주 멀리 물러나야 한다.

가까이에서 보면 1820년에 일어난 에섹스호 침몰 사건은 외톨이 고래가 포경선을 침몰시킨 사건일 뿐이다. 〈하트 오브 더 씨〉에서는 그 같은 알려진 사실보다 조금이라도 깊은 의미를 찾을 수 없었다. 허먼 멜빌은 같은 사건에 대한 글을 쓰면서 충분히 뒤로 멀리 물러서서 무언가 다른 것을 보았다. 그리고 그것을, 신과 운명, 삶의 의미를 강박적으로 찾으면서 그것과 싸우는 인간이 맹렬하게 견디는 은유로 탈바꿈했다.

멋진 대화, 흥미로운 캐릭터들, 재미있는 장면들은 중요하다. 하지만 그 요소들은 작가의 숲에 있는 나무일 뿐이라는 사실을 잊으면 안 된다. 숲 자체가 이야기다. 숲 전체를 봐야만 어떤 주제가 드러나는지 찾아내고 확인할 수 있다.

둘째, 이야기에 형태가 있는가?

플롯이 어떤 주제를 떠오르게 할지 생각할 때는 이야기의 많은 부분을 분석해 새로운 패턴을 찾아야 한다. 이제 별을 보지 말고 별자리를 봐야 한다. 플롯에 점점 많은 것을 더하고 캐릭터가 이야기에서 더 많이 행동한다면 더욱 더 패턴을 보기 시작해야 한다.

이 방법으로 장르 소설에서도 수없이 다양한 주제를 찾을 수 있다. 로맨스 소설은 언제나 사랑에 빠지는 일에 대한 이야기다. 하지만 작품마다 다른 캐릭터들의 특별한 패턴과 그들의 행동을 통해서만 각각의 작품에서 특정 주제를 발견할 수 있다. 《제인 에어 Jane Eyre》는 《오만과 편견Pride & Prejudice》이 아니고, 《내가 사랑했던 모든 남자들에게All the Boys I've Loved Before》는 《안녕, 헤이즐The Fault in Our Stars》이 아니다. 같은 시리즈에 포함된 다른 이야기들도 마찬가지다. 시리즈 전체의 중심 주제가 무엇이든 각 이야기에는 반드시 특정 사건을 기반으로 하는 각각의 개별 주제가 있다.

먼저 등장인물들부터 들여다보아야 한다. 그들의 공통점은 무엇인가? 캐릭터들의 비슷한 점이나 특징만을 찾지 말고, 정반대되는 부분에 실제로 꽤 많은 공통점이 있으므로 그런 부분이나 특징을 찾아야 한다.

그다음에는 등장인물들의 관계를 들여다보아야 한다. 서로 비교하거나 대조할 때 어떤 문제가 반복해서 나타나는가?

그런 다음에는 개별 장면들과 사건들을 들여다보아야 한다. 어떤 패턴이 드러나는가? 전체 형태가 보이는가? 이야기의 조각들 중에서 더 깊은 내적 의미를 가리키는 것이 훨씬 많은가?

그러지 않아도 괜찮다. 소설에서 어떤 패턴을 드러낼 만한 사건이 아직 충분하지 않을 수도 있다. 또는 좀더 세심하게 의미 없는 대목을 삭제하고 의미 있는 대목을 강조하기 위해 불필요한 부분을 다듬어야 할 수도 있다.

셋째, 꼭 필요한 내용만 남기면 어떤 이야기가 보이는가?

이는 아주 중요하지만 까다로운 질문이기도 하다. "만약에 이야기가 없다면 그것은 무엇에 관한 이야기일까?"라고 물어보는 것과 마찬가지기 때문이다.

다행히도 그렇게까지는 하지 않아도 된다. 오히려 훈련에서 중요한 점은 겉치레를 없애는 것이다. 이야기의 살갗에 닿을 때까지 이야기를 둘러싸고 있는 화려한 옷과 가발, 화장을 없애야 한다. 그러고 나면 살갗을 지나 뼈대만 보고 싶어진다.

주의를 산만하게 하는 치장들이 사라진 이야기의 뼈대는 어때 보이는가?

이야기의 구조가 가장 좋은 출발점이다. 주요 플롯 포인트plot points(이야기의 흐름을 바꾸는 중요한 사건이나 장면—옮긴이)를 모두 고려해야 한다. 그 지점들은 정말 무엇에 대한 이야기라고 말하는가? 모두 일관된 지점들인가? 그 지점들은 모두 같은 전체의 조각들이고, "무엇에 대한 이야기인가?" "이 이야기는 무엇을 의미하는가?" 같은 질문에 일관되게 대답하는가?

그다음에는 더 나아가야 한다. 등장인물들의 동기는 무엇인가? 목표는? 강점은? 약점은? 그 모든 것이 일관되게 연결되는가? 어떤 패턴이 드러나는가?

모든 시시하지만 재미있는 이야기의 이면에서 이야기의 전형적인 토대를 발견할 것이다. 이 이야기에 공감하게 만드는 보편적 진실들을 발견할 것이다. 가장 깊은 곳에는 거대한 진실이 있을 것이다. 하지만 거대한 진실을 기반으로 한 더 작은 진실도 발견할 것이다. 그것들이 이 이야기에서 말하고자 하는 진실이다. 그리고 플롯은 이 이야기 고유의 특정 패턴과 행동의 은유를 통해 예시해야 하는 진실들이다.

"인격은 편하고 고요한 환경에서 성장할 수 없다.
시행착오와 고통을 겪어야
영혼이 강해지고 시야가 밝아지며
패기가 생기고 성공할 수 있다."

– 헬렌 켈러

제2장

캐릭터를 이용해
주제 만들기

주제가 이야기의 영혼이고 플롯이 이야기의 정신이라면 캐릭터는 이야기의 마음이다. 언제나 캐릭터가 이야기의 생명력이다.

특정한 이야기가 무엇에 대한 내용인지 설명해달라고 하면 어떤 사람들은 "세상의 종말에 관한 이야기예요"라며 플롯에 대한 내용으로 대답할 것이다. 어떤 사람들은 "소수를 희생해 다수를 구하는 것을 도덕적으로 받아들일 수 있는지에 관한 이야기예요"라며 주제에 대한 내용으로 대답할 것이다. 그런데 두 대답에는 모두 캐릭터가 함축돼 있다. 사실 세 번째 대답으로는 "우주 비행사에 관한 이야기예요"라고 캐릭터에 대해 말할 수 있다.

세상의 종말과 그로 인해 필연적으로 겪게 될 도덕적 난관이 사람들[아니면 적어도 의인화된 존재.《워터십 다운의 열한 마리 토끼Watership Down》(토끼 마을에 닥쳐올 대재앙을 느낀 토끼 한 무리가 새집을 찾아 떠나는 이야기—옮긴이)는 결국 아주 매력적인 종말 이야기다]과 관련되어 있지 않다면 전혀 흥미롭지 않을 것이다. 사람들(등장인물)이 어떤 일을 하지(플롯) 않는다면 적절한 이야기를 만들 수 없다. 이 두 가지를 합쳐야만 필연적으로 현실에 관해 논평(주제)할 수 있다.

이 세 가지가 함께 공동으로 스토리텔링의 텍스트와 콘텍스트 context(텍스트에서 의미 따위가 서로 이어져 있는 관계나 연관—옮긴이), 서 브텍스트subtext(대사 이면에 감추어져 표현되지 않은 감정, 판단, 생각 따위 를 이르는 말—옮긴이)를 만들어낸다.

플롯으로 표현되는 외적 갈등은 이야기에서 가장 잘 보이는 바 깥층에 있다. 이것이 텍스트다.

캐릭터아크로 표현되는 내적 갈등은 이야기의 안층에 있다. 이 것이 콘텍스트다. 콘텍스트는 플롯 사건에 대한 첫 번째 층의 해설 을 제공한다. 다른 캐릭터들의 내적 투쟁이라는 다른 콘텍스트에 서 보면 플롯의 텍스트에는 여러 가지 다른 의미가 있을 수 있다.

마지막으로 이야기의 주제는 벤다이어그램의 중앙에 아늑하게 자리 잡고 있다. 주제는 절대 보이지 않을 수도 있고 명시적으로 언급되지 않을 수도 있다. 주제가 조용하기는 해도 서브텍스트를 만들어낸다. 다른 두 요소가 어떻게 표현되는지에 따라 서브텍스 트는 이야기의 텍스트와 콘텍스트를 응집력 있게 뒷받침할 수도 있고 두 가지를 역설적으로 나란히 놓을 수도 있다.

간단히 말해 개인적으로 맺는 플롯 사건들과 캐릭터의 관계가 주제의 서브텍스트를 만들어내는 것처럼 보일 수 있다. 이는 전적 으로 맞는 말이다. 하지만 다른 관점에서 보면 모든 것을 꿰뚫고 있는 작가는 캐릭터아크를 만들어내는 과정에서 의도적으로 주제 를 사용함으로써 이야기를 다른 방향으로 이끌어갈 수도 있다.

효과적인 캐릭터아크는 본질적으로 주제 표현과 관련되어 있다. 이는 캐릭터아크에 대한 모든 논의가 실제로는 주제에 대한 논의라는 뜻이다. 캐릭터아크 자체는 심오하고 복잡한 소재다. 2장에서는 편의상 독자들이 캐릭터아크의 기초 원칙들을 이해하고 있다고 가정하고 설명할 것이다. 하지만 더 많은 정보가 필요하다면 이 책의 부록을 먼저 보면 도움이 될 것이다. 부록에 다섯 가지 주요 캐릭터아크의 중요한 점을 모두 설명해두었다.

지금은 (작가가 어느 줄을 먼저 당기는지에 따라) 주제가 어떻게 캐릭터아크를 만들고 캐릭터아크가 어떻게 주제를 만드는지에 대해 구체적으로 설명하려고 한다. 이 두 가지 측면은 구분해서 설명해야 한다. 1장에서는 주제 전제를 찾는 방법에 관해 이야기했고, 3장에서는 이야기 플롯의 외적 갈등에서 주제를 밝히는 일에 관해 이야기할 것이다. 하지만 각 요소는 더 큰 공생관계의 일부다. 주제, 캐릭터, 플롯이라는 세 요소 중 어느 하나도 따로 떨어져 만들어지지는 않는다. 대신 작가는 내가 '끌어당겨 엮기bob and weave'라고 부르는 방법을 써야 한다. 무엇을 주제로 삼고 싶은지 생각했다면 그 주제를 플롯에서 어떻게 표현해낼지 먼저 검토해볼 수 있을 것이다. 그러면 적당한 캐릭터들을 발전시키기 시작할 수 있고 플롯 질문으로 돌아갈 수도 있다. 또는 이 과정을 계속 왔다 갔다 반복할 수 있을 것이다. 주제를 조금씩 발전시킬 때마다 캐릭터와 플롯도 빠르게 발전시켜야 한다('끌어당겨 엮기'의 적용에 관해서는 9장에서 더 이야기할 것이다).

그렇다면 주제를 어떻게 이용해서 캐릭터아크를 만들 수 있을까? 그리고 캐릭터아크를 이용해 어떻게 주제를 찾고 확고하게 만들 수 있을까? 다음의 다섯 가지 목록을 활용하면 이미 작동하는 주제와 관련된 조각들을 찾아낼 수 있다. 그 조각들을 이용하면 이야기를 하나의 통일된 아이디어로 통합하는 데 도움이 될 것이다.

주제 전제의 명백한 요지 찾기

1장에서 이야기한 대로 주제의 본질은 주제 전제로 요약된다. 주제 전제는 한 단어부터 완성된 문장까지 다양한 방법으로 표현할 수 있다. 하지만 주제 전제를 이용해 캐릭터아크를 발전시킬 때 작가가 가장 관심을 갖는 핵심 원칙은 주제 전제의 요지다.

도덕과 전혀 상관없는 주제 전제에도 중심 질문이 내포되어 있고, 주인공의 캐릭터아크에서 중심 질문이 바로 핵심이 될 것이다. 그리고 그 중심 질문이 이야기가 진행되는 내내 주인공의 탐험을 이끌어갈 것이다. 그 답은 결국 분명하게 이야기될 수도 있고(《오즈의 마법사The Wizard of Oz》에서 도로시 게일이 "집이 최고야"라고 말하는 것처럼), 철저하게 함축적일 수도 있다(앞서 이야기한 〈대탈주〉의 '불굴의 인간 정신'처럼). 어느 쪽이든 이 답을 찾아야 주인공이 겪는 내적 갈등의 특징이 만들어질 것이다. 예를 들어 다음과 같다.

◆ 찰스 디킨스의 《크리스마스 캐럴A Christmas Carol》에서 주제 전제의 요지는 "인생의 가치는 무엇으로 정해지는가?"라는 질문으로 바꿀 수 있다.

◆ 찰스 포티스의 《트루 그릿True Grit》(열네 살 소녀가 아버지를 죽인 자에게 복수하기 위해 길을 떠나 겪는 이야기.—옮긴이)에서 주제 전제의 요지는 "정의가 개인의 책임인가?"라는 질문으로 바꿀 수 있다.

◆ 마리오 푸조의 《대부The Godfather》에서 주제 전제의 요지는 "가족을 지키는 것이 모든 수단을 정당화하는가?"라는 질문으로 바꿀 수 있다.

내적 갈등을 일으키는 도구 ①: 거짓 대 진실

이야기의 주제는 삶에 대해 상정된 진실이다. 상정된 진실은 본질적으로 도덕적인 것일 수도 있고("착한 사람이란 무엇을 뜻하는가?" 처럼), 존재론적인 것일 수도 있다("인생이란 대체 무엇인가?"처럼). 어떤 것이든 이야기는 특정한 진실이 정말 사실임을 보여줄 것이다.

상정된 진실이 있으면 필연적으로 그 반대인 비진실, 즉 거짓도 있어야 한다. 그렇다면 이야기에서 이러한 진실과 거짓을 어떻게 탐구할까? 독자들은 어떤 것이 무엇이고 무엇이 아닌지 장황하게 말로 설명되지 않기를 진심으로 바란다. 오히려 독자들은 그것을 보여주기를 원한다. 그들은 작가가 상정한 진실이 현실감 있는 시뮬레이션으로 연출되는 것을 보고 싶어한다. 상정된 진실이 스트레스가 많은 현실을 견딜 수 있을지는, 상정된 진실과 그 반대인 거짓이 이야기가 진행되는 동안 캐릭터에게 얼마나 도움을 주는지로 '입증'되거나 '반증'된다.

이야기의 외적 갈등에서는 주인공과 더 큰 이야기 목표 사이에 장애물을 만들어놓는 사람 또는 상황인 적대자를 다룰 것이다. 하지만 내적 갈등은 본질적으로 정신과 마음과 영혼의 전쟁터다.

이 책의 마지막 장인 부록에서 설명하겠지만, 긍정적 변화 아크나 평탄한 아크, 부정적 변화 아크 중 어떤 캐릭터아크를 사용하든 캐릭터들이 긍정적 결말에 이르기 위해서는 이야기의 중심 진실 central Truth이라는 중요한 조각이 필요하다. 캐릭터들이 진실을 받아들임으로써 내적 갈등을 해결하면 바로 외적 갈등을 겪게 될 것이다. 그들이 거짓에 매달리며 진실을 받아들일 수 없다는 사실이 드러나면, 그들의 외적 추구는 결국 공허한 승리로 끝나버릴 것이다. 예를 들어 다음과 같다.

◆ 《크리스마스 캐롤》에서 에비니저 스크루지는 "삶의 가치는

돈으로 결정된다"라는 거짓을 극복하고 "삶의 가치는 자선과 친절로 결정된다"라는 진실을 받아들인다.

◆ 《트루 그릿》에서 매티 로스의 "정의에 개의치 않는 태도가 사회를 무질서하게 만들 것이다"라는 확고한 진실이 주변 인물들과 세상에 눈에 띄는 변화를 만든다.

◆ 《대부》에서 마이클 코를레오네는 "부패와 폭력은 목적을 이루기 위한 정당한 수단이다"라는 거짓을 결국 받아들인다.

내적 갈등을 일으키는 도구 ② : 원하는 것 대 필요한 것

추상적인 주제부터 구체적인 플롯까지 이어지는 이야기 사다리를 한 칸 더 올라가면 캐릭터아크의 발달 과정에서 다음 단계를 발견할 수 있다. 이야기에서 거짓과 진실 사이의 중심 내적 갈등이 캐릭터가 원하는 것Want과 캐릭터에게 필요한 것Need으로 바로 바뀔 것이다.

거짓은 캐릭터가 가장 원하는 것 중 하나에 뿌리를 두고 있거나 그 촉매제가 된다. 긍정적 변화 아크와 부정적 변화 아크에서는 이처럼 거짓에 이끌리는 원하는 것이 캐릭터의 플롯 목표에 직접 영향을 미칠 것이다. 평탄한 아크에서는 주인공이 이야기의 진실을 이미 믿고 있다. 하지만 중심 거짓에 집착함으로써 외부 장애물을 만드는 다른 캐릭터들이 원하는 제한된 것들과 싸워야 할 것이다.

가장 넓게 보면 필요한 것은 언제나 진실이다. 다시 말해 거짓을 믿는 캐릭터에게도 모두 진실이 있어야 한다. 하지만 원하는 것과 마찬가지로 필요한 것은 외부 플롯 내에서 일반적인 사물, 사람, 상태로 자주 바뀔 것이다. 예를 들어 다음과 같다.

♦ 스크루지는 '가능한 한 돈을 많이 벌기를' 원한다. 그에게 필요한 것은 동료 인간들의 사랑이다.

♦ 매티가 '아버지를 죽인 자가 법의 심판을 받기를' 원하는 것은 그녀의 주변 세계에 필요한 것과 일치하지만, 자신을 도우라고 고용한 보안관들의 도덕적 무관심 때문에 방해받는다.

♦ 마이클은 죄를 지은 가족을 보호하려 한다. 그에게 필요한 것은 범죄자의 삶에서 벗어나는 것이다.

'인간 대 자아'라는 구조가 가장 전형적인 이야기 구조 중 하나인 이유는, 모든 이야기의 뿌리가 근본적이고 개인적인 투쟁인 캐릭터의 내적 갈등에 있기 때문이다.

캐릭터와 다른 사람들의 갈등이나 캐릭터와 세계 자체의 갈등은 거의 필연적으로 그 사람의 내적 갈등(캐릭터들의 인지 부조화, 원하는 것과 필요한 것의 충돌, 심지어 원하는 것과 원하는 것의 충돌 또는 필요한 것과 필요한 것의 충돌)을 반영하거나 투영한다. 내적 평화를 찾으려는 캐릭터는 아래 제시한 것들을 이해하는 과정을 거치며 내면에서 대립하며 시끄럽게 떠드는 많은 목소리(일부는 정확하고 전부 열정적이다)를 잘 다뤄야 할 것이다.

- ◆ 각각의 목소리가 말하는 것은 무엇인가?
- ◆ 각각의 목소리가 드러내는 잠재적 동기는 무엇인가?
- ◆ 어떤 동기와 욕망이 건강하고 어떤 것이 그렇지 않은가?
- ◆ 건강하지만 서로 모순되는 동기와 욕망의 조화를 이루려면?
- ◆ 다른 욕망들을 위해 욕망 중 일부를 포기할 수 있을까?
- ◆ 모든 선택들과 어떻게 조화를 이룰 것인가?
- ◆ 선택들에 근거를 종합해 행동하고 앞으로 나아가려면?

작가와 캐릭터가 내면의 발전에 가장 몰두하더라도 내적 갈등은 은밀하게, 외부 플롯의 표면 아래에서 일어날 가능성이 크다. 플롯은 외부 세계에 관한 캐릭터의 내면적 투쟁을 반영(투영)한다.

먼저 캐릭터의 내적 갈등을 캐릭터가 원하는 것(거짓에 바탕을 둔다)과 캐릭터에게 필요한 것(진실에 바탕을 둔다) 사이에서 두 갈래로 나뉜 투쟁으로 생각할 수 있다. 이 흑백 이분법은 캐릭터의 내면적 갈등의 역학을 한눈에 파악하는 데 도움이 된다. 이를 토대로 캐릭터의 내면에서 정말 무슨 일이 일어나는지 조금 더 깊이 들여다봄으로써 더 큰 미묘함을 찾을 수 있다.

캐릭터가 정말 원하는 것은 무엇인가?

가장 간단히 말해 캐릭터가 원하는 것은 플롯 목표plot goal다. 원하는 것은 더 큰 그림(이야기 2막에서 특정 갈등이 일어나기 전에 갖고 있던 욕구나 목표)의 일부지만 캐릭터의 플롯 목표로 곧장 이동한다. 예를 들어 다음과 같다.

◆ 루크 스카이워커가 원하는 것은 고아로 자란 청소년기에서 탈출해 더 넓은 은하에서 뜻깊고 목적이 있는 삶을 발견하는 것이다. 이는 〈스타워즈 에피소드 4: 새로운 희망Star Wars Episode IV: A New Hope〉에서 "아버지처럼 포스의 방식들을 배우고 제다이가 되기를" 원하며 목표(〈스타워즈 오리지널 삼부작Star Wars Original Trilogy〉을 통틀어 점점 강해지고 그의 전체 캐릭터아크를 만드는 갈망)로 바뀐다.

긍정적 캐릭터아크나 부정적 캐릭터아크에서는 원하는 것은 캐릭터가 믿는 거짓을 행동으로 드러낸다. 원하는 것 자체는 나쁘지 않을 수 있다(뒤에서 더 이야기하겠다). 하지만 원하는 것 자체는 긍정적이더라도 부정적 사고방식이나 동기를 표현한다. 그 거짓이 캐릭터의 내적인 삶에서 구멍이나 장애물을 만들었다. 그것이 지금 캐릭터가 건강하게 성장하는 것을 막고, 심지어 캐릭터를 정신적 또는 도덕적으로 병들도록 적극적으로 밀어붙이는지도 모른다.

거짓과 그것의 모호한 동기는 캐릭터의 과거의 유령Ghost(구멍이나 장애물을 만든 무언가)이 만들어낸다. 예를 들어 다음과 같다.

◆ 루크의 유령은 고아라는 처지, 특히 겉으로 보기에는 영웅적인 아버지가 없다는 사실이다.
◆ 루크의 거짓은 내면의 구멍을 메우고 가치 있는 사람이 되기 위해 그가 바로 자신의 아버지와 똑같아져야 한다는 점이다. 이 거짓된 믿음이 모험과 영광을 향한 그의 조급함과 무모한 갈망을 부채질한다.

거짓과 원하는 것이 연결되기 때문에 명백하게 "원하는 것은 나쁘다"라는 의미를 내포한다.

이것이 사실인 경우도 있다. 캐릭터가 원하는 것은 명백히 파괴적이고 악한 것일 수 있다. 하지만 이런 상황에서도 캐릭터는 그것이 무엇인지 좀처럼 분명히 알지 못할 것이라는 점에 주의해야 한다. 그는 만약 원하는 것에 가치가 있고 목적이 수단을 정당화한다고 어느 정도 믿지 않는다면 그것을 추구하지 않을 것이다. 토머스 스턴스 엘리엇도 냉담하게 말했다.

"이 세상의 악은 대부분 선한 의도를 가진 사람들이 행한다."

적어도 그 캐릭터는 자신이 원하는 '나쁜' 것이 가능한 최상의 결과(예를 들어 한 여성이 폭력적 관계를 끊는 것보다 유지하는 것이 안전하다고 믿을 때처럼)를 나타낸다고 믿을 것이다. 하지만 원하는 것 자체가 나쁜 것이 아닌 경우가 훨씬 더 많다. 실은 거짓과 그에 따르는 동기도 확실히 파괴적이지는 않을 수도 있다. 결국 캐릭터가 거짓을 믿고 어떤 것을 원하는 이유는 그것이 자신의 삶을 나아지게 해줄 것이라고 생각하기 때문이다. 그는 현실에 대한 오해를 문제의 일부라고 인정하는 대신 오히려 그것을 해답으로 여긴다.

캐릭터 자신이 심하게 혼란스러워 하거나 상충하는 두 개의 선택지(둘 다 이득과 결과가 따른다) 사이에서 고심할 때만 그런 오해가 생겨난다. 파괴적 관계를 끊어내야 하는 폭행당하는 여성은 그녀가 어떤 선택을 하든 좋은 일과 나쁜 일이 있을 것이다. 그렇기 때문에 그녀의 영혼 가장 밑바닥까지 어떤 선택을 해야 할지 고민한 끝에, 그 어려움이 그녀의 외부 갈등으로 온전히 드러날 수 있을 것이다. 예를 들어 다음과 같다.

◆ 루크가 원하는 것과 플롯 목표는 객관적으로 나쁘거나 파괴적이지 않다. 표면적으로는 그가 원하는 것과 플롯 목표(제다이가 되기를 원하고, 정의로운 반란군에 합류해 사악한 제국과 싸우기를 원하며, 더 넓은 맥락에서 더 의미 있는 삶으로 나아가기를 원하는 것) 모두 사실 꽤 건강한 것들이다.

용어들 때문에 혼동하지 않기 바란다. 캐릭터아크 이론에서 기술적 용어인 '원하는 것'은 특히 통합적이거나 전체론적 사고방식을 아직 나타내지 않지만 플롯을 진전시키는 욕구를 말한다. 하지만 단지 캐릭터가 현재 잘못된 것을 원하거나 그것을 잘못된 이유로 원한다고 해서, 그에게 그것이 정말 필요없다는 의미는 아니다. 유령은 거의 언제나 입을 크게 벌린 채 많은 것을 요구하는 모습으로 표현되고, 캐릭터가 그 필요를 충족하려는 초기의 시도들이 100퍼센트 잘못 이해되는 일은 거의 없다.

캐릭터에게 가장 필요한 것은 무엇인가?

원하는 것이 플롯 목표와 직접적인 등가물인 반면, 캐릭터에게 필요한 것은 주제 가치와 직접 상관관계가 있다. 이야기가 현실에 대해 어떤 진실을 상정하든 그것은 캐릭터에게 궁극적으로 필요한 것이다. 예를 들어 다음과 같다.

◆ 루크에게 필요한 것은 그를 어둠으로 유혹하는 두려움과 분노를 극복하는 것이다. 그는 자신이 사랑하는 사람들을 보호하는 수단인 영광으로 싸우며 나아가기 위해 오만한 욕망을 포기해야 한다. 〈스타워즈 오리지널 삼부작〉이 이어지는 내내 그는 제다이가 되는 것은 "내 아버지처럼" 되는 것과 전혀 상관없다는 사실을 배운다. 제다이가 된다는 것은 영광과 성

취 심지어 지배를 위해 필요한 것을 포기하는 것이다. 그는 〈스타워즈〉 시리즈가 이어지는 내내 이러한 진실들을 천천히 배우고, 그 과정은 그가 증오를 거부하고 광선검을 내던지는 순간 절정에 이른다.

캐릭터는 언제나 필요한 것을 이용할 수 있다. 그것이 캐릭터의 내적 고통과 갈등에 간단한 해결책이 되는 경우도 많다. 하지만 보통 원하는 것이 현실적으로 문제의 올바른 해결책인 것처럼 보이기 때문에 캐릭터가 혼란스러워 한다. 캐릭터가 심각한 결과를 감수하지 않고는 필요한 것을 얻을 수 없기 때문에 필요한 것을 밀어내거나 절반만 받아들이는 경우도 그만큼 많다(예를 들어 여성은 폭력적 관계를 정리하면서 단순히 폭력뿐 아니라 훨씬 많은 것을 정리해야 할 수도 있다. 폭력을 휘두르는 남편의 가혹한 대응에 직면해야 한다는 것은 말할 필요도 없다).

그럼에도 필요한 것을 추구하고 받아들이는 일이 얼마나 어렵든 어떤 대가를 치르든 캐릭터는 그렇게 하지 않으면 결코 건강함이나 완전함을 얻을 수 없다. 필요한 것(진실)은 궁극적으로 내적 갈등의 해결을 표현한다. 진실을 받아들이면 캐릭터는 머릿속에서 경쟁하는 목소리들 가운데 어떤 목소리가 옳은지 알 수 있다. 이런 올바름인 진실과 함께 현실을 재구성한다. 그런 일이 일어나면 캐릭터는 어려운 결과에 직면해야 할 수도 있지만, 현실 자체와 싸우는 막대한 부담을 덜게 될 것이다. 예를 들어 다음과 같다.

◆ 루크에게 필요한 것은 두려움과 분노, 증오를 내려놓는 것이다. 그렇게 하기로 선택함으로써 그는 자신과 가족, 친구들의 목숨 심지어 반란군의 성공까지 의식적으로 위태롭게 한다. 나중에 밝혀지는 것처럼, 그러한 선택은 그의 아버지가 황제를 죽이고 아들을 살리겠다고 선택하도록 촉매 작용을 하기 때문에 그의 이야기는 긍정적으로 끝난다. 하지만 환멸 아크 이야기에서는 필요한 것과 진실을 받아들이려는 선택이, 실제로 캐릭터가 그 선택의 모든 결과에 직면하면서 부정적으로 끝날 수도 있다(예를 들어 루크의 선택은 한과 레아의 죽음과 반란군의 실패로 이어질 수도 있었다).

원하는 것이 언제나 객관적으로 '나쁜' 것은 아니듯 필요한 것 역시 그것을 선택하면 갑자기 모든 것이 근사해진다는 의미에서 객관적으로 '좋은' 것은 아니다. 필요한 것을 받아들이는 과정이 그렇게 지나치게 단순하다면, 캐릭터가 이야기가 시작될 때 노골적으로 그것을 당연히 선택할 것이다.

누구라도 자신이 건강한 방향으로 나아가는 것을 막는 유일한 이유는 건강을 추구하는 일이 어렵기 때문이다. 예를 들어 건강이 안 좋아 언젠가 심장병이나 당뇨병에 걸릴 수 있다는 사실을 안다고 해서, 매일 운동하고 몸에 좋은 것을 먹으며 힘들게 희생하겠다고 선택하는 것이 쉽다는 의미는 아니다. 심지어 나쁜 선택으로 인한 결과가 바로 나타날 때도 마찬가지다. 도넛을 먹으면서 5분 정도 지나면 기분이 비참해지는 것을 느껴봤을 것이다. 하지만 맛있는 것을 거부하는 일은 지극히 어렵기 때문에 어쨌든 먹는다.

건강한 정신을 위한 선택들도 마찬가지다. 옳은 일을 한다고 언제나 누군가 등을 두드려 주는 것은 아니다. 때로는 그 선택들 때문에 비유적으로든 심지어 실제로든 박해받기도 한다. 자신과 주변 세상에 관한 진실을 인식하겠다고 선택하는 것이 삶을 언제나 더 쉽게 살 수 있도록 만들어주지는 않는다. 때로는 심리적 상처에 붙인 반창고를 억지로 뜯어내 다시 피가 흐르게 만든다.

그렇기는 하지만 필요한 것이 언제나 건강하고 회복되는 방향을 나타내는 것은 아니다. 필요한 것이라는 미묘한 표현이 캐릭터가 그것을 드러내 놓고 받아들이지 않는 모든 이유를 정확히 보여줄 것이다. 하지만 이것이 언제나 캐릭터 역시 필요한 것을 적극적으로 원하지 않을 수도 있다는 뜻은 아니다. 예를 들어 건강 문제 때문에 몸무게를 줄여야 하는 사람 가운데 많은 수가 몸무게를 줄이는 것을 원하기도 한다.

이 지점에서 캐릭터의 내적 갈등이 가장 강력하게 작용한다. 캐릭터가 원하는 것과, 심지어 자신에게 필요함에도 원하지 않는 것 사이의 갈등은 강력하고 설득력 있다. 하지만 보통 캐릭터가 두 가지 원하는 것(또는 심지어 두 가지 필요한 것) 사이에서 내적으로 싸우는 시나리오가 훨씬 더 눈길을 사로잡는다.

캐릭터는 둘 다 가질 수 없다. 오직 하나만 가질 수 있다. 이런 경우에 진정으로 필요한 것(캐릭터아크의 기술적 정의에 따라)이 공공의 이익에 도움이 될 것이다. 예를 들어 그녀가 자신이 진정으로 사랑하는 이와 연인이 되기를 원할 수 있다. 그것은 전혀 문제가 되지 않는다. 사실 그 관계가 그녀의 좋은 면을 모두 보여줄 수도 있다. 그 관계는 건강하고 행복한 미래만 약속한다.

하지만 캐릭터는 옳은 일을 해야 할 수도 있다. 예를 들어 어떤 일을 꼭 해낼 수 있는 사람은 오직 그녀밖에 없기 때문에, 그녀가 큰 희생을 치르고 세상을 구해야 한다. 만약 그녀가 더 좋은 필요한 것 대신 그저 좋은 원하는 것을 선택한다면, 고통받는 사람은 그녀만이 아닐 것이다. 그리고 그녀는 정말로 고통받을 것이다. 진실 대신 거짓을 택하는 것은 결과가 늦게 나타나더라도 언제나 고통을 초래한다.

작가는 캐릭터아크를 구상하고 원하는 것과 필요한 것, 거짓과 진실을 찾아내려 한다. 그 과정에서 원하는 것과 거짓을 분명히 '나쁘게' 만들고 필요한 것과 진실을 분명히 '좋게' 만들어야 한다고 느낄 때 혼란스러울(그리고 제한될) 수 있다. 그렇기 때문에 이 모든 것이 중요하다. 심지어 〈스타워즈〉에서처럼 선과 악의 갈등이 분명하게 드러나도, 캐릭터가 왜 원하는 것을 필요로 하면서 동시에 필요한 것을 원했을 수도 있는지 미묘하게 다른 관점을 보여준다.

용어에 대해 너무 지나치게 신경 쓰지 않아도 된다. 캐릭터의 내적 갈등은 항상 궁극적으로 캐릭터가 적어도 어느 정도는 원하는 두 가지 사이에서 일어난다. 내적 갈등이 다시 외적 갈등에 반영되고, 외적 갈등 역시 원하는 것 대 원하는 것(주인공의 플롯 목표 대 적대자의 플롯 목표)을 표현한다.

원하는 것 대 필요한 것과 거짓 대 진실이라는 두 양극단을 더 세밀하게 조정해서 접근할 수록 주제 논의와 플롯의 표현, 캐릭터가 더 미묘하게 달라질 것이다.

외적 갈등에 어울리는 내적 갈등 선택하기

원하는 것과 필요한 것 사이에서 캐릭터가 결국 선택하는 것은, 주제의 거짓과 진실 사이에서 그에 상응해 무엇을 선택하는지 입증하는 표면화된 은유일 것이다. 캐릭터가 두 가지 구체적 사물이나 사람, 상황 사이에서 고통스럽게 선택하는 모습을 보여줄 수 있다면, 독자들은 '이야기의 교훈'을 떠올릴 필요가 없을 것이다.

상정된 '옳은' 선택이 '그른' 선택보다 명백하게 낫다면 주제 논쟁thematic argument이 위력적이지 않을 것이다. 결국 쉽게 옳은 선택을 할 수 있다면 캐릭터가 조금이라도 내적 갈등을 겪을 이유가 없을 것이다.

　이런 이유로 거짓과 진실 사이의 논쟁은 진짜 논쟁다워야 한다. "살인자는 악하다"라고 상정한 진실에 "살인자는 선하다"라는 지나치게 단순한 거짓으로 반대한다면 논쟁은 아예 이루어질 수 없다. 하지만 사이코패스인 의뢰인이 처벌받으면 안 된다고 피고 측 변호사가 진심으로 믿을 수도 있는 이유가, 작가가 분석해야 할 정도로 복잡한 거짓말이라면, 작가는 갑자기 아주 큰 위험이 따르는 외적 갈등에서 생길 수 있는 흥미로운 전제를 갖게 된다. 예를 들어 다음과 같다.

◆ 스크루지는 자신이 낭비한 삶의 엄청난 무게에 직면하거나, 흔들리지 않고 무덤을 향해 가는 일 중에서 선택해야 한다.

◆ 매티는 아버지를 죽인 자를 쫓거나, 자신의 안전을 지키는 일 중에서 선택해야 한다.

◆ 마이클은 정직하게 살거나, 수단을 가리지 않고 가족을 보호하는 일 중에서 선택해야 한다.

캐릭터 내면에 변화 일으키기

　주제가 캐릭터와(그럼으로써 플롯과도) 조화를 이루는지 확인할 수 있는 가장 확실한 방법은 이야기에서 어떤 변화가 일어나는지 살펴보는 것이다. 캐릭터들(특히 주인공)이 이야기를 시작할 때와 이야기가 끝날 때 어떻게 다른가? 아무런 변화가 없다면 기본적으로 그 이야기에는 문제가 있을 것이다.

캐릭터에 변화가 있지만 그 변화가 주제 전제와 관련되어 있지 않아도 문제일 것이다. 그로 인해 이야기의 어느 시점에서 단절된 부분이 드러날 것이다. 작가가 플롯의 표면에 (대부분 대화를 통해) 다른 주제를 붙이려 했어도, 정말 무엇에 대한 이야기인지는 언제나 캐릭터들과 그들의 세계에서 일어나는 변화로 결정된다.

주제가 다른 이야기 요소들과 온전히 통합되면, 주인공에게 변화가 있든 주인공으로 인해 다른 캐릭터들에게 변화가 일어나든 주제가 언제나 적극적인 힘이 될 것이다. 예를 들어 다음과 같다.

◆ 스크루지는 이야기 초반에 구두쇠였다가 결국 뉘우친 다음 즐겁고 너그러운 사람으로 바뀐다.

◆ 매티는 아버지를 죽인 자와 그의 무법자 갱단을 종식시킨다. 그뿐 아니라 여행하다 만난 보안관들이 현실에 안주하고 자기 잇속만 챙기는 삶에서 특정한 행동들을 하도록 자극함으로써 자신을 둘러싼 세상에 변화를 일으킨다.

◆ 마이클은 적당한 경력이 있는 말쑥한 젊은 전쟁 영웅에서 무자비한 마피아 두목으로 바뀐다.

주제가 이야기에서 메시지로 강요되면, 그 결과는 단절되거나 심지어 무겁게 느껴질 수도 있다. 하지만 작가가 캐릭터를 통해 주제를 표현하면 이야기의 진실이 유기적으로 드러날 것이다.

주제에 맞는 주인공 고르기

어느 시점이 되면 맞는 이야기에 맞는 주인공을 골랐는지에 대해 고려하면서 자신의 이야기가 견실한지 분석해야 한다. 분석 기준으로 삼을 만한 것이 많지만 가장 좋은 척도는 주제다.

주인공을 고르는 것은 어렵지 않다. 가장 흥미로운 캐릭터에 대해 쓰기만 하면 된다. 플롯에 극적인 영향을 미치는 캐릭터들이 더 있다고 느낀다면 언제든 그들의 관점point of view을 덧붙일 수 있다 (결코 가볍게 해서는 안 되겠지만). 가장 중요한 결정은 주인공이나 플롯, 주제를 고르는 것이 아니다. 오히려 세 요소가 모두 반드시 일관되도록 세밀하게 조정하는 것이 가장 중요하다.

이제 2장을 끝맺기 전에, 잘 고른 질문 몇 가지가 주제와 관련해 가장 강력한 캐릭터를 주인공으로 골랐는지 확인하는 데 어떤 도움을 주는지 좀 더 자세히 살펴보자. 주인공이 플롯을 전개하고 주제를 '증명'하는 과정에서 완벽하게 자리 잡지 못했다는 것을 발견했다면, 이 질문들이 플롯과 캐릭터, 주제가 더 잘 협력할 수 있게 할 만한 더 나은 주인공을 찾거나 캐릭터의 특징 몇 가지를 수정하는 데도 도움이 될 것이다.

주인공은 다른 캐릭터와 무엇이 다른가?

플롯의 사건들이나 주제와 관련된 절정 부분의 계획을 크게 바꾸지 않고 주인공을 이야기 속의 다른 인물로 바꿀 수 있다면 그 주인공은 분명 게으름뱅이일 것이다.

만약 주인공을 완전히 다른(또는 적어도 그래 보이는) 새로운 캐릭터로 짜 맞출 수 있다고 해도 마찬가지다. 예를 들어 청소년 로맨스 장르에서 소심하고 내향적인 여자 주인공이 있다고 가정하자. 그런데 그녀를 화를 내면서 오토바이를 타고 다니는 인물로 바꿔도 이야기의 사건들에 큰 영향을 미치지 않는다면 그 주인공은 평면적일 것이며 어느 쪽이든 주제와 관련해 흥미롭지 않을 것이다.

주인공은 캐릭터들의 군주다. 주인공이라는 칭호가 이 특정한 캐릭터를 다른 누구보다 높은 지위로 올려준다. 하지만 이렇게 지위를 높이려면 근거가 있어야 한다. 자신이 주인공감임을 증명해야 한다. 그렇다고 해서 반드시 주인공 캐릭터에게 특별한 힘이나 터무니없는 능력이 있어야 한다는 뜻은 아니다. 그보다는 그 캐릭터가 플롯 사건들과 상호 작용하면서 주제와 관련된 그 사건들의 의미를 드러낼 만한 자질을 갖췄거나 키워야 한다는 뜻이다.

주요 캐릭터들을 살펴보고 스스로에게 질문해야 한다. 어떤 점이 주인공을 구별 짓는가? 이 이야기가 어떻게 다른 캐릭터들은 변화시키지 않을 방식으로 그녀를 변화시킬 것인가? 그녀가 다른 누구도 할 수 없는 방식으로 어떻게 플롯을 이끌어갈까? 그녀가 다른 어떤 캐릭터도 할 수 없는 방식으로 어떻게 다른 캐릭터들에게 영향을 미칠까?

왜 이 갈등이 주인공만의 플롯인가?

왜 〈스타워즈〉는 루크에 관한 이야기지만 한이나 레아에 관한 이야기가 아닌가? 한과 레아가 더 흥미로운 인물들이라고 주장할 수도 있다. 레아와 루크 모두 포스를 다룰 수 있고 둘 다 자신의 대리 가족을 죽인, 미움받는 적대자를 아버지로 두었다. 이 때문에 레아가 주인공인 이야기는 틀림없이 루크가 주인공인 이야기에서 플롯 추진 지점plot beat들과 드러난 사실들 가운데 많은 것을 거울처럼 보여줄 수 있었을 것이다.

레아가 주인공인 이야기도 똑같이 흥미로겠지만, 그렇다면 같은 이야기는 아니었을 것이다. 보잘것없는 인물인 순진하고 이상주의적인 농장일꾼 루크에서 이야기가 시작되기 때문에 〈스타워즈 오리지널 삼부작〉의 중심 플롯은 루크의 것이다. 이야기가 시작할 때 레아는 이미 쌍둥이인 루크보다 열 살은 더 많은 것처럼 보인다. 그녀는 바보에서 대가가 되어가는 여정이라는 이야기의 근원적 주제 아크를 표현하기에는 너무 능숙하고 세상을 잘 안다. 레아의 관점에서 같은 이야기와 비슷한 이야기를 만드려면 레아의 성격을 완전히 바꿔야 하고 시간상으로도 더 일찍 시작해야 한다.

한과 레아는 루크보다 더 생생하게 대화할 수 있었을 것이다. 하지만 영웅의 여정이 보여주는 순수성과 힘은 이 특정 주인공의 이 특정 플롯으로만 표현할 수 있었을 것이다.

게다가 이 선택은 이야기기 진행되는 내내 구조적으로 보강된다. 한과 레아의 서브플롯subplot에 시간을 할애해도, 갈등의 구조적 뼈대는 항상 루크 대 베이더가 분명하며, 이는 플롯을 관통하는 선대 악이라는 주제와 완벽하게 들어맞는다.

주인공의 가장 큰 장점은 무엇인가?

때로는 주인공 당선자가 이야기의 전개에서 특별히 어떻게 기여할지 결정하기 어려울 수 있다. 그에 대해 너무 열심히 생각하다 보면 누구의 관점으로 말하든 이야기의 재미와 힘에 별 차이가 없을 것처럼 보이는 정도까지 구분이 모호해진다. 다행히 주인공 후보가 특별히 어떻게 기여할지 이해하는 데 도움이 될 만한 질문이 두어 가지 더 있다.

먼저 고려할 것은 주인공의 장점이다. 이 캐릭터는 다른 어떤 캐릭터에게도 없는 어떤 장점을 드러내는가? 이야기의 전반부에서 주인공과 다른 캐릭터들 사이에 어떤 차이가 있는지 명확하게 생각해야 한다.

다른 캐릭터들은 잔인하지만 주인공은 친절할 수 있다. 다른 캐릭터들은 겁쟁이지만 주인공은 용감할 수 있다. 다른 캐릭터들은 무지하지만 주인공은 영리할 수 있다. 다른 캐릭터들이 절망할 때도 주인공은 희망을 버리지 않을 수 있다.

이런 '장점'에 특별한 능력이 포함되는 경우도 있다. 하지만 능력은 대부분 주제를 장점과 같은 방식으로 드러내지 않는다. 어떤 장점이든 되는대로 그냥 정하면 안 된다. 이 캐릭터의 친절이나 용기, 지적인 능력, 전도유망함이 플롯 전개에 중요하다는 점이 직접적으로 또는 역설적으로 드러나야 한다.

주인공의 가장 큰 단점은 무엇인가?

주인공과 주제의 도덕적 관계에 대한 두 번째 질문으로는 "주인공의 가장 큰 단점은 무엇인가?"가 더 효과적이다. 단점(약점)은 주제 연관성을 유지하기 위해 장점의 거울상인 경우가 많다. 장점이 원을 한 바퀴 돌아 다시 원점으로, 가장 먼 극단으로, 더 이상 칭찬할 만하거나 유용하지 않은 지점으로 나아간 것이 단점이다.

친절함이라는 장점은 갈등을 싫어하는 성격에서 아주 어렵게 만들어질 수 있다. 신체적 위험을 두려워하지 않는 용기는 정서적 비겁함을 가릴 수 있다. 지능은 사회생활에 해로운 오만과 나란히 갈 수 있다. 희망은 앞을 보지 못할 수 있다.

주인공은 대부분 독자들의 환심을 사기 위해(또는 적어도 덜 좋아할 만한 성향들과 대비되어 나란히 보일 때 관심을 끌기 위해) 처음부터 장점을 충분히 갖고 있다. 하지만 그런 특징들이 최고조에 이른 상태로 시작하는 일은 드물다. 오히려 장점이 동반자인 단점과 함께 있을 때 두 가지는 주제 변화의 가능성과 필요성을 모두 보여준다.

이 장단점은 플롯과 주인공에 대해 무슨 말을 하는가?

잘 구성된 이야기라면, 플롯은 주인공의 특정 장점과 단점 사이의 긴장을 일으키는 지점에서 잠재적 변화를 유발한다.

주인공의 특정 장단점에서 유발된 행동들로 플롯이 만들어지면 주제에 맞는 주인공을 골랐는지 의구심을 갖지 않아도 될 것이다. 플롯과 주제가 시너지를 일으킬 수 있는지에 대해서도 의심할 필요가 없을 것이다. 주인공이 플롯도 만들고 플롯 사건들에서 개인적인 의미도 이끌어낸다면 캐릭터를 잘 골랐다는 것을 알 수 있다.

"맞서 싸우는 사람 덕분에
우리는 신경을 강화하고 기술을 연마할 수 있다.
적대자는 우리를 돕는 사람이다."

– 에드먼드 버크

제3장
플롯을 이용해 주제 증명하기

때로는 플롯과 주제가 근본적으로 같은 것이라고 혼동할 수 있다. 두 가지가 너무 달라서 함께 논의할 수조차 없을 것 같은 경우도 있다. 그렇다면 어느 쪽이 맞을까?

첫 질문부터 살펴보자. 플롯은 근본적으로 주제와 같은 것인가? 어느 정도는 그렇다. 아니면 적어도 직관적인 표현으로 두 가지가 연결되는 경우가 많다. 제인 오스틴의 《오만과 편견》을 살펴보자. 이 소설의 내용은 다음과 같이 요약할 수도 있다.

가난한 여자와 부유한 남자가 운명적으로 사랑에 빠진다.

이는 플롯인가, 주제인가?

독자들은 지금쯤이면 답을 알아냈을 것이다. 이 전제는 《오만과 편견》의 플롯이다. 어떻게 알 수 있을까? 이 진술은 모두 외부 행동이고 캐릭터의 세계에서 무슨 일이 일어났는지에 대해서만 이야기하기 때문이다. '행동'이 대부분 주로 대화나 캐릭터의 생각과 감정으로만 제한되는 로맨스 소설이나 사회 소설에서도 무엇이든 사건이나 깨달음의 단계적 진전에 관해 언급할 때 플롯을 이야기한다.

이제 《오만과 편견》에 대한 다른 전제를 살펴보고 이 전제가 플롯에 관한 것인지 주제에 관한 것인지 말해보자.

가난한 여자와 부유한 남자는 각자의 오만과 편견을 극복한 다음에야 사랑에 빠질 수 있다.

두 가지 모두와 연결되어 있다. 그렇지 않은가? 그리고 우리는 여기서 플롯과 주제의 관련성을 찾을 수 있다.

플롯과 주제는 같은 것이 아니다. 이미 말한 것처럼 주제는 현실에 관한 진실을 제안하는 추상적 주장(도덕적인 또는 실존적인)이다. 하지만 플롯이 없다면 주제는 아이디어로 그친다. 그 아이디어는 친구들과 커피를 마시며 논의할 수 있을 이론이지 이야기는 아니다.

주제와 플롯이 만난다고 해서 이야기를 만들어낼 수 있는 것은 아니다. 두 번째 전제는 주제와 플롯이 서로에게 얼마나 필수적인지 보여준다. 플롯('사랑에 빠지다')은 외부 행동을 통해 주제가 제시한 주장('오만과 편견은 둘 다 의미 있는 관계를 맺는 데 장애물이 된다')을 증명한다. 주제는 다시 플롯의 '어떻게'에 '왜'를 제공한다.

플롯과 주제는 똑같은 것도 아니고 분리된 것도 아니다. 오히려 플롯은 이야기의 세 가지 주요 요소 가운데 세 번째이자 가장 잘 보이는 요소로서 주제와 캐릭터를 연결한다. 플롯이 이 관계에서 부담을 떠안는다. 플롯은 설득력 있고 재미 있는 경험을 만들어내야 한다. 또한 캐릭터가 주제와 관계를 맺도록 강제할 외부 갈등을 제공해야 하는 상당한 무게를 짊어져야 한다.

플롯은 언제나 주제에 관한 것이어야 한다

'이야기가 무엇에 관한 것인가?'는 광범위한 질문이다. 2장에서 논의한 것처럼 사람에 따라 플롯 중심이나 캐릭터 중심, 주제 중심으로 다양하게 답할 것이다. 하지만 역시 우리가 논의한 것처럼 언제나 정답은 주제다.

가장 현실적으로 이 말은 플롯이 주제에 관한 것이라는 뜻이다. 플롯과 주제는 한 가지의 구체적 사항을 암시라도 하지 않고는 다른 한 가지의 구체적 사항을 서술하기 어려울 정도로 세분화된 수준에서 연결되어야 한다(달리 말해 플롯과 주제는 작가가 계획하든 계획하지 않든 연결될 것이다).

캐릭터들이 내리는 결정과 그들이 하는 행동은 현실에 대해 어떤 식으로든 언급할 것이다. 캐릭터들이 살인을 하고 도망가거나, 첫눈에 사랑에 빠지거나, 양심적 병역 거부자가 되거나, 알코올의 존중에 굴복할 때 그들의 이야기는 현실이 어떤지(또는 적어도 작가가 현실이 어때야 한다고 생각하는지)에 관해 무슨 말이든 할 것이다.

작가가 이야기의 메시지를 계획하든 계획하지 않든, 심지어 메시지를 인식하든 인식하지 못하든 이야기는 이런 것들을 말할 것이다. 때로는 우리가 감지하지 못하는 무의식의 호흡이 무엇보다 매끄럽게 연결되고 강력한 주제를 제공한다. 그러나 작가가 플롯 메시지를 인식하지 못하면 다음 중 하나 또는 두 가지 모두에 해당하는 달갑지 않은 결과에 이르는 경우가 더 많을 것이다.

◆ 플롯이 결국 작가가 전혀 의도하지 않은 어떤 것을 '증명'한다.

◆ 작가가 의도치 않게 플롯을 통해 다른 것을 증명하는 한편, 실제로는 이야기의 사건들을 통해 입증되지 않는, 그냥 붙여 넣은 주제를 통해 다른 것을 의식적으로 증명하려 애쓴다.

첫 번째의 경우는 작가가 관습적인 플롯plot convention에 지나치게 의존하기 때문에 일어날 수 있다. 작가는 정직한 답들을 찾는 대신 총격전이나 로맨스를 다룬 수많은 이야기에서 보아 온 똑같고 익숙한 예비품에 손을 뻗는다. 우리는 독자나 관객으로서, 착한 사람들이 그저 착한 사람이기 때문에 옳은 일을 했다거나, 사랑에 빠진 주인공들이 그저 두 사람이 젊고 매력적이고 사랑스러운 첫 만남을 가졌기 때문에 오래도록 깊이 사랑했다는 것을 믿을 것이라고 기대하는 이야기들을 경험했다.

그에 반해 두 번째의 경우는, 의도는 좋지만 정말 무엇에 대한 이야기인지 작가가 제대로 이해하지 못하기 때문에 일어난다. 작가가 한 가지 주제를 의도했지만, 플롯에서 만들어낸 사건들이 실제로 완전히 다른 주제와 관련된 주장을 하고 있다는 사실을 깨닫지 못한 것이다. 그 결과 잘해야 두 가지 다른 주제를 보여주는 엉뚱한 이야기가 된다. 최악의 경우에는 두 가지 주제 모두 보여주지 못한다.

플롯과 주제가 통합된 완성형 이야기를 만들어내는 것은 모든 작가의 큰 열망 가운데 하나다. 그런 글을 쓰려면 그에 필요한 능력을 갖춰야 하고, 그런 능력을 갖추려면 관심이 있어야 한다.

다음은 자신이 적절한 플롯과 주제를 결혼시키고, 적절한 주제를 플롯과 연결했는지에 대해, 작가로서 어떻게 느끼는지 솔직히 평가하기 위해 사용할 수 있는 다섯 가지 중요한 질문들이다.

첫째, 왜 이 플롯인가? 왜 이 주제인가?

이 두 질문은 이야기의 효율성을 검토하는 데 필요한 가장 중요한 질문이다. 캐릭터가 왜 이 특정한 주제를 배우기 위해 왜 이 특정한 플롯을 견뎌야 하는가? 그 연관성이 분명히 보이지 않는다면 플롯이나 주제를 잘못 선택한 것이다.

둘째, 이 플롯으로 주제를 증명한 캐릭터아크를 쉽게 만들 수 있는가?

이야기의 영감은 세 가지 주요 요소 중 하나에서 얻을 수 있다. 하지만 잠시 주제에서 영감을 얻는다고 가정하면 작가는 다른 두 요소를 두루 조사하고 원점으로 돌아가야 한다. 주제는 캐릭터아크 내에서, 캐릭터의 내적 갈등의 중심에서 거짓과 진실에 대한 논쟁을 통해 증명되어야 한다. 그리고 캐릭터아크는 그 대신 플롯을 만들어내거나 플롯으로 인해 만들어져야 한다. 이야기 구조가 작동하려면 세 요소가 모두 연결되어야 한다.

물론 세 가지 주요 요소 중 어느 것에서 시작했든 이와 똑같이 조사할 수 있다. 플롯 아이디어로 시작한다면(또는 이미 초고를 완성했다면), 이 플롯의 사건들과 그것들을 경험하는 캐릭터의 여정이 현실에 대해 무슨 말을 하는지 물어봐야 한다.

또는 캐릭터로 시작한다면, 주인공의 캐릭터아크 중심에서 거짓과 진실을 발견한 다음 그 주위에서 특정 주제를 증명하고 있는 플롯을 발견할 수 있다.

세 가지 주요 요소 중 하나가 갑자기 떠오르면 나머지 요소들에 관한 아이디어도 동시에 떠오를 수 있다. 세 가지 가운데 어떤 것도 가볍게 여기지 않도록 주의하라.

셋째, 플롯의 외적 갈등이 캐릭터의 내적 갈등에 대한 은유일 수 있는가?

미래의 플롯과 캐릭터의 공생 관계를 이해하기 위한 최고의 방법 중 하나는 이야기의 외적 갈등을 내적 갈등의 은유로 생각하는 것임을 기억해야 한다.

예를 들어 캐릭터가 평화주의에 관한 신념을 바탕으로 행동한다면, 이 갈등에 적절한 외적이고 시각적인 은유는 전쟁(또는 안톤 마이어의《원스 이글Once an Eagle》에서처럼 여러 전쟁이 일어난 세기)일 가능성이 아주 크다.

또는 캐릭터가 더 깊이 타락해서 부정적으로 변할 수도 있다. 에밀리 브론테의《폭풍의 언덕Wuthering Heights》에서, 반反영웅 히스클리프가 소설의 후반부에서 어린 시절 자신이 겪은 굴욕을 기괴하게 재구성해 적들에게 돌려주는 것처럼 말이다.

넷째, 플롯의 외적 변화가 어떻게 캐릭터의 내적 변화를 촉진하는가?

이야기 구조가 제대로 작동하려면 외적 갈등과 내적 갈등이 서로를 거울처럼 비춰야 한다. 나아가 서로 영향을 주어야 한다. 외부 플롯을 추진하는 모든 지점이 캐릭터아크가 필연적으로 나아가는 데 충분한 내적 동요를 만들어야 한다. 그리고 내면의 변화를 추진하는 모든 지점에서, 캐릭터의 변화하는 사고방식과 동기가 외부로 향하게 해서, 플롯의 외부 사건들에 적극적으로 영향을 미쳐야 한다. 외부와 내부의 원인과 결과가 이렇게 뒤섞여야만 일관성 있는 주제를 온전히 실현할 수 있다.

내적 갈등과 외적 갈등을 조화롭게 만드는 데는 적절한 장면 구조가 큰 도움이 될 수 있다. 전체 구조의 순서가 외적 갈등이든 내적 갈등이든 한쪽에 온전히 적용될 수 있다. 하지만 보통 구조의 전반부(장면: 목표, 갈등, 재난)를 외적 갈등에서 일어나는 행동으로 보고, 후반부(후속 장면: 반응, 딜레마, 결정)를 내적 반응(다음 장면에서 뒤로 물러나 다시 외적 갈등에 영향을 줄 것이다)으로 보는 것이 도움이 된다.

다섯째, 모든 장면에서 주제의 적절성을 점검했는가?

이야기는 장면들을 모아놓은 것이다. 한 가지 주제에 대한 이야기를 쓰고자 했지만 결국 완전히 다른 주제를 증명하는 플롯을 썼다면 이는 전체 플롯보다는 작가가 삭제한 몇 가지 개별 장면들 때문에 생긴 문제일 것이다.

이야기의 모든 장면에 주의를 기울여야 한다. 모든 장면이 외적 갈등을 통해 플롯을 순차적으로 진행시켜야 하는 것과 마찬가지로, 모든 장면이 주제에도 적극적으로 도움을 주어야 한다. 책의 결말에 이르러서야 '이 이야기가 무슨 말을 하는가?'라고 물으면 안 된다. 모든 장면에서 물어야 한다.

장면이 주제 전제와 별로 상관없거나 심지어 그것과 상충하는 말을 한다면 꼭 필요한 장면인지 다시 생각해야 한다. 이야기의 각기 다른 모든 장면이 모자이크처럼 하나로 합쳐져 의미 있는 큰 그림을 만들어야 한다.

주제에 관한 이야기는 캐릭터의 깊은 내면에서 주제를 발견하고 다시 그 주제를 사용해 플롯을 만든 것이다. 작가가 그렇게 구성할 수 있다면 이야기의 세 가지 주요 요소는 서로에게 필수 불가결해져 가장 개인적인 도덕적 고민에도 강력하고 설득력 있는 선명한 은유를 제공한다.

적대 세력도
주인공만큼 중요하다

적대자 때문에 독자들이 돈을 써서 책을 사지는 않을 것이다. 하지만 그들의 등장은 다음과 같은 상황에서 필연적인 이유가 된다.

주인공에게는 더 이상 소파에 앉아 감자칩을 먹으며 인생을 낭비하지 않을 이유가 있다.

또는

주인공은 모든 장애물을 지루할 정도로 쉽게 통과하지 못한다.

그러므로 적대자에게 어느 정도 애정을 가져야 한다. 이는 먼저 주인공과 마찬가지로 아낌없이 관심을 기울이고 미묘한 차이에도 신경을 쓰면서 적대자를 공들여 만들어야 한다는 뜻이다. 놀랍도록 입체적인 주인공이 평범한 적대자에게 저항한다면 독자들은 금세 눈치챌 것이다.

적대자는 주인공의 부시에 맞서는 부싯돌이며, 주인공의 막을 수 없는 힘에 맞서는 요지부동의 장애물이고, 주인공의 자유로운 선택에 맞서는 운명이다. 그 둘이 떨어져 있으면 그다지 흥미롭지 않을 것이다. 같이 있으면, 쾅! 촉발 사건Inciting Event(플롯이 진행되고 주인공이 행동에 나서게 만드는 사건—옮긴이)이다!

하지만 악당과 착한 사람을 같은 복싱 경기장에 던져 넣기만 하는 것으로는 충분치 않다. 주인공의 모든 행동에 공교롭게 반대하는 적대자를 만들어내는 것으로도 충분치 않다(더 나은 방법이기는 하다). 적대자라도 인정할 점은 인정하는 것이, 그에게 주의를 집중시키는 것은 아니라는 점에도 주의해야 한다.

요즘에는 유감스럽게도 주인공을 희생해서라도 적대자에게 지나치게 집중하는 경향이 보인다. 적이 반영웅이 되든 속죄하든 다 좋지만, 그것이 서사의 완결성을 해치거나 관객이 캐릭터와 적절하게 일체감을 느끼는 데 방해가 되어서는 안 된다.

주인공과 적대자가 화음을 이루게 하는 유일한 방법은 그들이 처음부터 조화를 이룰 수 있도록 공들여 만드는 것이다. 모든 이야기의 화성학은 주제에서 생겨난다. 주인공을 주제에 맞게(또는 주제를 주인공에 맞게) 세심하게 공들여 만들어야 하는 것처럼 적대자도 똑같이 해야 한다.

주인공과 적대자, 주제의 결합(근본적으로 캐릭터, 플롯, 주제라는 세 가지 주요 요소를 다르게 표현한 것과 같다)에 접근할 수 있는 방법은 많다. 가장 좋은 방법 중 하나는 주인공의 캐릭터아크를 보고 힌트를 얻는 것이다. 가장 중요한 캐릭터가 주제와 관련해 플롯의 사건들에서 어떤 영향을 받을지 작가가 안다면, 주인공이 변화하는 데 영향을 주고받는 적대자를 어떻게 만들어낼지를 전체적으로 알아낼 수 있을 것이다.

적대 세력의
다섯 가지 기본 범주

'적대자'라는 용어는 인간을 상정하므로, 나는 보통 '적대 세력'이라는 더 포괄적인 용어를 선호한다. 이번 장에서는 주로 다른 사람에게 의존하지 않는 캐릭터인 적대자에 관해 이야기할 것이므로 주로 '적대자'라는 용어를 사용할 것이다. 하지만 의인화된 적대자가 등장하지 않는 이야기라도 상징적으로 '적대자'라는 용어를 사용할 수 있다는 점을 기억하기 바란다.

주인공과 적대자의 캐릭터아크가 주제와 관련된 플롯을 만들어 내기 위해 서로 어떻게 영향을 주고받을지를 살펴보기 전에 적대 세력의 포괄적 범주 몇 가지를 검토해보자.

주인공 대 사회

단지 개인이 아니라 전체 사회(일반적으로 어떤 의미에서 타락한 사회)와 대결하는 주인공이 있다. 랄프 엘리슨의 《보이지 않는 사람 Invisible Man》(흑인 소년이 미국 남부에서 북부로 여행하며 인종 차별이 계속되는 현실을 깨닫고 정체성을 찾아가는 이야기—옮긴이)과 수잔 콜린스의 《헝거 게임The Hunger Games》이 이 유형에 해당하는 대표적인 작품이다. 하지만 이런 웅장한 이야기라도 대개 특정한 적대자(콜린스의 스노우 대통령)나 적어도 일련의 상징적 캐릭터들로 사회를 의인화하는 것이 가장 좋다.

주인공 대 자연

주인공이 무언가를 이루기 위해(주로 살아남기 위해) 날씨(예: 허리케인)나 험난한 환경(예: 사막), 동물(예: 맹수들), 질병(예: 전염병이나 엄밀히 따지면 좀비도) 등에 맞서 노력하는 모든 이야기가 이 유형에 해당한다. 이런 이야기에 인간인 적도 등장할 수 있다. 하지만 등장한다면 보통 적대자보다는 방해자(적대자와 달리 전반적인 갈등에서 주인공과 한편이지만 주인공의 앞길을 막고, 주인공이 적대자와의 예정된 싸움에서 물러날지 또는 최종 목표에 이르는 부도덕한 길을 택할지 고려하게 만드는 캐릭터—지은이) 역할일 것이다.

주인공의 개인적 변화, 주제와 관련된 변화는 이렇게 더 상징적인 방식으로 표현되는 얼굴 없는 적대 세력(캐릭터 내면의 싸움을 구체화해서 보여주는 자연의 힘)과 더 많이 상호 작용한다. 이야기에서는 대부분 더 큰 비인격적 적대자를 인간으로 형상화하는 것이 더 나을 것이다(많은 전쟁 영화에서 전체 적군을 보여주지 않고 특정 군인을 '적'으로 보여주는 것도 그 때문이다).

이런 이야기는 단지 정서적으로 더 거리감을 느낄 수 있다. 하지만 적대 세력은 근본적으로 주인공이 목표에 이르는 길에 놓인 장애물에 지나지 않는다는 것을 기억해야 한다. 따라서 주인공의 목표 달성을 방해하는 것은 모두 개인적인 것이 된다.

주인공 대 주인공 자신

자기 자신보다 개인적인 적대자는 없다. 우리는 이미 주제에 깊이가 있는 이야기는 모두 '그는 누구인가?' '그가 무엇을 믿는가?' '그가 어떻게 살아남을까?' '그가 무엇을 할까?' 같은 주인공의 내적 갈등을 다룬 이야기임을 이미 알고 있다.

전적으로 주인공 대 자신만을 다루는 플롯은 매우 드물다. 캐릭터의 내적 갈등이 가장 큰 관심사인 이야기에서도 그 갈등은 어느 정도 상징적인 방식으로 표면화될 것이다. 실제로 주인공 자신이 플롯 목표에 자기 파괴적인 장애물을 던져 놓고 자신의 길을 방해할 수 있다. 하지만 그것은 또한 더 크고 얼굴 없는 갈등(주인공 대 자연이나 심지어 주인공 대 사회에서처럼)을 비추게 함으로써 자신과의 싸움이 더 웅장한 규모로 표현된 것일 수도 있다. 또는 서사가 진행되는 내내 주인공이 만나는 다양한 사람들로 인해 주인공의 내면에 잠재해 있던 악마가 은유적으로 표현된 것일 수도 있다.

주인공이 내면의 어떤 악마와 싸우는지 일단 작가가 알아내면, 지극히 중요한 그 내면의 싸움을 적절하게 상징하고 각색하고 촉진할 수 있는 외부의 적대자를 찾을 수 있다. 주인공 대 주인공 자신의 갈등이 주인공 대 외부 반대자의 갈등과 일치하는 순간이 위대한 절정을 이루는 만남의 핵심이다. 주인공은 외부 적대자를 물리치는 것이 자신과 계속 싸우고 있는 내면의 적을 물리치는 것보다 쉽다는 사실을 어떻게든 깨달을 것이다. 그것을 깨달으면서 그는 두 가지 갈등이 일치하면, 한 가지 갈등을 끝냄으로써 두 가지 갈등을 모두 없앨 수 있다. 작가는 바로 이렇게 갈등 속에서 강력한 주제의 공명을 발견할 것이다.

주인공 대 주인공

우리는 '주인공'과 '적대자'라는 말을 들으면 보통 '착한 사람'과 '악당'을 떠올린다. 하지만 '주인공'과 '적대자'는 대체로 도덕적 위치보다는 서사적 기능을 표현하므로 '착한 사람, 악당'은 정확한 용어가 아니다. 그럼에도 주인공을 이야기에서 가장 사악한 사람으로 만들고 적대자를 가장 천사 같은 사람으로 만드는 것은 전적으로 가능하다.

적대자가 실제로 공동 주인공에 가까운 이야기일 경우 '적대자'를 '악당'으로 보는 견해에서 분명하게 벗어날 수 있다. 이것은 실제로 각각의 주인공이 다른 주인공의 플롯 목표에 장애물을 만든다는 뜻이다. 이런 이야기는 보통 복잡한 도덕적 주제를 살펴볼 때 좋다. 또한 두 사람이 연인이 되기로 결정하는 가장 중요한 순간에, 똑같이 중요한 두 캐릭터가 등장하는 것이 중심적 갈등과 관련된 로맨스 장르에도 이런 이야기가 관습적으로 사용된다.

주인공 대 적대자

마지막으로 주인공 대 적대자라는 고전적 설정이 있다. 이런 유형의 서사에서 주인공은 플롯을 관통하는 구조적 주제를 표현하며, 그런 만큼 관객이 동일시하려는 캐릭터다. 적대자는 주인공과 적대자의 목표가 서로 배타적이라는 사실이 드러난 후 주인공에게 반대하는 사람이다. 거의 항상 적대자의 목표가 주인공의 목표보다 먼저 이루어질 것이다. 주인공은 적대자가 무언가를 하지 못하게 막기 위해서든 적대자가 주인공을 막으려 하기 때문이든 어떤 이유로든 적대자에게 반응해야 한다고 결정하는 사람이다.

적대자는
주인공을 주제와 연결시켜야 한다

주제에 맞는 적대자는 성공적인 모든 이야기의 핵심 인물이다. 아주 유쾌한 주인공, 재치 있는 대화, 흥미진진한 갈등, 깊이 있는 주제로 이야기를 쓰더라도, 단지 적대자를 음흉한 마음을 지닌 평면적인 악당으로 설정한다면 이야기는 실패할 수 있다.

직관에 다소 반하는 말이지만, 이야기의 성공을 위한 전체 토대를 제공하는 캐릭터는 주인공이 아니라 적대자다. 주제와 갈등을 연결하는 캐릭터가 적대자이기 때문이다.

주제와 플롯이 서로 적절한 동반자인지 확신하지 못한다면 먼저 이야기의 주인공과 적대자가 어떤 관계인지 살펴봐야 한다.

이야기에서 일어나는 일은 항상 캐릭터들에게 개인적인 문제다. 이야기의 외적 분쟁은 주인공의 개인적 캐릭터아크를 극적으로 보이도록 돕기 위한 것이다. 따라서 플롯은 절대 무작위로 만들어낼 수 없다. 얼굴 없는 기업이든 연쇄 살인자든 남을 괴롭히는 사람이든 가족이든 그저 사나운 개를 묶어 놓아야 한다는 것을 깜빡 잊은 친절한 할머니든, 이 적대 세력이 주인공의 삶에 부정적인 장애물을 만들어 놓는 이유가 반드시 있어야 한다.

이유(분명한 연관성)가 없다면 이야기의 현실감이 약해진다. 그중에서도 적대 세력이(그리고 그 결과 주요 갈등이) 주제와 관련성 없는 최악일 때는 절정에서 지독히 파편적이고 정서적으로 설득력이라고는 전혀 없는 마지막 대결이 만들어진다.

로맨스 장르에서 이런 경우를 꽤 많이 볼 수 있다. 이야기의 주요 부분은 대체로 탄탄하다. 로맨스 장르는 관계에 관한 이야기고, 이는 관계를 이루는 두 인물(성공적인 관계라는 공통의 목표 안에서 서로에게 장애물을 만들고 그것을 해결한다)이 있으며, 한 사람은 다른 사람에게 적대자라는 뜻이다. 사실 로맨스 장르의 이런 기본적 측면은 적대자와 갈등, 주제가 떨어지지 않도록 통합하는 방법을 보여주는 훌륭한 예다.

하지만 흔히 작가는 긴장감 넘치는 서브플롯을 던져 판을 키울 필요가 있다고 느낄 수 있다. 그리고 그 서브플롯에서 중요하지 않은 적대자가 주요 캐릭터 가운데 한 명을 위태롭게 만든다. 이런 적대자는 대부분 책 내용이 90퍼센트 정도 진행되는 동안 등장하지 않고, 드물게 주인공들과 상호 작용을 하더라도 주제 전제와는 별로 상관없다. 오로지 그는 캐릭터들이 극복해야 할 흥미로운 마지막 장애물을 만들어 놓기 위해 존재한다. 이 마지막 장애물(전체 이야기에서 가장 적절하고 개인적이어야 한다)이 결국 근본 주제와 가장 동떨어진 것일 수 있다는 사실이 문제다.

이제 적대자와 주인공을(따라서 주요 갈등을) 주제와 관련해 적절하게 연결하는 다섯 가지 방법을 살펴볼 것이다. 이 방법들을 꼼꼼히 읽어 보고 자신이 가장 좋아하는 이야기들과 연결해 생각해보아야 한다. 적대자들이 이 범주에 들어맞는가? 들어맞지 않는다면 정서적으로 흥미진진한 논리의 빈틈없는 삼각관계에서 주인공과 적대자, 주제를 다른 어떤 관련성으로 연결할 수 있을지 더 깊이 파고들어 알아내야 한다.

긍정적으로 연결된 주인공과 적대자

주인공과 적대자의 '의미 있는 연결'에 대해 생각하면 아마 친구 대 친구라는 가슴 아픈 전제를 가장 먼저 떠올릴 것이다. 이 관계에 정서를 자극하는 특징이 내재하고 있기 때문에 이는 내가 가장 좋아하는 적대자 중심의 주제 유형 가운데 하나다.

훌륭한 갈등은 어려운 선택을 토대로 하며, 서로에게 확실히 부정적인 상황으로 이어지는 편이 더 좋다. 주인공과 적대자가, 그들이 사랑하는 사람과 그들 자신의 목표와 원칙 사이에서 어쩔 수 없이 어느 한쪽을 선택해야 하는 이야기에 훌륭한 갈등이 많다. 이러한 이야기는 '친구를 배신해도 괜찮은 이유는 무엇인가?' 같은 훌륭한 도덕적 질문들을 이끌어낸다.

이 범주에는 개인 수준에서 꼭 '긍정적'이지 않은 관계도 포함될 수 있다. 하지만 그 관계가 대부분 긍정적 동맹으로 보이는 방식으로 여전히 주인공과 적대자를 묶는다. 이는 특히 가족 구성원(심지어 서로 싫어하더라도)에게 적용된다. 신데렐라와 새어머니가 좋은 예다. 두 사람이 서로 전혀 좋아하지 않는다. 하지만 신데렐라는 가족이라는 강요된 인연 때문에 적어도 두 사람의 관계에서 전통적 특성을 존중하는 것이 도리라고 느낀다. 그리고 그것이 주제와 관련된 논쟁을 간단한 방법으로 복잡하게 만든다. 예를 들어 다음과 같다.

- ◆ 친구 사이인 스티브 로저스와 버키 반즈(⟨캡틴 아메리카: 윈터 솔저Captain America: The Winter Soldier⟩)
- ◆ 친구 사이인 스티브 로저스와 토니 스타크(⟨캡틴 아메리카: 시빌 워Captain America: Civil War⟩)
- ◆ 입양된 아들과 아버지 사이인 매튜 가스와 톰 던슨(⟨붉은 강 Red River⟩)
- ◆ 형제 사이인 브렌든 콘론과 토미 콘론(⟨워리어Warrior⟩)

적대자와 부정적으로 연결된 주인공

많은 이야기가 주인공과 적대자가 서로 모르는 상태로 시작되고, 목표 때문에 두 사람이 갈등하는 순간까지 그대로 계속된다. 이런 순간들(촉발 사건이나 첫 번째 플롯 포인트)에 주인공과 적대자가 서로를 외면하고 떠날 수 없을 만큼 극적이고 인생이 뒤바뀌는 일이 일어난다.

적대자는 전통적으로 '나쁘기' 때문에 주인공을 자신에게 묶어두는 방식으로 주인공에게 부정적 영향을 미치는 원인이 흔히 적대자에게 있다. 이런 행동은 주인공에 대한 적대자의 거짓말, 주인공의 직업 뺏기, 개인적 관계에서 주인공을 배신하기(〈워리어〉에서 동생 토미가 형이 자신과 죽어 가는 어머니를 버리고 알코올의존증인 아버지를 택했다고 느끼는 것처럼)부터, 주인공에 대한 공격(존 포드의 고전 〈리버티 밸런스를 쏜 사나이The Man Who Shot Liberty Valance〉에서 정신병이 있는 노상강도 리버티 밸런스가 제임스 스튜어트가 역을 맡은 이상주의적 변호사를 강도질하고 때리고 죽게 내버려 두는 것처럼)이나 사랑하는 사람에 대한 공격(〈데스 위시Death Wish〉와 지금까지 나온 모든 복수 이야기처럼)까지 전반적인 것일 수 있다.

핵심은 주인공이 외면하고 떠나 버릴 수 없다는 것이다. 적대자가 주인공의 삶을 부정적인 방식으로 이미 바꿔 놓았다. 주인공은 2막이 시작될 때 그저 상황을 바로잡아 예전으로 돌아가고 싶어 할 수 있다. 하지만 실제로는 위험이 단 두 사람보다 훨씬 커졌더라도, 결국 이야기는 주인공이 이제 아주 개인적인 문제가 된 싸움에서 억지로 적대자를 제압하게 만들 것이다. 이 접근법은 내적 목표가 억지로 외적 목표를 향하게 해서 모든 것을 간단히 묶어 주기 때문에 아주 좋은 방법이다. 예를 들어 다음과 같다.

- 미국 독립전쟁이라는 더 큰 갈등이 벌어지는 동안 윌리엄 태빙턴이 벤저민 마틴의 아들을 살해한다(〈패트리어트: 늪 속의 여우The Patriot〉).
- 서부의 주 지위를 두고 더 큰 갈등이 벌어지는 동안 리버티

밸런스가 랜스 스토다드를 죽게 내버려 둔다(《리버티 밸런스를 쏜 사나이》).

◆ 카멜롯의 평화를 위한 더 큰 갈등이 벌어지는 동안 부당한 보티건왕이 정당한 아서왕의 부모와 친구들을 제거한다(《킹 아서: 제왕의 검King Arthur: Legend of the Sword》).

주인공과 부정적으로 연결된 적대자

주인공이 상처 입거나 적대자에게 격분하는 대신, 적대자가 자신이 상처 입은 쪽이라고 여기고 외곬으로 주인공만을 뒤쫓을 수도 있다.

가장 중요한 차이점은 주인공은 흔히 적대자가 자신에게 집착한다는 사실을 모른다는 것이다. 주인공은 자신이 무슨 일을 했기에 적대자가 속상해하는지 모르거나 자신의 행동을 긍정적이라고 보거나 아직 눈치채지 못한 더 큰 갈등(《킹 아서: 제왕의 검》에서처럼 세대 간의 갈등일 때 흔히 있는 일이지만)에서 자신도 모르게 핵심 인물이 될 수 있다.

모든 범주가 겹칠 수 있으므로 캐릭터들 사이의 이 부정적인 관계는 양방향으로 작용할 수 있다. 거의 언제나 일련의 원인과 결과가 있을 것이다. 적대자가 먼저 상처 입을 수도 있지만, 그가 재빨리 화를 내고 주인공에게도 개인적인 상처를 줄 것이다.

이 범주에 해당하는 이야기들에서는 주인공이 자신이 무슨 일을 했기에 적대자가 속상해하고 자신을 이 특정한 갈등의 중심으로 만들었는지 조사해서 알아내야 한다. 그래서 미스터리나 서스펜스 장르에도 잘 맞는다. 보통 '선택받은 자들'인 주인공이 적합하다. 예를 들어 다음과 같다.

- ◆ 토니 스타크 대 그의 거의 모든 상대. 그가 자신이 어떤 피해를 남기는지 거의 모르기 때문이다('마블 시네마틱 유니버스Marvel Cinematic Universe').
- ◆ 랜스 스토다드 대 리버티 밸런스. 랜스가 그 지역을 공포로 다스리는 리버티에게 합법적으로 맞서려 하기 때문이다(《리버티 밸런스를 쏜 사나이》).
- ◆ 아서 대 보티건. '천부적 왕'이라는 아서의 유산이 보티건의 통치를 위협하기 때문이다(《킹 아서: 제왕의 검》).
- ◆ 포 대 타이렁. 포가 용의 전사로 지목된 것을 타이렁이 부러워하기 때문이다(《쿵푸 팬더Kung-Fu Panda》).

주인공을 거울처럼 비추는 적대자

모든 이야기에서 주인공과 적대자가 실제로 서로 아는 관계는 아닐 것이다. 그럴 경우 이야기에 큰 정서적 공백이 생길 수 있다. 개인적 관계가 아니라면 갈등이 어떻게 개인적일 수 있을까? 개인적 관계가 아님에도 절정 장면에 어떻게 주제와 관련된 깊은 의미를 담을 수 있을까?

'강력한 악당'이 등장하는 많은 이야기에서는 대부분 주인공과 적대자가 한 공간에 있는 것조차 논리적으로 불가능하다. 그럼에도 작가는 적대자가 주인공의 상징적 '거울'이 될 수 있게 함으로써 계속 두 사람의 관계를 중심에 둘 수 있다. 주인공이 이렇게 멀리 떨어진 악당에게서조차 자신의 모습을 볼 수 있다면, 그것이 주제와 깊이 관련된 실존적 질문들의 재료가 될 수 있다.

주인공은 자신에게 '내가 왜 이 사람과 싸우고 있지?' '내가 이 사람과 조금이라도 다른가, 이 사람보다 조금이라도 나은가?' '이 사람이 나와 이렇게 비슷하다면 우리가 적이 아니라 친구가 될 수 있지 않을까?'라고 묻기 시작한다.

작가가 주인공과 적대자의 성격, 방법, 목표, 배경 이야기, 관심사 등의 공통점을 더 많이 이끌어낼 수 있다면, 주인공이 하게 될 내면의 여정이라는 서브텍스트 내에서 외적 갈등을 살펴볼 기회를 더 많이 만들 수 있을 것이다. 예를 들어 다음과 같다.

◆ 토니 스타크와 이반 반코는 발명가 아버지에 관한 비슷한 배경 이야기와 비슷한 능력을 공유한다(《아이언맨 2Iron Man 2》).
◆ 스티브 로저스와 요한 슈미트는 수퍼 솔저 혈청을 복용한 것과 관련해 비슷한 경험을 공유한다(《캡틴 아메리카: 퍼스트 어벤져Captain America: The First Avenger》).

- ◆ 제이슨 본은 그를 뒤쫓도록 파견되는 모든 트레드스톤 요원 들과 똑같은 과거를 공유한다('본 3부작The Bourne Trilogy')
- ◆ 잭 오브리 선이 그와 '똑같이 싸운다'는 프랑스인 선장과 결투 를 벌인다(〈마스터 앤드 커맨더: 위대한 정복자Master and Command- er: The Far Side of the World〉)
- ◆ 엘리자베스 베넷과 피츠윌리엄 다시는 많은 성격 특성을 공 유한다(《오만과 편견》)
- ◆ 조지 베일리와 포터 영감은 사업 요령, 야망, 베드폴드 마을에 대한 무시를 공유한다(〈멋진 인생It's a Wonderful Life〉).
- ◆ 아서와 보티건은 비슷하게 무자비한 야망과 혈통을 공유한 다(〈킹 아서: 제왕의 검〉).

이념적으로 맞서는 주인공과 적대자

주인공과 적대자가 항상 개인적 목표나 상처 때문에 서로에게 맞서는 것은 아닐 것이다. 그들의 싸움은 보다 큰 이념적 견해와 관련되어 있을 수 있다. 착한 사람은 '옳은' 것을 믿고 악당은 '그른' 것을 믿으며, 두 가지는 절대 하나로 합쳐지지 않는다.

모든 이야기의 갈등은 어느 시점에서 이렇게 요약될 것이다. 주제가 그저 서열에 따라 근근이 학교생활을 하는 아이에 관한 것일 지라도 마찬가지다. 전쟁이나 사회의 부정의 같은 더 큰 문제에 관 한 이야기들은 전적으로 이념에 기반을 두기도 한다.

이념적 반대만으로는 갈등을 만들어낼 수 없다는 점에 주의해야 한다. 알다시피 이념적 반대에는 캐릭터들이 어떤 방식으로 연결되는지 전혀 암시되지 않는다. 이념들 간의 마지막 갈등이 절정에서 정서적으로 무게가 있으려면 앞에서 소개한 범주들 중에서 한 가지로 적대 세력이 주인공과 더 긴밀히 묶여 있어야 한다.

최근 각색한 〈원더우먼Wonder Woman〉에서 이 점이 흔들렸다고 생각한다. 다이애나가 최대의 적 아레스와 벌인 마지막 대결은 이념적인 것이었기 때문에 이야기에서 가장 약한 부분이다. 다이애나는 아레스와 정서적으로 연결되어 있지 않다. 만약 자신의 신념에 헌신적이지 않았다면 그녀는 아무런 개인적 걱정 없이 아레스와의 전쟁을 외면하고 떠날 수 있었을 것이다.

이것은 플롯과 주제를 아주 단순하게 만들거나 더 나쁜 결과를 만들 수 있다. 더 나은 이념적 갈등은 다음 예에서 볼 수 있다.

◆ 크리스 아담스의 "그런 약속은 그냥 지켜야 하는 거야" 대 칼베라의 "왜 돌아왔나? 자네 같은 사람이 이런 곳에 오다니?"(〈황야의 7인The Magnificent Seven〉)

◆ 랜스 스토다드의 '법과 질서' 대 리버티 밸런스의 '폭력에 의한 지배'(〈리버티 밸런스를 쏜 사나이〉)

◆ 에보시의 '자연의 균형 무시' 대 아시타카의 '자연의 균형 존중'(〈모노노케 히메Princess Mononoke〉)

주인공에 관한 이야기를 쓰지 말아야 한다. 대신 주인공과 적대자(그리고 그들의 연결)에 관한 이야기를 써야 한다. 이런 이야기는 모든 중요한 지점에서 통합적이고 강력하게 묶여 있는 플롯과 주제뿐 아니라 계속 진행되는 사실적 갈등을 보여준다.

세 가지 이야기 유형에 따른 적대자의 역할

작가는 적대자의 플롯 목표가 주제와 관련된 주인공이 지향하는 것에 직접적으로 도전하는 것이 되기를 바란다. 주인공이 주제와 관련된 진실을 지금 나타내거나 앞으로 나타낼 것이라면 적대자는 주제와 관련된 거짓의 화신이어야 한다(또는 반대일 수도 있다).

그렇다고 언제나 적대자가 주인공과 마주 앉아 이념적이거나 실존적인 논쟁을 해야 한다는 뜻은 아니다. 심지어 반드시 두 인물이 한 번이라도 물리적으로 같은 공간에 있어야 한다는 뜻도 아니다. 하지만 주인공의 캐릭터아크가 외부 플롯에서 적대자가 만들어 놓은 장애물로 인해 촉진되어야 한다는 뜻이다.

이야기에서 주인공이 시작할 캐릭터아크를 다양하게 변주할 수 있다. 그런 변주는 세 가지 포괄적 범주로 묶을 수 있다. 이 범주들은 결국 적대자가 이야기의 플롯과 특히 이야기의 주제에서 어떤 역할을 해야 하는지에 대한 길잡이가 될 수 있다(다시 말하지만 캐릭터아크의 기본 원칙에 익숙지 않다면 이 책의 부록을 참고하라).

주인공이 긍정적 변화 아크를 따른다면

긍정적 변화 아크 이야기에서 주인공은 주제의 진실과 부정적 관계로 시작할 것이다. 이는 그가 반대되는 거짓을 위해 진실을 거부하거나 직접적으로 거절하면서 이야기가 시작될 것이라는 뜻이다. 주요 갈등으로 인해 벌어지는 사건들의 직접적 결과 때문에 주인공이 어쩔 수 없이 거짓의 한계에 맞닥뜨리며 진실을 이해하고 받아들이기 시작할 것이다.

이에 대응해 적대자는 주제와 관련된 두 가지 입장 가운데 하나를 취할 수 있다.

한 가지 가능성은 역시 거짓을 믿고 대변하는 적대자로 시작하는 것이다. 이때 그 거짓은 주인공이 시작할 때 믿는 거짓과 같을 수도 있고 주인공이 처음에 이끌린 것보다 더 큰 거짓일 수도 있다.

주인공과 적대자가 비슷하게 거짓을 지지하기 때문에 둘은 갈등의 같은 쪽에서 시작할 수도 있다. 두 사람이 서로 다른 목표를 대변하더라도, 적어도 그들이 똑같은 거짓을 믿고 있기 때문에 주인공은 여전히 적대자에게 끌리고 친밀감을 느낄 것이다.

하지만 진실을 위해 거짓을 꿰뚫어 보기 시작하는 주인공과 달리 적대자는 변하지 않을 것이다. 이야기의 결말에서 적대자는 거짓을 따른 결과를 온전히 보여주고 주인공의 새로운 진실에 압도 당할 것이다.

두 번째 가능성은 진실에 동조하고 주인공의 거짓에 처음부터 반대하며, 결국 거짓이 지속 불가능하다는 것을 주인공이 깨닫도록 돕는 방법으로, 진실을 이용해 주인공을 '무너뜨리는' 적대자를 보여줄 수 있다. 이 유형의 적대자는 도덕적으로 악하거나 모호할 가능성이 적다. 이 유형의 적대자는 흔히 로맨스 장르의 연인처럼 중요한 관계인 캐릭터다(예를 들어 주인공은 적대자와 함께하기 위해 거짓에 기초한 자신의 파괴적 사고방식을 극복해야 한다).

주인공이 평탄한 아크를 따른다면

평탄한 아크 이야기에서 주인공은 주제와 관련된 자신의 기본 관점을 바꾸지 않는다. 주제와 관련해 주인공은 진실을 대변한다(또는 흔치 않지만 비극적으로 거짓을 대변한다). 본인이 주제를 강하게 지지하므로 주인공은 다른 중요한 캐릭터들이 결말에 이르러서 변화하도록 격려할 것이다. 주인공은 또한 주제에 대한 자신의 지지를 이용해 플롯 목표들을 이끌어갈 것이다.

주인공이 개인적으로 변하지 않는 이런 이야기는 반대되는 이념을 통해 주제와 관련된 논쟁을 불러일으킨다. 그러므로 적대자는 논쟁의 상대편(주인공이 진실을 대변한다면 거짓, 거짓을 대변한다면 진실)을 대변하면서 마찬가지로 회복력이 있을 것이다.

이런 이야기에서는 적대자가 주인공과 상호 작용한 결과, 긍정적 변화 아크나 부정적 변화 아크를 경험할 수도 있다. 하지만 때로는 이로 인해 적대자는 요지부동인 주인공 옆에 있는 상대적으로 약한 역할로 표현될 수 있다. 주제와 관련된 더 강한 논쟁(따라서 강한 이야기)은 보통 적대자를 똑같이 강한 주제의 상대편을 대변하도록 구상할 때 발달하기 시작한다.

주인공이 부정적 변화 아크를 따른다면

부정적 변화 아크는 더 다양하게 바뀔 수 있다. 주인공은 주제와 관련된 진실과 긍정적 관계에서 시작할 수도 있고 부정적 관계에서 시작할 수도 있다. 긍정적 변화 아크 이야기에서처럼 그는 이미 거짓을 믿은 상태에서 시작할 수도 있다. 그럴 경우 그는 환멸을 느끼게 하는 진실을 믿도록 변화할 수도 있고, 훨씬 더 어두운 거짓으로 후퇴할 수도 있다. 그는 또한 진실을 믿으면서 시작해 결국 거짓에 빠질 수도 있다.

이런 이야기에서 적대자는 확고하게 진실을 대변할 수도 있다. 그리고 그 진실은 이념적 싸움에서 부질없이 주인공의 거짓에 맞서 대결을 벌일 것이다. 또는 적대자가 거짓을 대변하고 주인공을 최후의 죽음으로 유혹할 수 있도록 도울 것이다.

이야기 주제에 맞는
적대자의 네 가지 조건

적대자 역할을 누가 할지는 결코 가볍게 결정할 일이 아니다. 잘못 결정하면 이야기가 옆길로 빠질 수 있고, 잘 결정하면 그것이 실마리가 되어 책이 전체적으로 잘 이어질 수 있을 것이다. 이야기의 모든 측면을 이용하는 데 도움이 될 적대자를 찾기 위해 다음의 네 가지 목록에 맞춰 자신의 선택을 거듭해서 확인해야 한다.

플롯에서 주인공과 직접 맞서는 적대자

누구나 이해할 수 있게 요약하면 적대자는 바로 주인공과 주인공의 목표 사이에 놓인 장애물이다. 그러므로 적절한 적대자는 언제나 주인공과 직접 맞설 것이다. 그는 길옆으로 비켜서서 주인공을 조롱하거나 주인공에게 돌을 던지지는 않을 것이다. 오히려 길 한가운데 서서 주인공의 머리에 총을 똑바로 겨누고 주인공에게 물러서라고 말할 것이다.

길 한가운데에 서 있지 않다면 그는 주요 적대자가 아니다(그리고 그 길 끝에 무엇이 있든 그것은 주인공이 주요 갈등에서 추구하는 데 적절하지 않은 목표이다). 다음 사항을 확인해야 한다.

◆ 주인공의 주요 플롯 목표는 무엇인가?
◆ 캐릭터가 원하는 것은 무엇인가?

◆ 어떤 캐릭터(또는 사물)가 그녀를 방해하는 데 가장 적합할까?

◆ 이 캐릭터(또는 사물)가 주인공의 장면 목표scene goal에 어떻게
직접 맞설 수 있는가?

주제와 관련해 주인공과 직접 맞서는 적대자

적대자는 주제에서 핵심 톱니바퀴다. 그가 외적 갈등(주인공의 내
적 갈등의 가시적 은유)을 이끌어가기 때문에 그와 그가 만드는 갈등
은 주제와 직접 관련되어야 한다.

이야기에 등장하는 모든 캐릭터는 어떤 식으로든 주제의 한 측
면을 숙고해야 한다. 하지만 주요 적대자는 주제 전제에 대해 직접
의견을 제시해야 한다. 그가 다른 거짓이나 진실, 심지어 주제와
아무 관련 없는 것을 좇는다면 주인공의 캐릭터아크에서 주제와
관련된 방정식의 중요한 부분이 빠질 것이다.

그 대신 적대자가 갈등에서 주인공과 직접 맞서지 않는다면, 그
가 주제와 관련해 얼마나 적절한지는 중요하지 않다. 주인공의 개
인적 발견이 이 외부 적대자를 극복하는 것과 직접 연결되는 않을
것이기 때문이다. 따라서 그가 이야기에 미치는 영향은 그다지 중
요하지 않을 것이다. 다음 사항을 확인해야 한다.

◆ 적대자가 기본적으로 주인공처럼 거짓을 믿으며 시작하는
가, 주인공의 거짓과 반대되는 진실을 믿으며 시작하는가?

- ◆ 이 캐릭터가 어떤 점에서 주인공과 지극히 비슷한가?
- ◆ 이 캐릭터는 주인공이 간절히 되고 싶어 하는 어떤 사람이나, 주인공이 간절히 되고 싶어 하지 않는(또는 이미 그런 사람이지만 그런 사람인 것이 싫은) 어떤 사람의 본보기인가?
- ◆ 이 캐릭터가 주제와 관련해, 주인공이 이야기의 진실에서 멀어지게 하고, 그 결과 주인공의 이야기 목표에서 멀어지도록 유혹할 가능성이 있는 설득력 있는 논쟁을 벌일 수 있는가?

주인공의 거울상인 적대자

주제와 관련된 적대자의 핵심 역할은 유령의 집에 있는 거울처럼 주인공을 깜짝 놀래키는 거울상이 되는 것이다. 그는 주인공의 어두운 측면이나 거짓을 나타낸다. 그는 어쩌면 주인공이 앞으로 겪게 될 운명의 전조이거나 주인공이 과거에 했던 선택의 결과일 수 있다. 또 주인공이 다른 삶에서는 어떻게 살았을지를 보여줄 수도 있다.

적대자는 거의 언제나 '부정적 영향을 주는 캐릭터', 주인공이 거짓의 어두운 힘에 직면하게 강요함으로써 그녀가 빛을 향해 가도록 영향을 주는 캐릭터다. 이렇게 서로 반대되는 캐릭터의 유사성이 두드러지게 표현될수록 작가에게 주제를 탐색하고 발전시킬 기회가 더 많아질 것이다. 다음 사항을 확인해야 한다.

- ◆ 주인공이 잘못된 길을 가면 결국 어떻게 될지 어떤 캐릭터가

가장 잘 보여줄까?

◆ 주인공이 외적으로 결국 어디에 이르고 싶어 하는지 어떤 캐릭터가 가장 잘 보여줄까?

◆ 어떤 캐릭터가 주인공과 비슷한 배경 이야기를 공유할까?

◆ 어떤 캐릭터가 지금까지 주인공의 가장 큰 실패를 보여주거나 그것과 유사성을 공유할까?

적대자가 반드시 이 모든 질문의 답을 표현해야 하는 것은 아니지만 적어도 이 가운데 하나는 완벽하게 충족할 수 있어야 한다는 점을 기억해야 한다.

처음부터 주인공 앞에 걸림돌을 만드는 적대자

이야기에서 전체를 지배하는 응집력 있는 서사를 만들고 유지하기 위해서는 전체를 지배하는 응집력 있는 갈등을 먼저 만들어야 한다. 이를 위해 첫 페이지부터 적대자를 주인공의 주요 목표에 맞서게 배치해야만 한다(그가 즉시 자신을 드러내지 않더라도 말이다).

한 적대자가 주인공에게 맞서다가 다시 다른 적대자가 주인공에게 맞선다면, 그렇게 휙휙 적대자가 바뀌는 바람에 갈등과 주제의 일관성을 유지할 수 없을 것이다. 주인공이 플롯 목표를 이야기가 진행되는 내내 한결같이 유지한다 해도 마찬가지다.

주인공과 적대자는 서로에 대해 전혀 모르는 채 이야기를 시작할 수 있다. 그렇더라도 이야기에서 그들이 나중에야 이해할 수 있는 방식으로 처음부터 서로를 방해할 수 있다. 캐릭터들(그리고 독자들)이 이야기를 돌아볼 때 주요 적대자가 어떤 식으로든 처음부터 자신의 역할을 했다는 것을 알아볼 수 있어야 한다. 다음 사항을 확인해야 한다.

- ♦ 절정의 마지막 대결에서 적대자가 무엇을 보여줄까?
- ♦ 이 적대자가 어떻게 이야기 구조의 모든 주요 지점에서 주인공에 맞서는 주요 세력이 될 수 있을까?
- ♦ 이 적대자가 어떻게 첫 장면부터 장애물로 설정(또는 불가피한 장애물이 발생할 가능성)될 수 있을까?
- ♦ 촉발 사건에서 주인공이 어떻게 이 적대자의 힘과 부딪칠 수 있을까?
- ♦ 이 적대자가 어떻게 첫 번째 플롯 지점에서 주인공을 주요 갈등으로 끌어들일 수 있을까?

이야기에 상정된 진실, 거짓과 주제 면에서 적절한 관계를 맺으며 플롯 행동들이 유발되는 적대자를 의식적으로 공들여 만들면 탄탄한 서사를 만들 수 있다고 보증한다. 적대자와 주제의 관계를 더 깊이 이해하면, 주인공의 캐릭터아크를 다른 관점에서 똑같이 강력한 아크에 비춤으로써 미묘한 차이를 훨씬 많이 더할 수 있다.

"내가 변할 때 변하고,
내가 고개를 끄덕일 때
고개를 끄덕이는 친구는 필요 없다.
나와 똑같이 하는 것은 그림자가 더 잘한다."

– 플루타르코스

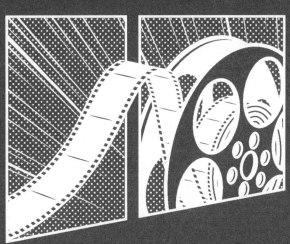

제4장
보조 캐릭터를 이용해 주제 발전시키기

그저 누군가가 술집에서 싸움을 시작해야 한다는 이유만으로 보조 캐릭터를 새로 써 본 일이 있는 사람은 손을 들어 보라.

유쾌하고 다채로우며 예상치 못한, 때로는 그저 소박한 보조 캐릭터들을 편리하게 만들어내는 것은 글쓰기에서 절반 이상의 재미다. 그렇기는 하지만 이제 당신은 방금 든 손을 아마 숨기고 싶을 것이다.

보조 캐릭터들이 중요할수록 작가는 그들이 갈등을 일으키기 위해 그저 먼저 주먹을 날리는 것 이상으로 반드시 이야기 전개에 기여하도록 만들 책임이 있다. 일단 주인공의 캐릭터아크와 적대자의 플롯 갈등을 유발해서 이야기의 주제를 제시할 토대를 적절하게 마련해 놓아야 한다. 그러면 보조 캐릭터들이 이야기에서 주제 전제의 복잡성과 완성도, 잠재적 힘을 더할 수 있도록 가장 좋은 기회를 제공할 것이다.

전체 주제가 바닥에 떨어져 깨진 큰 거울이라고 생각해보자. 가장 큰 유리 조각은 주인공이다. 다음으로 큰 조각은 적대자다. 남은 모든 조각이 그 밖의 모든 캐릭터다. 그들은 모두 주제를 반영하며 모두 큰 그림의 다른 조각을 보여준다.

더 큰 유리 조각(비중이 더 큰 캐릭터)일수록 당연히 주제와의 관계가 더 분명해야 한다. 하지만 이상적으로는 대사 없이 그냥 지나가는 캐릭터라도 상징적 기회를 줄 수 있다.

생각해보자. 술집에서 싸움을 시작한 캐릭터는 술에 취한 광부, 바텐더, 여자아이, 멋진 도박꾼, 술집 주인일 수 있다. 그 캐릭터가 이야기에 기여하는 것이 그것뿐이라고 해도 각각의 선택은 컨텍스트 내에서 조금씩 다른 이야기를 들려준다.

모든 보조 캐릭터에 주제와 관련된 중요성을 생각해내는 것이 손이 많이 가는 일 같다면 걱정하지 않아도 된다. 조금만 연습하면 주제 기준thematic criteria을 이용해 보조 캐릭터를 선택하고 준비시키는 일에 아주 익숙해질 것이다. 게다가 그 방법으로 놀랍고 입체적인 캐릭터를 재미있고 효과적으로 만들어낼 수 있다.

보조 캐릭터가
주제를 분명히 나타내는 방법

혼자 무인도에 있는 주인공은 스스로 주제를 잘 발견할 수 있을 것이다. 하지만 이야기의 흐름상 작가가 중요한 보조 캐릭터 몇 명을 등장시킬 수 있다면, 주인공은 계속해서 그들의 도움을 받아 더 일관성 있고 공감할 수 있는 주제를 만들어낼 수 있다. 몇 가지 전략을 살펴보자.

보조 캐릭터의 다양한 주제 접근 방식을 강조하라

주인공의 여정이 결국 그에게, 그 사람이 얼마나 부유하고 사회적 지위가 얼마나 높은지보다 행동을 통해 진정한 존중을 받아야한다는 것을 가르쳐줄 것이라고 가정해보자. 이때 기본적으로 주제를 '존중'으로 요약할 수 있다.

작가는 자아 존중, 윗사람 존중, 아랫사람 존중 등 존중과 무시의 양상을 얼마든지 살펴볼 수 있다.

주요 캐릭터는 존중의 특정 양상에 집중할 수 있다. 하지만 보조캐릭터들은 존중과 관련된 자신만의 문제를 각자 다룬다. 어떤 캐릭터는 까다로운 실력자를 존중하기 위해 노력할 수 있다. 다른 캐릭터는 자아 존중감의 마지막 조각을 꼭 붙잡고 있기 위해 마음속의 악마와 싸울 수 있다. 그리고 다른 캐릭터는 존중은 허상이므로다른 사람들을 속여서 얻는 것이 낫다고 믿을지 모른다.

캐릭터들이 저마다 약간씩 다른 각도에서 그 소재에 접근하게하면 작가는 주제의 모든 측면을 탐색하면서 풍부한 재료를 다양하게 활용할 수 있다.

보조 캐릭터를 주인공과 대비시켜라

전형적으로 보조 캐릭터는 거의 전적으로 주인공을 보조하는 인물이다. 그들은 주인공의 여정을 함께하며 목표를 추구하는 그를 응원한다. 주인공과 보조 캐릭터에게는 공통점이 많을 것이다.

하지만 그들에게도 중요한 차이점이 있어야 한다. 그리고 이런 차이점에서 주제가 드러난다. 이런 차이점은 좋은 것일 수도 있고 나쁜 것일 수도 있다. 주인공이 부자들만 존중받을 가치가 있다고 믿는다면 보조 캐릭터는 '행동이 사람을 규정한다'라고 믿을 수 있다. 또는 주인공이 자격 있는 사람만 존중받을 수 있다고 믿는다면 보조 캐릭터는 자신을 존중하도록 다른 사람을 속여도 괜찮다고 믿을 수 있다.

이처럼 두 협력자의 믿음과 행동이 대비되면 주제가 더 명확해질 것이다.

적대자와 주인공을 비교하라

앞서 3장에서 설명한 것처럼 이야기의 가장 중요한 몇 가지 측면은 적대자와 주인공이 크게 다르지 않다는 데서 드러날 것이다. 《팔리는 시나리오를 써라Writing Screenplays That Sell》에서 마이클 하우지는 다음과 같이 말했다.

> "주제는 강한 적과 주인공의 유사성, 조연과 주인공의 차이점이 드러날 때 생겨난다. …… 강한 적이 반드시 주인공에게도 있고 주인공이 극복해야 하는 나쁜 특징을 나타내는 것은 아니다. 주인공과 강한

적의 유사성은 긍정적이거나 부정적인 특징을 포함할 수 있고, 처음이나 …… 마지막 또는 그 중간의 어느 지점에서든 드러날 수 있다. 유일한 규칙은 유사성을 찾는 것이다."

주인공과 적대자는 둘 다 어릴 때 가난하다는 이유로 사회에서 무시당하는 아픔을 겪었을 수 있다. 그 결과 부유함이 곧 존중이라고 믿는다. 그 공통점이 주제에 대한 흥미로운 가능성을 만들어낸다. 주인공을 지배하는 유혹과 그가 어떻게 될지에 관한 경고(전조로 가득한!)도 모두 주제와 관련한 서브텍스트로 가득하다.

보조 캐릭터들을 이용해 주제를 보여줄 때 작가는 주제와 관련된 가능성을 열 수 있다. 그뿐 아니라 주제를 단도직입적으로 말하고 독자들에게 직접 떠먹여주지 않아도 주제가 이야기에서 자연스럽게 드러나게 할 수 있다.

보조 캐릭터를 이용한 주제 다듬기

이야기의 주제를 강화하고 심화하는 데 보조 캐릭터가 어떻게 결정적 역할을 할 수 있을지 감을 잡을 수 있도록 놓쳤던 기회를 다시 이용하는 데 유용한 여섯 가지 질문이 있다.

보조 캐릭터가 저마다 어떻게 주제를 표현하는가?

시간을 들여 캐릭터들을 살펴봐야 한다. 모든 캐릭터의 역할이 이야기의 플롯 진행에 적절하다면, 캐릭터들이 주제와 관련된 강한 영향력 또한 이미 갖고 있을 것이다. 하지만 나무를 보느라 숲을 보지 못할 수도 있다. 그렇다면 보조 캐릭터를 주제와 관련해 점검해야 플롯과 관련해 그들에게 어떤 약점이 있는지 찾아낼 수 있다.

이야기의 주제 전제에 내재하는 질문을 참고해야 한다. 모든 중요한 캐릭터가 어떤 형태로든 그 질문을 하는가? 또는 그 질문에 답하는가?

의무에 관한 이야기를 쓴다면 캐릭터들이 다음과 같은 다양한 질문을 할 수 있다. "의무란 무엇인가?" "폭군에게 충성할 의무가 있는가?" "의무를 다하는 것이 양심에 어긋날 수 있는가?" "내가 의무 뒤에 숨어 있는가?" "내가 의무를 피해 숨어 있는 것인가?" 등의 질문이다.

다양하게 질문할수록 주제 전제를 모든 관점에서 살펴볼 기회가 더 많아질 것이다.

어떤 보조 캐릭터가 주제를 긍정적으로 또는 부정적으로 생각하는가?

어떤 캐릭터들은 주제와 관련된 진실을 지지해야 하고 어떤 캐릭터들은 똑같이 열정적이고 논리적으로 그것에 반대해야 한다(작가가 적대자의 주장에 가끔씩 자기도 모르게 거의 설득된다면 잘하고 있는 것이다).

이야기에서 여러 캐릭터가 주제에 대해 같은 입장에 있는 것은 별 의미가 없다. 가능한 한 많은 다양성을 찾아야 한다. 다음 내용 가운데 적어도 한 가지를 표현하는 캐릭터를 만들어낼 수 있는지 살펴봐야 한다.

- ◆ 진실과 맺고 있는 충실하고 변치 않는 관계
- ◆ 거짓과 맺고 있는 충실하고 변치 않는 관계
- ◆ 거짓에서 진실로 변하는 캐릭터아크
- ◆ 진실에서 거짓으로 변하는 캐릭터아크

어떤 캐릭터가 주인공과 주제의 관계에 영향을 주거나 받는가?

주인공이 플롯, 주제와 맺는 관계는 이야기가 제대로 진행되고 있는지를 입증하는 구조적, 상징적 근간이다. 보조 캐릭터들은 이야기에서 주인공이 플롯, 주제와 맺는 관계에 눈에 띄게 영향을 미칠 때만 중요하다.

주제의 개념을 한 가지 질문으로 단순화하면 보조 캐릭터들은 다양한 대답을 사실로 상정함으로써 주제를 반영할 것이다. 주인공이 플롯의 물리적 갈등에서 이기거나 갈등을 초월하기 위해 필요한, 주제와 관련된 근본적인 진실을 찾는 데 도움이 되는 대답도 있다. 또는 주인공이 그 진실에서 멀어지도록 설득력 있게 유혹할 수 있지만 결말에서는 결국 부정적인 영향을 미칠 수 있는 대답도 있다.

보조 캐릭터는 주인공이 보조 캐릭터에게 영향받는 만큼 또는 그 이상으로 주인공에게서 영향을 받을 수도 있다. 특히 주인공이 평탄한 아크를 보여줄 때(이 경우 주인공은 이야기의 주제와 관련된 진실을 보여주는 전체 과정에서 대체로 변하지 않는다)는 보조 캐릭터가 주제 때문에 가장 많이 변할 수도 있다.

모든 보조 캐릭터의 개인적 목표나 갈등이 주제에 관해 어떻게 언급하는가?

보조 캐릭터가 진실이나 거짓과 같은 태도를 취하게 하는 개인적 믿음들을 찾는 것만으로는 부족하다. 작가는 그런 개인의 사고방식들이, 반드시 플롯을 눈에 띄게 변화시킬 수 있도록 장면 수준에서 설명해야(말로 표현하지 않고 볼 수 있게) 해야 한다.

이를 판단할 수 있는 가장 간단한 방법은 보조 캐릭터의 개인적 목표를 처음에는 전체 플롯 내에서, 그다음에는 각각의 장면에서 의식적으로 선택하는 것이다.

주인공의 목표와 갈등이 모든 장면에서 반드시 표현되도록 만드느라 바쁜 나머지, 모든 보조 캐릭터의 장면 목표에서 드러나야 하는 인과적 중요성, 주제와 관련된 중요성을 간과하기 쉽다. 보조 캐릭터의 장면 동기scene motivation나 욕구에 관심을 기울이면 입체적 인간으로서의 신뢰성을 키울 수 있다. 또한 주제와 관련된 주장이나 플롯 갈등의 전체적인 복잡성도 심화할 수 있다.

보조 캐릭터의 절정의 순간들이 주인공을 가리지는 않는가?

주인공은 이야기에 플롯을 관통하는 구조와 주제를 모두 제공한다. 그는 절정의 순간에 갈등을 끝내고 주제 전제를 입증한다. 보조 캐릭터들은 그런 결과를 이룰 수 있도록 지원하기 위해 그곳에 있는 것이다. 이런 마지막 순간들에 그들이 주인공의 중요성을 가리면 안 된다. 주인공이 아닌 다른 캐릭터가 절정에서 주목받는다면 적절한 주인공을 고른 것인지 고민해봐야 한다.

보조 캐릭터 가운데 몇 명이 실제 절정에 등장할 수도 있지만, 다른 보조 캐릭터들은 더 앞 장면에서 마지막으로 플롯에 영향을 줄 것이다. 어느 쪽이든 주제와 관련된 보조 캐릭터들의 대화가 눈덩이처럼 커져 주인공이 대단원의 막을 내리는 방식으로 끝낼 기회를 찾아야 한다. 다음과 같은 모습일 수 있다.

◆ 보조 캐릭터는 주인공이 주제의 목표를 향해 나아가는 데 적

극적으로 영향을 준다.

◆ 보조 캐릭터가 절정에서 주제와 관련된 주인공의 선택들에 직접 영향을 받는다.

◆ 보조 캐릭터는 주인공의 결말을 지원하거나 역설적인 방식을 통해 상징적으로 예고하거나 반영한다.

보조 캐릭터가 주제를 반영하지 않는다면?

이제 보조 캐릭터에 관한 마지막 중요한 질문이다. 보조 캐릭터들이 주제와 아무 관련이 없거나 주제를 반영하지 않는다면 어떻게 할까?

먼저, 당황하지 않아도 된다. 모든 캐릭터가 주제에 대한 의견을 말해야 하는 것은 아니다. 앞에서 술집에서 싸움을 시작한 캐릭터는 그 장면이 이어지도록 먼저 주먹을 날리는 것 말고 아무것도 할 필요가 없을 수도 있다. 하지만 주제의 깊이를 더할 수 있는 기회를 놓치고 있는지, 아니면 주제와 관련된 커다란 구멍이 생길 위험이 있는지 판단할 수 있는 두 가지 경험법칙이 있다.

◆ 캐릭터가 적을수록 주제와 관련된 표현이 더 명확해야 한다

이야기에 캐릭터가 10명 남짓 등장하는 《세일즈맨의 죽음 Death of a Salesman》이라면 모든 캐릭터가 중요하다. 플롯과 주제 내에서 모든 캐릭터의 특색을 선명하게 그려야 한다. 하지만 등장인물이 더 많다면 실수할 여지가 훨씬 많다.

◆ 중요한 캐릭터일수록 주제 관련 비중이 더 커야 한다

실제로 등장하는 시간보다 훨씬 큰 영향을 미치는 캐릭터도 있지만, 이야기에서 차지하는 중요성은 보통 역할의 크기로 판단할 수 있다. 전형적인 협력자와 적이 플롯과 주제에 가장 큰 영향력을 미친다. 반면에 대사 없이 지나가기만 하는 캐릭터는 분명히 중요도 순위에서 가장 밑바닥에 있다. 한 번 지나가면 하는 흥미롭지도 중요하지도 않은 캐릭터로도 그럭저럭 이야기를 끌어갈 수는 있겠지만, 그런 캐릭터가 더 많은 장면에 나오고 그들의 대사가 더 많을수록 주제와 관련해 그들이 더 중요해진다.

기본적으로 어떤 캐릭터가 플롯을 움직인다면 그 캐릭터의 주제와 관련된 진실성을 점검해야 한다.

항상 바로 드러나지는 않더라도 보조 캐릭터와 주제는 서로 도움이 되도록 만들어야 한다. 보조 캐릭터가 탄탄하다면 작가가 주제 역시 탄탄하게 만들어가고 있다는 좋은 징조다. 그리고 주제가 잘 전개되고 있다면, 기억에 남는 적절한 보조 캐릭터를 만들어냈다는 좋은 신호일 것이다. 주제를 이용해 보조 캐릭터들을 점검하는 것이 탄탄하고 전체적으로 통일된 이야기를 만드는 가장 훌륭한 도구 가운데 하나다.

복잡한 보조 캐릭터를 만들기 위한
다섯 가지 질문

이 정도 되면 이야기에서 모든 비중이 작은 캐릭터 각각의 캐릭터아크도 완벽하게 만들어야 하는지 궁금할 것이다. 전혀 그렇지 않다. 모든 캐릭터의 캐릭터아크를 만드는 것은 말도 안 되는 일이며 작가를 미치게 만들 것이다. 한마디로 너무 과한 일이다.

역할이 얼마나 크든 작든 복잡한 보조 캐릭터를 만들려면 각각의 캐릭터에 대해 다음의 다섯 가지 질문만 하면 된다.

보조 캐릭터는 무엇을 원하는가?

작가가 프랑켄슈타인 박사이고 캐릭터들이 작가의 작은 괴물들이라면, 이 질문은 주인공부터 지나가는 캐릭터까지 모두에게 생명을 주는 전기다.

작가가 자신의 보조 캐릭터들을 살펴본다면 다음 두 가지 가운데 문제 한 가지를 발견할 수도 있다.

◆ 보조 캐릭터는 사실 아무것도 원하지 않는다.
◆ 그들이 원하는 것이 있다면 다음 중 하나다.
  a. 주인공이 원하는 것을 이루도록 돕는다.
  b. 주인공이 원하는 것을 이루지 못하게 막는다.

이보다는 잘할 수 있다. 윤곽 잡기를 연습하려고 처음 이 질문들을 할 때, 나는 비중이 작은 캐릭터들의 욕구가 이 좁은 두 가지 범주 가운데 하나에 딱 들어맞는다는 것을 깨닫고 조금 놀랐다. 나는 보조 캐릭터를 한 명 한 명 살펴보면서 저마다 갖고 있던 특정한 욕구를 찾아냈다. 결과는 어땠을까? 모든 캐릭터, 주인공과 그들의 관계, 주요 갈등, 전체 플롯이 순식간에 새로운 차원으로 도약했다.

시도해보기를 바란다. 비중이 작은 캐릭터들이, 중요하지 않고 그저 웃기만 하는 얼굴에서 더할 나위 없는 플롯 촉매제이자 진정 흥미로운 사람으로 바뀔 것이다.

보조 캐릭터의 목표는 무엇인가?

보조 캐릭터들이 가만히 앉아 무언가를 원하는 것만으로는 부족하다. 그들에게는 목표를 어떻게 이룰지에 대한 행동 계획이 필요하다.

주요 갈등에서 주인공의 목표와 마찬가지로 비중이 작은 캐릭터들은 좋은 스토리텔링의 과정이 결코 순탄하지 않음을 발견해야 한다. 그들은 자신이 원하는 것을 아주 힘겹게 얻을 것이며, 심각한 저항에 부딪힐 것이다. 갈등, 갈등은 항상 중요하다.

그보다 훨씬 나아지게 만들고 싶은가? 그 저항은 대부분 다른 캐릭터, 특히 주인공의 목표가 보조 캐릭터의 행동을 방해한 결과여야 한다. 그 반대도 마찬가지다.

은하계를 구하러 떠나는 우주 비행사가 주인공이라고 하자. 이제 그 주인공을 사랑하고 그녀가 안전하기를 간절히 바라는 어머니가 있다. 채용 담당자들에게 거짓말을 하거나 심지어 딸을 '보호하기' 위해 딸의 손을 문으로 찧어 부러뜨려야 한다 해도, 가능한 모든 방법을 동원해 딸을 막는 것이 그 어머니의 목표다.

이처럼 서로 충돌하는 목표에 관해 이야기해야 한다.

보조 캐릭터가 어떤 거짓을 믿는가?

주인공과 마찬가지로 보조 캐릭터도 완벽하지 않은 사람이다. 그들의 동기는 삶에 관한 자기만의 복잡하고 흔히 해로운 관점에 따라 좌우될 것이다.

얼마나 완벽하든 피상적이든 모든 캐릭터아크의 핵심은 캐릭터가 '믿는' 거짓이다. 그 거짓이 캐릭터가 바라거나 행하는 모든 것의 바탕이 되는 개인적 동기와 명분을 만든다.

앞에서 예를 든 과보호하는 어머니로 돌아가 보자. 그녀는 첫아들을 보호하는 데 실패했고 아들은 이미 전쟁에서 죽었다. 따라서 딸까지 영웅이 되어 죽는 것을 막기 위해 살인만 빼고 무슨 짓이든 해야 한다는 것이 그 어머니의 거짓이다.

또는 더 작고 덜 해로운 거짓도 있을 수 있다. 찰스 디킨스의《작은 도릿Little Dorrit》에서 주인공의 언니와 오빠는 아버지가 20년 동안 채무자 감옥에 있다는 사실을 어떻게든 만회하기 위해 오만하게 행동함으로써 '가족의 체면을 세워야' 한다고 믿는다. 이는 주인공 에이미가 이런 방법이 어리석다는 것을 깨닫고, 비열하다며 그렇게 행동하는 것을 거부하기 때문에 에이미와 그들 사이에서 발생할 갈등의 훌륭한 저류를 만든다.

거짓은 보조 캐릭터에게 '출발점'을 만들어준다. 그것은 이야기 초반에 그의 키가 얼마나 컸는지 보여주려고 벽에 새긴 선이다. 이야기의 결말에서 작가는 처음 것과 대비되는 다른 선을 그린다. 그럼으로써 이야기가 진행되는 동안 그 캐릭터가 얼마나 성장하거나 퇴보했는지 보여줄 것이다. 이야기에서 중요한 보조 캐릭터는 모두 마지막에는 시작할 때의 모습과는 어떤 식으로든 달라져 있어야 한다.

보조 캐릭터의 거짓에서 어떤 결함이 생기는가?

믿음을 바탕으로 행동한다. 보조 캐릭터들이 거짓 믿음을 갖는 것만으로는 충분치 않다. 그들은 거짓 믿음을 잘못된 행동으로 바꿔야 한다. 위대한 각본 선생님 존 트루비는 결함을 다음과 같이 두 가지 범주로 나눌 수 있다고 설명한다.

◆ **심리적 결함** : 이것은 캐릭터 자신에게만 해를 끼치는 내면의 약점이다. 예를 들어 다음과 같다.

〈쿵푸 팬더〉의 주인공 포는 자기 자신을 타고난 능력이 없고 뚱뚱하고 냄새나는 게으름뱅이 판다라고 생각하기 때문에 자신에게 자격이 없다고 믿는다. 그는 그저 '자신' 매일 '상처'받는다.

◆ **도덕적 결함** : 이것은 다른 이들을 해치는 겉으로 드러난 약점이다. 예를 들어 다음과 같다.

〈쿵푸 팬더〉의 적대자 타이렁은 자신에게만 용의 전사가 될 자격이 있다고 믿는다. 그것을 증명하기 위해 그는 평화의 계곡을 초토화하고 자신의 스승을 죽음 직전까지 몰아간다.

도덕적 결함은 필연적으로 심리적 결함이 연장되어 생긴다는 점에 반드시 주목해야 한다. 포의 자기혐오는 자신에게 평화의 계곡을 보호할 수 있는 힘이 있다는 사실을 깨닫지 못하게 한다. 그럼으로써 다른 이들에게 해를 끼친다. 타이렁이 다른 이들을 살상하는 행위는 그 자신의 욕구뿐 아니라 필연적으로 그의 심리적 평안에도 확실히 해롭다는 것은 더 분명하다.

보조 캐릭터의 결함은 그녀의 욕구나 목표와 묶여 있겠지만 독립된 특징일 수도 있다. 욕구와 목표만큼 본질적이지는 않아도 결함은 그 욕구와 목표가 없어도 존재할 수 있다. 더 깊이 탐구하지 않고도 보조 캐릭터에게 즉각 깊이를 더해주기 위해 결함을 이용할 수 있다.

생각해보라. 당신의 새 신발을 칭찬하며 웃는 이웃 여성과 당신이 지나갈 때마다 호스로 물을 뿌리는 심술 궂은 이웃 여성 중에서 누가 더 흥미로운가?

보조 캐릭터가 어떤 진실을 발견할까?

다재다능한 보조 캐릭터를 생각하면 어떤 이미지가 떠오르는가? 원이 떠오르지는 않는가? 다재다능한 캐릭터는 원형을 유지해야 하기 때문에 당연한 일이다. 이야기가 시작될 때 그가 어디에서 시작했는지 캐릭터의 거짓으로 벽에 표시했던 선을 기억하는가? 그것은 설정이었다.

이 캐릭터가 이야기에서 자신의 역할을 마무리하면, 그 설정에 대한 대가를 지불해야 한다. 보조 캐릭터가 진실의 순간을 맞이할 수 있게 함으로써 그 대가를 치른다. 그는 자신과 자신의 거짓, 자신의 목표, 자신의 결함에 관해 내면을 흔드는 깊은 깨달음에 이를 것이다. 그는 이 깨달음에 다음 중 한 가지로 반응할 것이다.

♦ 진실을 받아들이고 거짓을 거부할 것이다. 긍정적 분위기로 끝난다.

♦ 진실을 거부하고 거짓에 더 강하게 매달릴 것이다. 부정적 분위기로 끝난다.

보조 캐릭터의 거짓이나 진실은 주인공의 거짓이나 진실의 훨씬 작고 덜 복잡한 측면일 것이다. 따라서 그들의 여정 또한 그에 상응해 더 단순할 것이다. 보조 캐릭터가 발전하는 모든 지점을 구성할 필요는 없다. 눈에 덜 띄는 캐릭터일수록 발전하기 전과 후의 상태를 더 단순하게 비교할 수 있다.

보조 캐릭터들은 진실, 결함, 원하는 것, 목표를 소개하는 설정과 진실의 순간을 최소한 암시하는 대가라는 두 가지 주요 지점만 짚어도 대부분 그럭저럭 이야기가 이어질 수 있다. 거짓, 진실의 설정, 그에 대한 대가가 주인공의 주요 여정을 뒷받침하는 추가적 캐릭터아크의 본질을 적어도 개략적으로 보여준다. 반면에 욕구, 목표, 결함은 가장 피상적인 역할에도 특징적인 입체감을 만들어낼 것이다.

비중이 작더라도 중요하게 쓰여야 한다

비중이 작은 캐릭터들은 이야기의 가장 깊은 수준에서 주인공의 다양한 운명을 주제와 관련시켜 표현하기 위해 존재한다. 캐릭터아크와 주제는 모두 상정된 거짓과 진실에 관한 것이다. 이 때문에 이야기의 모든 부분이 어떤 식으로든 주제 전제를 반영해야 한다. 비중이 작은 캐릭터도 마찬가지다.

시나리오 작가 맷 버드가 자신의 홈페이지에 올린 '〈선셋대로 Sunset Boulevard〉에 등장하는 유사한 캐릭터들'이라는 글에서 다음과 같이 이야기한다.

"……복제품이라는 개념, 주인공의 삶에서 일어날 수 있는 결과들을 교훈적 이야기나 잠재적 역할 모델로서 보여주는 캐릭터들이다."

로버트 맥키는 《STORY: 시나리오 어떻게 쓸 것인가 Story: Substance, Structure, Style, and the Principles of Screenwriting》에서 그 캐릭터들에 대해 다음과 같이 말한다.

"이 가상의 주인공을 생각해보라. 그는 즐겁고 낙관적이었다가도 시무룩하고 신랄해진다. 그는 인정이 많았다가 잔인해진다. 두려움을 모르다가 두려움에 휩싸인다. 이 4차원의 주인공에게는 주변에서 그의 모순을 설명해줄 출연자, 그가 다른 시간, 다른 장소에서 다른 방식으로 행동하고 반응할 수 있는 캐릭터가 필요하다. 주인공의 복잡성이 일관성을 유지하고 설득력을 갖도록 이 보조 캐릭터들이 그를 완성해야 한다."

이야기에 등장인물이 1,000명이라고 해도 그 캐릭터 가운데 996명은 주로 배경이 될 것이다. 그들은 이야기에서 가장 중요한 다음의 네 캐릭터에게 컨텍스트를 제공한다.

◆ 주인공
◆ 적대자
◆ 조력자
◆ 연인

이름뿐인 주인공과 적대자, 조력자, 연인을 이야기에 던져 놓는 것만으로는 충분치 않다는 점에 가장 먼저 주의해야 한다. 이 캐릭터 유형들이 제 몫을 다하려면 저마다 주제와 관련된 고유의 역할을 온전히 수행해야 한다. 한번 살펴보자.

주인공: 중심 주제 원칙을 나타낸다

독자들은 주인공이 이야기의 중심 주제 원칙을 궁극적으로 입증하거나 반증하는 사람이라는 점을 이해한다. 평탄한 아크에서는 주인공이 주변 세계를 변화시킬 옳은 원칙을 표현할 수도 있다. 변화 아크에서는 주인공의 삶에서 바뀌어야 하는 잘못된 원칙을 표현할 수도 있다.

적대자: 주인공의 주제 원칙의 이면을 표현한다

아무도 반대하지 않으면 주제 원칙을 입증할 수 없다. 이러한 이유로 훌륭한 주제는 훌륭한 갈등에서 생겨난다. 훌륭한 이야기는 주제를 가능한 한 모든 각도에서 살펴보고 모든 질문이나 주장을 솔직하게 검토한다.

앞서 3장에서 살펴본 것처럼 적대자는 주인공의 입장에 반론을 제기할 것이다. 이 반론은 반드시 주인공에게 직접적으로 반대할 때 가장 효과적인 것은 아니다. 대신 주인공과 적대자의 공통점에서 주제와 관련된 가장 강력한 논쟁이 일어난다. 예를 들어 적대자는 주인공과 같은 수단이나 목적에 관한 믿음을 공유할 수 있고, 그럼으로써 주인공이 가진 믿음의 위험한 측면을 입증한다.

조력자: 주인공의 주제 원칙을 입증한다

적대자와 마찬가지로 조력자, 또는 주인공을 반영하는 캐릭터는 주인공과 비슷하기도 하고 다르기도 하다. 하지만 적대자와는 달리 주인공과의 차이점을 통해 주인공의 특성을 반영한다는 점이 가장 중요하다.

이야기가 시작될 때 조력자는 적어도 겉보기에는 주인공의 편에서 주인공의 도덕적 관점을 공유하는 캐릭터다. 하지만 주인공이 주제와 관련되서 계속 싸움을 하고 이 싸움에서 이겨야 하는 이유는, 이 캐릭터의 차이점(이야기의 진실에 관한 주인공의 충실함이나 진실을 향한 주인공의 발전을 공유하지 못한다는 특징)을 통해 강력하게 주장할 수 있다.

이 체계의 장점은 적대자와 주인공을 반영하는 캐릭터 모두 대비를 이루는 복잡한 캐릭터들이라는 것이다. 적대자는 플롯에서 주인공에게 반대하지만 흥미로운 여러 가지 공통점을 주인공과 공유한다. 주인공을 반영하는 캐릭터는 플롯에서 주인공과 협력하지만 주인공에게 효과적인 차이점(좋은 특징이든 나쁜 특징이든)을 많이 보여준다.

주인공의 연인: 충격을 줌으로써 주인공을 이끈다

모든 이야기에 연인이 나오지는 않지만 등장한다면 연인은 반드시 충격을 주는 캐릭터, 곧 주인공을 이끄는 사람으로 기능한다. 다른 전형적인 캐릭터들이 주인공의 여정에 상징적인 촉매제가 되거나 장애물을 만드는 반면, 연인은 주인공이 발전하는 모습을 보여주는 평가 기준 역할을 한다.

연인은 주인공이 이야기의 진실에 얼마나 동조하는지에 따라 주인공에게 상징적으로 보상하거나(더 가까이 다가간다) 벌을 줌으로써(떠난다) 자신의 역할을 수행한다. 그렇다고 해서 연인이 완벽한 사람이라거나 진실을 완벽하게 이해한다는 뜻은 아니다. 하지만 그 연인은 주인공이 주제와 관련된 진실을 고수할 때만 가치를 얻을 수 있다는 증거를 직관적으로 제공한다.

★★★

　등장인물이 많다면 이처럼 전형인적 역할을 보다 많은 사람이 맡을 수도 있다. 하지만 이 네 가지 캐릭터는 물론 각 캐릭터가 저마다 다른 캐릭터와 맺는 관계를 선명하게 규정함으로써 주제를 가장 선명하게 표현할 수 있을 것이다. 네 가지 캐릭터가 모두 등장한다면 작가는 강력하고 매력적이며 감동적인 이야기 구조를 만들었다고 확신할 수 있다.

　쉬운 예로 마블의 〈아이언맨 2〉에서 비중이 작은 캐릭터들을 어떻게 사용했는지 생각해보자.

◆ **이반 반코**(위플래시): 적대자는 항상 주인공을 가장 명확하게 묘사한 인물일 것이다. 적대자와 주인공의 공통점이 주인공을 유혹하기도 하고 그가 거짓과 멀어지도록 경고하기도 한다. 반코와 토니는 매우 비슷하다. 두 사람 모두 천재 발명가이며 천재 발명가의 아들이다. 두 사람의 아버지는 모두 아크 원자로의 발명에 관여했다. 두 사람 다 과거에 아버지와 있었던 일 때문에 심하게 괴로워한다. 두 사람 다 '상황을 바로잡으려' 한다. 토니는 결국 순식간에 반코처럼 되었을 수도 있다 (그리고 실제로 〈캡틴 아메리카: 시빌 워〉에서는 분명히 그렇게 된다).

◆ **저스틴 해머:** 여기 토니의 삶의 양상들을 훨씬 많이 거울처럼 비추는 또 다른 적대자가 있다. 해머도 발명가(그다지 천재는 아니지만)이고, 토니처럼 그도 거대 무기 제조사의 수장(그다지 성공하지는 못했지만)이다. 그는 현명한 사람(토니만큼 멋지는 않지만)이고, 얼간이(절대 토니만큼 사랑스럽지는 않지만)다. 이기적이고 권모술수에 능하다(딱 토니처럼). 해머는 주로 과거 토니(자기 행동이 도덕적으로 어떤 영향을 미치든 신경 쓰지 않는 무기 판매업자)의 모습을 그대로 보여준다. 과거에 그는 어떤 대가를 치르든 그 과정에서 얼마나 심한 얼간이가 되어야 하든 상관없이 이기는 데에만 신경 썼다.

◆ **나타샤 로마노프**(블랙 위도우): 〈아이언맨 2〉에서 회개한 스파이 나타샤 로마노프가 영원한 인기 캐릭터로 등장했다. 그녀는 토니가 미래에 맡을 역할(국제평화유지기구인 쉴드와 어벤져스의 마지못해 참여하는 일원으로서)의 전조를 보여 준다. 이 영화에서 그녀는 거짓이나 진실을 표현하기보다는 주로 외적인 역할을 표면적으로 반영한다.

◆ **페퍼 포츠:** 토니의 주장에 못 이겨 그의 연인이자 언제나 믿을 수 있는 페퍼 포츠는 스타크 인더스트리를 마지못해 인계받는다. 그렇게 함으로써 그녀의 캐릭터는 회사의 수장이라

는 토니의 지위와 그가 지금까지 맡은 최고 경영자라는 직책을 대신 맡는다. 토니의 이 특정한 역할을 표면화함으로써 이야기가 어떻게 훨씬 활발한 형태의 갈등으로 바뀌었는지 주목해야 한다. 그때부터 토니는 정보를 그저 내면화하고 결정을 하는 대신 페퍼('좋은' 최고 경영자가 될 수 있는 그의 성격을 표현)와 언쟁한다. 페퍼는 연인이자 일종의 멘토로서 진실을 표현하기도 한다. 그녀는 토니와 완전히 반대되는 사람으로, 사려 깊고 책임감 있으며 성실하고 친절하다. 그녀는 주인공이 진실을 온전히 직면하기만 하면 실현할 수 있는 이상을 상징한다.

◆ **제임스 로즈(워 머신)**: 정당하게 분노하는 토니의 절친한 친구 로즈는 두 가지 측면을 반영한다. 그는 페퍼와 마찬가지로 토니가 애써 추구하는 이상, 즉 술에 취해 파티에서 입고 난장판을 벌이지 않고 워 머신 슈트를 맡길 수 있을 만큼 책임감 있는 사람을 표현한다. 다른 한편으로 로즈는 토니가 기술을 정부에 완전히 넘기면 맞을 수 있는 잠재적 운명을 나타내기도 한다. 로디의 슈트는 해머와 반코의 노예가 되고, 그들은 그것을 로즈의 친구들까지 위협하는 의식이 없는 무기로 개조한다.

◆ **하워드 스타크:** 마지막으로 회상 장면에 나오는 토니의 아버지 하워드가 있다. 뛰어난 아버지와 토니의 관계는 복잡하고 상처로 가득하다. 하지만 그 관계는 아마 토니가 미래에 발전할 모습을 가장 중요하게 투영한 것이기도 하다. 토니는 다른 어떤 캐릭터보다 아버지와 더 비슷하다. 그들은 둘 다 관계에 서툴지만 재능이 뛰어나고 갈등하는 바람둥이다. 토니는 아버지를 미워하면서 본질적으로는 자신을 미워한다. 그는 이렇게 표출되는 내적 갈등을 조화롭게 조절하지 못하면 내면의 평화를 얻을 수 없다.

자신의 이야기에 나오는 비중이 작은 캐릭터들에 대해 깊이 생각해봐야 한다. 그들은 주인공의 다양한 성격, 역할, 잠재적 운명을 얼마나 반영했고, 또 얼마나 표현하고 있는가? 이야기를 훨씬 깊고 강력하게 엮기 위해 그들과 주인공의 관계를 어떻게 강화할 수 있는가?

"주제는 …… 메시지와 다르다.
나는 메시지를 정치적 발언이라고 정의한다.
이는 특정 상황에 처한 사람들과 관련된 원칙이며,
모든 청중에게 보편적으로 적용되는 것은 아니다."

– 마이클 하우지

제5장

주제와 메시지
구별하기

이야기에 메시지를 담아야 하는가? 일반 상식에 따르면 소설은 재미있어야 하며 설교해서는 안 된다. 소설은 종교나 정치, 사회, 철학에 관한 견해를 밝히라고 마련된 연단이 아니다. 소설을 그렇게 이용하려다가는 소설을 희생시키고 독자들과 멀어질 수 있다. 전설적인 영화 제작자 사무엘 골드윈은 다음과 같이 재치 있게 말했다.

"메시지를 보내고 싶다면, 전보를 쳐라."

하지만 정말 이상하게도 세상에서 가장 훌륭하고 가장 사랑받는 문학 작품 중에는 노골적으로 도덕적 메시지를 전하는 이야기들이 많다. 왜냐하면 그런 작품들은 무엇도 따라 할 수 없을 정도로 훌륭하게, 세상에 관해 굳이 직접 말하지 않고도 무언가에 대해 이야기할 수 있기 때문이다. 훌륭한 예술의 비결은 그것이 전부다.

훌륭한 예술에는 항상 메시지가 있지만 우리는 항상 그 메시지를 알아차리지 못한다. 우리는 재미있어서 읽지만, 배우기 위해, 발전하기 위해, 시야를 넓히기 위해 읽는 사람도 많다. 우리는 자신을 격려하고 도전 의식을 일깨우는 이야기를 좋아한다. 이런 깊이는 아주 솔직한 이야기에서만 발견할 수 있다. 작가가 기꺼이 자신을 책 페이지에 드러내고 인간의 경험에 관한 가장 깊은 신념과 가장 열렬한 믿음을 쏟아놓지 않으면 이야기는 결코 솔직해질 수 없다.

작가로서 가질 수 있는 가장 강력한 재능은 자기만의 통합적 세계관을 통해 드러낼 수 있다. 허구의 옷을 핵심만 남을 때까지 모두 벗기면 작가의 관점만 남는다. 다양한 캐릭터라는 다채로운 의상과 공정한 대화로 허구를 솜씨 좋게 가릴 수는 있다. 하지만 자기만의 열정적인 세계관을 공유하려 하지 않으면 작가가 독자들에게 줄 수 있는 것은 질 낮은 오락물밖에 없다.

이는 작가가 연단을 끌어다 놓고 열변을 토하면서 작가 자신의 관점을 받아들일 때까지 독자를 바꿔야 한다는 뜻일까? 당연히 아니다. 설교를 늘어놓으며 잘난 체하는 작가는 독자들을 빨리 돌아서게 만든다. 이야기에 메시지를 담는다는 것은 신념과 주장을 나열해야 한다는 의미가 아니다. 대신 어려운 질문을 던지고, 작가가 굳게 믿는 강력한 주제를 선택하고, 인생의 애매한 문제에 대해 함께 고심할 수 있는 다차원적인 캐릭터를 공들여 만드는 것이다.

소설가는 답을 제시하는 사람이 아니라 질문하는 사람이다. 《글쓰기의 태도: 꾸준히 잘 쓰기 위해 다져야 할 몸과 마음의 기본기A Writer's Space》에서 에릭 메이젤 박사는 모든 작가가 해야 하는 질문을 다음과 같이 제기한다.

"글쓰기는 해석이다. 작가는 자신의 해석을 제안해야 한다. 아무 말도 하지 않고, 누구의 기분도 상하게 하지 않고, 행복하고 사소한 이야기만 하고 그 밖에는 순진한 척하고 싶다면 그렇게 할 수도 있다. 하지만 그런다고 해도 무언가를 말하고 있으며, 독자가 지켜본다는 사실만은 기억하라. …… 위험을 피할 수도 있고 자기 생각을 말할 수도 있다. 진짜 생각을 혼자 간직하는 것이 목표라면 왜 독자와 관객이 있는 공공의 공간으로 과감하게 들어가는가? 애써 글을 쓸 생각이라면 진짜 하고 싶은 말을 하라. …… 희생을 감수해서라도 쓰고 싶은 주제들을 적어라. 그 목록을 다시 읽어 보라. 지금 그 목록에 있는 주제에 관해 글을 쓰고 있는가? 그렇지 않다면 왜 안 쓰는가?"

주제는 이야기의 '도덕'이나 '메시지'여야 한다는 것이 일반적인 통념이다. 주제는 인간의 도덕성에 필연적으로 영향을 주는 본질적인 진실을 다룬다. 이 때문에 이야기의 주제는 항상 구체적이고 모든 독자에게 적용할 수 있어야 한다고 생각하기 쉽다.

그런 생각이 반드시 잘못된 가정은 아니다. 앞에서 살펴본 것처럼 주제의 목적은 사람들로 하여금 어떻게 하면 더 솔직하고 심지어 도덕적으로 살 수 있을지 생각하게 하는 질문을 던지고 대답을 암시하는 데 있다. 하지만 주제가 사람들에게, 자신의 삶에서 주제 원칙을 구체적으로 어떻게 실행할지를 가르치려고 만든 교훈적 메시지여야 한다는 가정에는 심각한 문제가 있다. 왜 그럴까?

이렇게 생각해보자. 사람들이 저마다 자기 삶에서 주제를 어떻게 활용할지 알려주는 이야기들을 쓰려고 한다면 모든 사람이 경험하는 이야기 상황들에 대해 써야 할 것이다. 그런 이야기가 얼마나 절망적으로 모호해질지(또 지루해지며)는 바로 알 수 있을 것이다. 훈계하려는 작가의 의도를 그 모든 모호함에 숨기는 것이 아주 어렵다는 것이 더 큰 문제다.

나는 중학교 때 일반적이고 아이다운 일(잔디 깎기, 돈 줍기, 생일파티 참석하기)을 한 아이들에 관한 이야기를 읽어야 했다. 모든 이야기는 아이가 중요한 교훈을 배우는 것으로 끝났다. 의도는 좋았겠지만, 이야기의 주제보다는 메시지에 초점을 맞추고 있었다는 데 문제가 있다. 어른이 된 지금도 그 메시지들에 문제가 있었다는 점만은 여전히 생생하게 기억난다.

주제와 메시지의 차이는 무엇일까?

쉽게 생각해보자.

주제는 일반적 원칙이다.

메시지는 이야기의 주제가 실제로 제 역할을 하고 있음을 보여주는 구체적인 예다.

앞에서 모호하다는 점이 이야기의 메시지를 제한하는 요소라고 했지만, 이 점에 대해서는 다시 설명하겠다.

지금까지 살펴보았듯 주제는 '큰 것'이다. 주제는 정의와 자비이고, 주제는 '네 이웃에게 행하라'이며, 기쁨과 평화와 사랑이다. 반면에 메시지는 주제 원칙들을 보여주는 특정한 이야기 상황들에서 발견된다. 메시지는 제 역할을 하고 있는 이야기의 주제다.

캐릭터가 자신의 캐릭터아크를 통해 거짓에서 멀어지고 새로운 진실을 향해갈 때, 그에게 영향을 주고 어쩔 수 없이 행동하도록 만드는 플롯 사건들에서 메시지를 발견할 수 있다. 이 이야기 상황들의 특수성은 (우리가 실제 삶에서 접하는 상황들과 마찬가지로) 캐릭터가 그 순간에 전체 주제의 어떤 측면과 마주치든 그것은 아마 주제의 그저 작은 한 조각일 뿐이라는 뜻이다. 멜라니 앤 필립스와 크리스 헌틀리가 《드라마티카Dramatica: A New Theory of Story》에서 이에 대해 다음과 같이 설명한다.

"우리는 캐릭터들이 흔히 진짜 해결하는 것이 아니라 '해결한다고 여기는 것'을 위해 노력한다는 사실을 알고 있다. 그리고 캐릭터들은 결국 진짜 문제가 한 현상으로 드러난 것일 뿐인 문제와 자주 씨름한다."

주제를 정의와 자비로 정했다면, 이야기의 메시지는 매티 로스의 '목숨을 잃을 위험을 무릅쓰고 아버지를 죽인 자를 추적해야 한다 해도 정의는 구현할 가치가 있다'처럼 아마 훨씬 작고 더 구체적인 무언가일 것이다.

주제는 포괄적이고 메시지는 한정적이라는 것이 가장 중요한 차이다. 다시 말해 주제는 모든 사람에게 적용되고, 메시지는 캐릭터와 그들이 겪는 특정한 상황에만 적용된다.

샘 레이미 감독의 2002년 영화 〈스파이더맨Spider-Man〉에서 주제는 '큰 힘에는 큰 책임이 따른다'지만, 책임이란 '쫄쫄이 옷을 입고 나쁜 놈들과 싸우는 것을 뜻한다'는 점이 메시지다. 〈스파이더맨 2Spider-Man 2〉에서 주제는 '모든 사람에게 영웅이 될 잠재력이 있다'는 것이지만, 메시지는 '영웅이 되기 위해서는 일상생활의 모든 희망을 포기하고 계속 나쁜 놈들과 싸워야 한다는 것'이다.

'큰 힘에는 큰 책임이 따른다'가 보편적 진실이라는 데는 모든 사람이 동의할 것이다. 이 말은 스파이더맨에게 적용되는 것과 똑같이 당신과 나에게도 적용된다. 하지만 우리에게 어떤 힘이 있든 우리가 거미줄을 쏘는 자경단원이 되어 그 힘을 가진 책임을 다할 것 같지는 않다. 이야기의 그 메시지는 너무 구체적이기 때문에 우리나 다른 관객들에게 적용될 수 없고, 적용 대상은 방사능에 피폭된 거미에게 물린 사람들로 한정된다.

하지만 주제는? 그렇다, 그 주제는 포괄적이다. 그것은 우리 모두에게 적용되고, 그 때문에 그 주제가 아니었다면 쫄쫄이 옷을 입은 인간 거미에 관한 이야기로 그쳤을지 모르는 내용에 관객들이 그 정도로 강하게 공감한 것이다.

앞에서 나는 주제보다 메시지에 집중하는 이야기들은 결국 너무 모호해지는 것이 문제라고 이야기했다. 하지만 메시지가 주제보다 더 구체적인데, 어떻게 모호해진다는 것일까? 이야기의 주제는 메시지에 올라탄 채 독자들에게 전달되므로 주제에는 메시지가 있어야 한다. 다만, 메시지를 주제로 바꾸려 할 때 문제가 생긴다.

앞서 내가 중학교 때 읽었다는 이야기들이 기억나는가? 그 이야기들에서는 메시지와 주제가 같았다. 빌리가 주운 돈을 갖고 싶어 했지만, 결국 주인을 찾아 돈을 돌려주는 것이 옳은 일임을 깨달았다. 그것은 빌리뿐 아니라 모든 아이에게 적용되는 메시지다. 그 메시지는 주제보다 구체적인 것이 아니라 그 메시지가 바로 주제다. 그 결과, 너무 정확한 메시지여서 훈계가 될 수밖에 없고, 너무 모호한 이야기 상황이어서 독자들이 진정한 호기심이나 관심을 가질 수 없다.

이야기의 주제에 맞는 메시지를
어떻게 찾을까?

주제가 메시지에서 생겨나는 것이 아니라 메시지에서 주제가 생겨날 가능성이 높다. 이야기는 대부분 주제에서 시작해 그것을 묘사할 상황을 만들어내는 것이 아니라, 캐릭터들이 어떤 상황에 갇힌 상황에서 시작된다.

어쨌든 그 두 가지는 완전히 연결돼 있다. 주제는 메시지를 만들어야 하고 메시지도 주제를 만들어야 한다. 이야기의 한정적 메시지는 어떤 것이든 포괄적 주제의 구체적 사례여야 한다. 필립스와 헌틀리가 "주제는 모든 것에 해당하는 보편적 의미가 아니라, 특정한 상황을 다루는 적절한 방법에 적용되는 더 작은 진실일 것이다"라고 말할 때의 '더 작은 진실'이 메시지다. 예를 들어 다음과 같다.

◆ 〈세컨핸드 라이온스Secondhand Lions〉의 주제는 사람들을 신뢰하는 것이다. 이 영화의 메시지는 가족이 말하는 것이 모두 사실이기 때문이 아니라 그들을 믿을 만하기 때문에 믿는 것이 나을 수도 있다는 것이다.

◆ 《제인 에어》의 주제는 자존감이다. 이 책의 메시지는 영혼의 자유를 위해서는 평생에 한 번뿐인 사랑마저 희생할 수도 있어야 한다는 것이다.

◆ 《노인과 바다The Old Man and the Sea》의 주제는 용기와 인내에

는 보상이 따른다는 것이다. 이 책의 메시지는 거대한 황새치를 잡아서 집으로 돌아가려다 실패하는 것이, 뻔히 질 싸움을 미리 포기하는 것보다 더 타당하다는 것이다.

작가는 이야기의 메시지를 찾아낸 다음에야, 그것을 이용해 가능한 한 가장 강력하고 통합적이며 숨은 의미를 담는 방식으로 이야기의 주제에 활기를 불어넣을 수 있다.

한쪽에 치우치지 않는 도덕적 논쟁은 어떻게 만들까?

주제 전제가 너무 단순화되었거나 한쪽으로 치우쳐 있다면 독자들은 필연적으로 작가가 배심원단의 판단을 조작했다고 느낄 것이다. 이는 작가가 주제의 도덕적 주장에 관한 모든 사실을 보여주지 않고, 독자들이 알아서 판단할 수 있다고 믿지 않는다는 뜻이다.

그러지 않기 위해서는 작가가 두 가지 견해를 모두 반영하는 논쟁을 만들어야 한다. 작가가 보기에는 한쪽이 옳겠지만(또는 다른 쪽보다 더 옳겠지만) 한쪽으로 치우치지 않아야 한다. 작가는 주제 전제의 양쪽 견해 모두에 의문을 제기해야 한다.

독자들 대신 판단하는 것은 작가가 할 일이 아니다. 작가는 오히려 모든 사실을 보여준 다음 독자가 스스로 판단할 수 있게 해야 한다. 그러기 위해 작가는 논쟁의 여지를 남기는 방식으로 먼저 '다른' 쪽을 대변하는 적대 세력을 반드시 만들어야 한다. '나쁜' 쪽이 분별 있는 사람이라면, 누구도 그런 주장을 하지 않을 정도로 심각하게 나쁘다면 결코 복잡한 도덕 논쟁을 만들 필요가 없을 것이다.

예를 들어 존 트루비는 아카데미상 후보에 오른 〈트럼보Trumbo〉(1950년대에 블랙리스트에 오른 시나리오 작가에 관한 영화)를 분석하면서 날카롭게 지적했다.

> "이미 다 알고 있는 사실을 설교하는 정확한 시나리오다. 이 이야기에서는 다른 쪽을 정당화하기가 너무 어렵기 때문에 복잡하게 도덕적 논쟁을 벌이는 것이 불가능하다."

어떤 도덕적 논쟁은 너무 분명한 이분법이라 복잡하게 탐구할 필요가 없다. 자신이 쓰는 이야기의 핵심 논쟁이 이 경우에 해당하는 것 같다면 다음 두 가지 가운데 선택해서 해결할 수 있다.

선택지 1: 새로운 갈등 찾기

과장되고 평면적인 캐릭터(특히 도덕적 논쟁의 양쪽을 대변할 주인공과 적대자) 때문에 주요 갈등이 지나치게 단순화되었을 수 있다.

좋은 쪽은 흰옷을 입고 잘못된 일은 결코 하지 않으며 자신의 길을 절대 의심하지 않는다. 반면 악한 쪽은 검은 옷을 입고 모든 부하를 고문하며 부적절한 장면에서 독백하면서 미친 사람처럼 웃는다. 그렇다면 다른 사람들이 뭐라고 하든 작가는 이에 대해 훨씬 더 깊이 탐구할 수 있을 것이다. 캐릭터들을 더 심화하면 갈등과 주제도 더 심화할 수 있을 것이다.

선택지 2: 도덕적 논쟁을 위한 이야기의 다른 측면 살펴보기

주요 논쟁이 너무 단순해서 도덕적 논쟁에 도움이 되지 않는다면 반드시 주인공의 여정에서 다른 측면을 발굴하라. 주인공에게 주요 논쟁의 영향으로 일어난 의심을 살펴볼 이유가 없다면 그녀가 무엇 때문에 갈등하겠는가?

- ◆ 주인공이 소망하는 목적을 성취하기 위해 시도하는 방법들은 어떤가?
- ◆ 개인적 가치나 능력은 어떤가?
- ◆ 주인공이 사랑하거나 존중하는 누군가 또는 대인관계에서 갈등을 겪고 있는가?

강력한 주제는 답이 아니라 질문이다. 그리고 질문에는 답이 하나 이상인 경우가 더 많다. 진실은 주관적이지 않지만 우리 각자는 그렇다고 받아들일 수 있고, 다양한 상황에서 진실을 적용할 수 있는 다음의 중국 속담처럼 확실히 주관적이다.

> "세상에는 세 가지 진실이 있다.
> 나의 진실, 당신의 진실, 진실 그 자체."

당신이 소설을 쓰는 목적이 독자들에게 당신이 믿는 진실을 믿게 하는 것이라면 매체를 잘못 선택했다. 그렇다면 연단이나 설교단(또는 블로그)을 사는 것이 낫다. 하지만 당신의 진실을 공유하고 그것에 관해 흥미로운 질문을 제기하는 데 관심이 있다면 제대로 하고 있는 것이다.

주제는 탐험에 대한 것이다. 하지만 관광버스에서 내려 어두운 곳들을 방문할 마음이 없다면 탐험을 할 수 없다. 다시 말해 작가는 주제의 상정된 진실과 정확히 반대되는 것을 살펴보되, 그것을 믿을 때와 똑같이 진지하고 솔직하게 기꺼이 살펴봐야 한다. 작가는 주제 전제를 뒷받침하기 위한 주장을 제기할 때마다 똑같이 솔직하고 따져 묻는 반대 주장을 제기해야 할 것이다.

강력한 주제에는 편애가 설 자리가 없다. 왜 그럴까? 독자들은 그러한 편견을 순식간에 알아채고 본능적으로 작가의 진실을 조금 깎아내릴 것이기 때문이다. 이는 당신이 진실을 제시하는 데 분명히 편견을 갖고 있기 때문이기도 하고, 독자들이 조작되었다는 느낌을 반기지 않기 때문이기도 하다.

어떤 이야기는 주제와 관련된 강력한 아이디어를 완벽히 갖춘 채 떠오를 것이다. 예를 들어 전체 이야기는 거짓말이 나쁜 이유에 대한 것일 수 있다. 이 진실에 관한 작가의 열정이 애초에 작가가 이 이야기를 쓰는 이유다. 그 결과, 거짓말이 그렇게 나쁘지 않을 수 있는 이유를 살펴봐야 한다는 생각만으로도 속이 뒤틀릴 수 있다. 로버트 맥키가 지적한다.

"이야기가 진전되면 반대되는, 심지어 혐오스러운 생각이라도 기꺼이 해야 한다. 최고의 작가들은 관점을 쉽게 바꾸는 변증법적이고 유연한 사고방식을 갖고 있다. 그들은 긍정적인 것과 부정적인 것, 모든 종류의 역설을 알고 있으며, 이러한 관점들의 진실을 솔직하고 설득력 있게 추구한다. 이렇게 모든 것을 알고 있기 때문에 그들은 훨씬 독창적이고 상상력이 풍부해지며 훨씬 뛰어난 통찰력을 갖게 된다."

두려워하면서 글을 써야 이야기의 잠재력을 온전히 깨달을 수 있다. 주제와 관련해 이것은 무엇보다 강력한 사실이다. 작가들은 현실에 안주하면 안 된다. 작가가 자신이 믿는다고 주장하는 진실들의 어두운 측면을 살펴보려 하지 않는다면 그것들을 얼마나 강하게 믿는지 스스로에게 물어봐야 한다.

가장 매서운 독자들이 주제 전제에 제기할 만한 문제까지 작가는 가능한 한 모든 이견을 고려해야 한다. 이 모든 이견을 캐릭터들(그저 '나쁜' 캐릭터뿐 아니라 주인공까지 포함한)이 제시해야 한다. 주인공을 주제의 어두운 측면으로 이끈 다음 무엇을 발견할 수 있는지 살펴봐야 한다. 잔혹해져라. 솔직해져라. 그렇게 된다면 작가와 이야기의 캐릭터, 독자 모두 재미 이상의 것을 얻고 더 성숙해질 수 있을 것이다. 작가는 강력한 주제에 관해 지금까지 배운 모든 것들을 평생 간직하게 될 것이다.

"작가가 자신이 무엇을 쓰고 있는지
충분히 알고 있다면
그는 아는 것을 생략할 수 있다.
작가가 정말로 진실하게 글을 쓴다면
독자는 마치 작가가 눈앞에서 말한 것처럼
생략된 그것을 강력하게 느낄 것이다.
빙산이 위엄 있게 움직이는 것은
물 위로 8분의 1만 드러나 있기 때문이다."

– 어니스트 헤밍웨이

제6장

이야기의
서브텍스트 심화하기

때로는 말한 것보다 말하지 않은 것이 글을 강력하게 만들기도 한다.

글쓰기는 이야기 세계의 범위 안에서 작가가 '모든 것을 알 수' 있기 때문에 신나는 작업이다. 주변 사람들의 의견과 감정, 요구를 이해하려고 고심하는 실제 세계에서와 달리, 글을 쓰면서 모든 것을 이해할 수 있다. 작가는 캐릭터가 때로는 예기치 않게, 때로는 불합리해 보이는 방식으로 반응하는 이유를 언제나 알고 있다. 작가는 캐릭터의 개인사를 알고 미래도 알고 있다. 작가는 캐릭터가 왜 그렇게 생각하거나 행동하는지 전혀 궁금해할 필요가 없고 그냥 알고 있다.

그렇다고 해서 작가가 아는 모든 것을 털어놓아야 할까?

독자들이 모든 것을 알고 싶어 하지 않는다는 점은 분명하다(악당의 발톱이 살을 파고드는지, 주인공과 가장 친한 친구가 어쩌다 폭스바겐 비틀을 사게 되었는지 누가 관심을 갖겠는가?). 여기에 더해 때로 장면에 활기를 불어넣고 여러 층의 의미를 더하며 현실을 정확하게 모방하는 비결로 특정 세부 사항들을 생략할 수도 있다.

어니스트 헤밍웨이는 '빙산 이론'의 대가였다. 그는 서브텍스트

기술을 자신만의 수준으로 끌어올렸다. 그리고 흔히 서사에서 뼈대만 남기고 모든 것을 지운 채 독자들이 캐릭터의 행동과 대화를 통해 사실을 재구성하도록 내버려두었다. 헤밍웨이의 간결한 문체를 모든 사람이 좋아하는 것은 아니지만, 그는 자신의 이야기에서 활기찬 속도감과 현실감을 만들어낼 수 있었다.

서브텍스트와 미묘함에는 공통점이 있다. 두 가지는 사실 서로 의지하고 있다. 작가가 장면에서 미묘함을 만들어내려면 실제로는 서브텍스트의 복잡함으로 무언가를 표현하는 것이다. 작가가 의식적으로 서브텍스트를 강화하려 한다면 미묘함이 주요 도구가 된다.

현실과 환상 세계를 넘나드는 《드림랜더Dreamlander》라는 소설을 쓰면서 나는 다른 어떤 작품보다도 서브텍스트 때문에 고심했다. 작가인 나를 비롯해 모든 사람이 시점 캐릭터POV character 가운데 한 명에게 접근하기 어렵다는 사실이 시작부터 드러났다. 자신의 감정을 가리고 진짜 기분과 두려움을 자신에게까지 숨긴 채 꼭 필요한 말이 아니면 좀처럼 하지 않는 내향적 인물인 그녀는 이야기를 진전시키는 데 협조하기를 거부했다. 이 캐릭터가 말할 차례가 될 때마다 깜빡이는 커서를 보면서 몇 시간씩 보낸 것에 비하면, 다른 시점 캐릭터가 나오는 장면들을 쓸 때는 손가락이 수월하게 키보드에서 움직였다.

그녀는 나뿐 아니라 다른 캐릭터에게도 말하고 싶어 하지 않았다. 또한 실제로 태도가 누그러져 조심스럽게 한두 마디 꺼낼 때는 의미가 분명하지 않았다. 그녀는 좀처럼 진심을 말하지 않았고, 민감한 소재에 대한 이야기는 피했으며 그런 말을 공개적으로 하기를 거부했다.

그녀가 등장하는 장면을 어렵게 어렵게 써 나가면서 나는 무언가를 깨닫기 시작했다. 그녀가 말하지 않은 것이 장면 전체의 중심이 되기도 했다. 그녀와 다른 캐릭터들이 그녀의 두려움과 분노에 대해 돌려 말할 때 놀라운 패턴이 서서히 나타났다. 그리고 수면 아래 계속 있었음에도 진정으로 알아차리거나 이해하지 못했던 그 캐릭터의 여러 측면을 그제야 보기 시작했다.

그녀가 말하기를 거부했기 때문에 그녀가 등장하는 장면에는 아주 많은 서브텍스트가 필요했다. 그 덕에 그녀가 나오는 장면들에 대화와 행동의 미묘함을 층층이 쌓을 수 있었다. 그녀 때문에 편한 방법으로 그녀의 태도와 의견을 대화와 서사를 통해 솔직히 공유하는 대신 어쩔 수 없이 더 창의적이고 세심하게 그런 측면을 것들을 보여주어야 했다.

나는 초고의 반을 쓰고서야 이 캐릭터를 온전히 이해할 수 있었다. 그녀는 또한 서브텍스트에 대해 많은 것을 가르쳐주었다. 그녀에 대해 처음 쓰기 시작할 때 나는 물 위에 떠 있는 캐릭터의 8분의 1이 전부인 것처럼 그녀에게 접근했다.

물속으로 몇 번 들어가본 다음에야 진짜 모습을 볼 수 있었다.

이 캐릭터를 통해 내가 알아낸 것은 바로 빙산의 윗부분만 보여주는 기술이었다.

서브텍스트의 암호를 해독하는 다섯 단계

이야기 서브텍스트Story subtext는 본질적으로 설명되지 않은 것을 실행하는 것이기 때문에 마법처럼 보이는 경우가 많다.

주제와 마찬가지로 서브텍스트는 보이지 않아야 한다. 그것은 우리의 말 아래에 숨겨진 어두운 지하 세계에 살고 있다. 그것은 모자를 뒤집어쓴 채 이야기의 어두운 구석 주변에서 재빨리 움직이는 형체이자, 장면 뒤에서 톱니바퀴에 기름칠을 하는 비밀스러운 시계공이며 오페라의 유령이다.

나는 서브텍스트라는 말만 해도 기분 좋은 오싹함을 느낀다. 내가 아주 좋아하는 이야기들의 공통점은 그 이야기들에 서브텍스트를 이용한다는 것이다. 그것들은 겉으로 보이는 것보다 훨씬 많은 것에 관한 이야기다. 그 이야기들은 캐릭터와 상황에 관해 질문하고 빈 곳을 채우고 결론에 도달하고 독자와 관객의 경험을 넓히기 위해 그들을 이야기의 안개 속 지하 세계로 초대한다.

이야기 서브텍스트를 제대로 사용하면 독자들은 가르침을 받지 않고도 주제에 대해 관찰하고 배울 수 있다. 서브텍스트는 굳이 모든 것을 언급하지 않아도, 독자들이 이야기와 캐릭터를 이해할 수 있다는 것을 작가가 믿는다는 점을 보여준다.

서브텍스트는 두 고정점 사이 공간에서 생겨난다

이 때문에 이야기 서브텍스트가 그렇게 자주 혼란스럽다. 그것이 전적으로 보여주지 않은 것에 대한 내용이라면 과연 어떻게 보여줄 수 있을까? 답은 그저 서브텍스트는 컨텍스트에서 생겨날 때만 효과가 있다는 것이다.

서브텍스트가 이야기 뒤에 있는 그림자라면 햇빛 속에서 그림자를 만들어내며 서 있는 형체가 먼저 있어야 한다. 흥미로운 빈 공간들은 이야기에서 보여준 요소들에서만 생겨난다.

서브텍스트를 만들기 위해 독자들에게 캐릭터나 플롯, 이야기 세계에 대해 특정한 것들을 명확하게 말하거나 보여주는 것에서부터 시작해야 한다. 독자들이 알아야 하는 것들을 말해야 한다(그렇게 하지 않으면 이야기가 없다). 하지만 그 사이에 있는 공간을 설명하지는 말아야 한다.

시작 지점과 끝 지점을 볼 수 있다면 독자들은 작가가 만들어내는 형태를 명확히 이해할 것이다. 하지만 작가가 두 지점 사이의 모든 것을 설명하고 싶다는 충동을 억제해야 독자들이 그 사이에 있는 암시된 형상을 발견할 수 있다. 예를 들어 다음과 같다.

비디오게임을 각색한 마이크 뉴얼 감독의 〈페르시아의 왕자: 시간의 모래Prince of Persia: The Sands of Time〉는 그저 단순한 모험 이야기지만 시간이 지나도 내가 그 영화를 재미있게 보는 이유는 풍부한 캐릭터 서브텍스트 때문이다.

주인공 다스탄은 왕이 입양한 거리의 고아다. 그것이 첫 번째 고정점 fixed point이다. 그러고 나서 헌신적이지만 형들과 불편한 관계인 어른 다스탄 이야기로 넘어간다. 그것이 두 번째 고정점이다.

그 사이에 무슨 일이 일어나는가? 형제들이 서로에게 어떤 감정을 갖는지, 그 이유는 무엇인지 관객들에게 한 번도 분명히 이야기하지 않는다. 하지만 명확한 두 고정점의 컨텍스트 덕에 관객이 스스로 추정할 수 있다. 이야기가 잘난 체하며 그것을 우리에게 모두 말해줄 필요는 없다.

서브텍스트는 수면 아래에 분명하게 존재해야 한다

서브텍스트가 '보여주지 않는 것'이라는 개념 때문에 서브텍스트가 기본적으로 존재하지 않는 것이라고 생각할 수 있다. 하지만 그것은 진실과 거리가 멀다. 서브텍스트는 아주 분명하고 실제로 존재한다.

서브텍스트를 헤밍웨이가 말한 '수면 아래에 있는 8분의 7의 빙산'으로 생각한다면 빙산의 보이지 않는 대부분이 어떤 식으로 분명히 존재하는지 알 수 있다. 서브텍스트에 조금이라도 영향력이 있다면 그것은 작가의 의도와 이야기의 암시 내에서 존재해야 한다. 그렇지 않다면 그저 공간만 있을 뿐이다. 그러면 이야기의 신빙성이 흔들리고 이야기가 충실하게 이어지지 못할 것이다. 독자들은 작가가 무엇에 관한 이야기인지, 캐릭터들이 어떻게 만들어졌는지 실제로는 모르고 있다는 사실을 알아차릴 것이다.

이야기 서브텍스트의 핵심은 밝은 햇빛 속에서 그것을 보지 않아야 한다는 것이다. 따라서 작가들은 흔히 그들 자신이 이야기의 서브텍스트 주위를 살금살금 돌아다니며 그것을 보면 안 된다고 느낀다.

작가가 독자들에게 서브텍스트를 직접 보여주지 않아야 한다는 것은 사실이지만 작가는 그것에 대해 철저히 알고 있어야 한다. 물 위로 드러난 이야기가 떠 있으려면 물속의 서브텍스트는 반드시 존재해야 한다.

이야기의 서브텍스트를 의도적으로 만들어 내라. 그러려면 캐릭터들의 세계를 온전히 장악해야 한다. 그뿐 아니라 그들의 배경 이야기와 동기, 목표를 완벽하게 이해해야 한다. 예를 들어 다음과 같다.

기예르모 델토로 감독의 〈퍼시픽 림Pacific Rim〉은 서브텍스트가 풍부해서 내가 아주 좋아하는 영화다. 이 영화는 〈페르시아의 왕자: 시간의 모래〉처럼 단순한 액션 영화다. 하지만 스토리텔러들이 이야기 세계의 모든 것을 단단히 장악하고 있기 때문에 액션 영화라는 장르를 뛰어넘는다.

우리는 외계 괴물 카이주가 초토화한 종말론적 세계를 다채롭고 흥미롭고 아주 사실적인 장소로 느낀다. 하지만 그 세계를 알기 위해 그곳의 모든 것을 배우지는 않는다. 플롯에 중요하지 않기 때문이다. 하지만 우리는 컨텍스트 내에서 고정점들(암시장, 군사 기술, 종교적 숭배, 방벽)을 충분히 보고 수면 아래 풍부한 서브텍스트가 있다는 것을 이해하고 있다.

이러한 가능성들을 머릿속에서 그려 보지 않는 관객이 영화를 보더라도, 더 넓은 세계에 대한 감각이 이야기를 더 크고 더 진짜 같고 더 의미 있게 만든다.

서브텍스트는 수면 아래에 머물러야 한다

일단 작가가 수면 위에 컨텍스트를 만들고 수면 아래에 서브텍스트를 만들면 이 둘은 그 상태로 머물러 있어야 한다. 이것은 말처럼 쉽지 않을 것이다. 작가가 온갖 고생 끝에 매력적인 배경 이야기나 세계관을 만들어냈다면 당연히 그것을 독자들과 공유하고 싶을 것이다. 이야기의 모든 세부 사항을 좋아하면 그 사항을 모두 독자들과 나누고 싶다.

그리고 작가는 또한 독자들이 서브텍스트를 반드시 이해하기를 바란다. 나는 서브텍스트를 기막히게 사용해 장면을 쓰고 나서 독자들이 그것을 반드시 이해하기를 바라거나, 내가 만들어낸 것이 너무 좋아서 펄쩍펄쩍 뛰며 "자, 보세요! 그게 얼마나 멋진지 봤어요?"라고 말하고 싶어서 나도 모르게 그 장면을 노골적으로 설명하면서 끝내곤 한다.

물론 그런 다음에는 다시 앞으로 돌아가 편집증적이고 장황한 내용들을 삭제해야 한다. 나는 서브텍스트가 알아서 움직일 것이라고 믿어야 한다. 이를 수면 위 컨텍스트로 끌어올리면 서브텍스트가 알아서 움직일 수 없다.

이야기에서 중요한 내용을 밝히는 경우는 예외다. 작가가 이야기의 특정 측면들(배경과 관련된 비밀, 반대되는 단서 등)을, 플롯을 진행시키는 중요한 장면에서 밝히기 전에 이야기의 대부분이 진행되는 동안 표면 아래에 숨기고 있을 것이다.

설명하려는 충동을 억눌러라. 아주 간단하다. 독자들에게 자세하고 노골적으로 설명하지 않는 습관을 들여야 한다.

특히 대화에서 조심해야 한다. 캐릭터들이 가끔 무언가를 곧이곧대로 말하는 경우도 분명히 있겠지만, 작가는 그들이 소재에 대해 돌려 말하거나 상황에 따라 간접적이거나 비유적으로 접근하게 만드는 습관을 들여야 한다. 캐릭터가 생각한 것을 있는 그대로 말하는 것을 깨달을 때마다 멈춰야 한다. 그리고 나서 이야기의 수면 아래에 그대로 둔다면 더 강력한 힘을 발휘할 만한 정보를 독자들에게 떠먹여주는 것은 아닌지 물어봐야 한다. 대화의 서브텍스트에 관해서는 뒤에서 더 설명하겠다. 예를 들어 다음과 같다.

제이슨 본은 뻔하게 행동한 적이 없다는 단순한 이유로 내가 가장 좋아하는 캐릭터다. 그는 전적으로 자신의 서브텍스트 내에 존재한다. 이 영화 시리즈에서 대부분 그는 기억상실 때문에 자기 자신에게도 수수께끼 같은 존재다. 관객들은 그의 성격과 과거에서는 분명한 고정점들을 볼 수 있지만, 그가 거의 침묵하기 때문에 어쩔 수 없이(또는 기꺼이) 그의 동기와 감정을 추측해야 한다.

만약 그 캐릭터가 심리 치료사와 함께 앉아 자신의 경험과 감정을 아주 자세히 설명하기 시작한다면 서브텍스트가 표면으로 드러나 캐릭터의 깊이와 복잡성이 약해질 것이다. 이야기에 드러나는 훌륭한 자제력 덕분에 지적으로 자극하고 감동적인 이야기가 된다.

서브텍스트는 대립되는 두 가지로 만들어진다

가장 흥미로운 최고의 이야기 서브텍스트는 대립적으로 보이는 두 가지에서 생겨난다. 이야기 컨텍스트의 고정점들이 별로 일관되지 않은 것으로 보이면 즉시 독자들의 호기심에 불이 붙는다. 이러한 대립되는 고정점들 사이에 수수께끼를 설명하는 무언가가 존재할 수 있을까? 캐릭터의 행동이나 세계에서 작가를 궁금하게 만드는 무언가가 있으면, 작가는 이야기 서브텍스트의 가능성을 발견한 것이다.

하지만 서브텍스트는 명확한 질문에서 생겨날 수는 없다는 점에 주의해야 한다. 이야기에서 명확한 질문을 제기하면 독자들은 언제나 명확한 대답을 기대할 것이다. 어떤 내용이 명확해지면 그것은 더 이상 서브텍스트가 아니다. 이처럼 대립적인 요소들은 함축적 질문으로 남아 있어야 한다. 독자들이 캐릭터에 관한 진실을 믿도록 미묘하게 유도되거나 상황이 겉으로 보는 것과 다를 때 대립적 요소들이 생겨난다.

작가 조 룽은 내게 다음과 같은 이메일을 보냈다.

> "겉으로 드러난 행동과 내면 사이에 분명한 두 가지 대립적 요소가 있다면 언제나 좋은 일입니다. 바로 그것이 서브텍스트의 핵심이지요."

사실 이 말은 캐릭터아크의 핵심이기도 하다. 이는 서브텍스트를 신중하게 사용하면 캐릭터가 겪는 여정의 핵심을 더욱더 강력하게 만들 수 있다는 뜻이다.

캐릭터와 상황을 있는 그대로 보여주지 않아야 한다. 작가는 수면 아래에서 실제로 무슨 일이 일어나는지 알고 있기 때문에 이렇게 하는 일이 쉽지 않을 수 있다. 모든 것을 독자들과 당장 공유하고 싶다는 충동을 억제해야 한다. 독자들이 이야기를 읽는 내내 진실을 찾을 수 있게 해야 한다.

이는 캐릭터를 발전시키는 데 특히 유용하다. 캐릭터가 본심은 착한 사람이라면 좋다. 하지만 그 점을 독자들에게 당장 자세히 설명해줄 필요는 없다. 독자들에게 다른 것을 보여주면 된다. 독자들에게 캐릭터가 세상에 겉으로 드러내는 모습을 보여주고, 그의 본성에 관한 서브텍스트가 그의 행동들로 드러나게 해야 한다. 예를 들어 다음과 같다.

〈수퍼내추럴Supernatural〉의 딘 윈체스터는 끊임없이 심한 갈등을 겪는다. 그리고 적어도 초반 몇 시즌에서는 그 갈등이 대체로 서브텍스트로 남아 있다. 이 때문에 기억에 남을 만한 캐릭터다. 시청자들은 그에게서 상충하는 진실들을 보게 된다. 겉으로 보기에 그는 무책임하고 아주 불쾌하고 알코올의존증이 있는 바람둥이다. 하지만 역설적으로 보일 정도로 혹독하게 자기를 희생할 정도로 다른 사람들에게 깊은 관심을 갖기도 한다.

이렇게 대립적인 두 요소 때문에 질문이 생긴다. 이 캐릭터는 왜 이럴까? 이러한 모순을 일으키는 내적 갈등은 무엇인가? 그리고 그의 이러한 성격들 중에서 어떤 것이 진짜인가?

서브텍스트는 조용한 공간에 존재한다

지금까지 나는 이야기 서브텍스트를 설명하기 위해 영화와 텔레비전 드라마를 예로 들었다. 시각적, 외형적인 특성으로 인해 글로 쓰인 소설보다 훨씬 더 서브텍스트와 관계가 깊기 때문이다.

이 모든 원칙은 글로 쓰인 허구에 적용할 수 있지만, 대체로 영화보다 책에서 더 많은 것을 자세히 설명해야 한다는 점을 깨닫는 것이 중요하다. 영상물에서는 암시할 수 있는 상황들을 책에서는 설명하거나 적어도 언급하지 않으면 독자들은 계속 혼란스러울 것이다.

하지만 책에서 적어도 서브텍스트의 환영이라도 유지할 수 있는 간단한 비결이 있다. 캐릭터의 침묵을 쌓으면 된다. 이야기에서 독자들에게 어떤 것들을 설명해야 할 때조차 캐릭터들이 서로에게 모든 것을 자세히 설명하려는 유혹을 참아야 한다.

영화에서처럼 서브텍스트로 가득한 대화(이때 관객들은 캐릭터들이 무슨 생각을 하는지 모른다)를 책에서 적용한다면, 작가는 두 캐릭터 사이에서 침묵의 서브텍스트를 쌓음으로써 복잡성과 깊이의 효과를 거의 똑같이 거둘 수 있다.

캐릭터들이 있는 그대로 자신의 생각을 서로에게 털어놓게 하면 안 된다. 그들이 숨김없이 자세히 설명할 때마다 한 걸음 물러나 생각해야 한다. 플롯이 진행되거나 무슨 일이 일어나고 있는지 독자들이 이해하는 데 중요한 정보가 아니라면, 가차 없이 지워야 한다.

물론 중요하다면 다시 한번 살펴봐야 한다. 필요한 정보는 공유하되 빙산을 어느 정도 물속에 남겨 두도록 명료한 대화를 고쳐 쓸 수 있는가? 예를 들어 다음과 같다.

캐릭터들이 서로에게 자세히 설명하지 않도록 작가가 자제한 두 가지 훌륭한 예를 살펴보자.

첫 번째 예는 나치 독일에 관한 마커스 주삭의 청소년 소설《책도둑 The Book Thief》에 있다. 이 책에서 주인공 리젤은 가장 친하지만 불운한 친구 루디에게 분명히 하고 싶은 말들을 머릿속으로 생각한다. 독자들은 그녀의 감정을 정확히 이해한다. 하지만 리젤이 루디에게는 그 말들을 소리 내서 하지 않기 때문에, 다음과 같은 리젤의 말들은 두 사람 사이에서 강력한 서브텍스트로 남는다.

> 약속한 대로 그들은 다하우 쪽으로 길을 따라 멀리까지 걸어갔다. 그들은 숲속에서 걸음을 멈추었다. 그곳에는 기다란 모양의 빛과 그늘이 있었다. 솔방울이 쿠키처럼 흩어져 있었다.
> 고마워, 루디.
> 전부 다. 도로를 벗어나게 도와준 것도, 나를 멈추게 해 준 것도…….
> 그녀는 그 어떤 말도 루디에게 하지 않았다.

두 번째 예는 훨씬 단순하다. 제프 롱의 종말론적 스릴러《0년Year Zero》에서 독자들은 끔찍한 장면에서 주인공 네이선 리와 함께 있었다. 그 장면에서 그는 미국 항공모함에 알래스카 해안에 다가오지 말라고 신호를 보내려 했지만 소용없었다. 다음 장면에서 이야기를 들려주는 캐릭터인 미란다는 이러한 컨텍스트를 이해하지 못해도, 독자들은 아주 잘 이해할 수 있다.

"그녀는 해군 조종사였어요." 미란다가 말했다. "돌아오지 못한 그 배들 중 하나에 타고 있었죠."
"무슨 배들 말이에요?"
"틀림없이 들어봤을 거예요. 지도 제작자와 수색대로 이루어진 탐험대요. 그들은 지구를 살펴보러 떠났지만 아무도 돌아오지 못했어요. 위성이 그들을 여기저기에서 발견해요. 유령선들이 대양에서 돌아다니고 있어요. 잃어버린 더치맨호처럼요."

네이선 리가 조용해졌다. 미란다는 틀림없이 그도 누군가를 잃었기 때문일 것이라고 생각했다. 그는 겁에 질린 표정이었다.

네이선 리는 "그 배를 봤어요"라는 간단하게 말해서 그 배를 안다는 사실을 인정할 수도 있었다. 대신 그는 말이 없어지면서, 독자들은 그가 무슨 생각을 하는지 정확하게 알고 있지만, 고통의 서브텍스트를 심화한다.

캐릭터의
서브텍스트 심화하기

서브텍스트는 캐릭터의 성격을 묘사할 때 특히 중요하다. 이렇게 생각해보자. 사람이 바로 서브텍스트다. 세상 사람들이 공유하는 표현, 말, 어조는 모두 우리의 표면을 살짝 긁어낸 것이다. 우리는 모두 다른 사람들이 보는 것보다 훨씬 더 많은 것을 갖고 있다. 우리는 숨겨진 욕망과 동기, 입 밖에 내지 않는 겸손과 오만, 불가능한 이분법, 위선, 역설이다. 우리는 대부분 자신의 무의식적 서브텍스트를 이해조차 못한다.

소설을 쓸 때 캐릭터 서브텍스트에 접근하기 위한 네 가지 방법을 소개한다.

시점의 수를 제한해야 한다

내면적 서술은 캐릭터의 실체에서 특정한 측면을 자세히 설명할 수밖에 없다. 그렇기 때문에 캐릭터 서브텍스트는 해당 캐릭터의 시점에서 접근하는 것이 훨씬 어렵다. 이것은 대부분 좋다. 이 때문에 작가들이 3인칭 인물 시점을 그렇게 좋아한다. 하지만 서술자의 수를 제한하면 작가가 시점 캐릭터가 아닌 캐릭터의 서브텍스트를 더 많이 탐색할 수 있다. 작가가 해당 캐릭터의 머릿속에 단 한 번이라도 들어가면 수수께끼와 서브텍스트는 대부분 사라진다.

지정된 시점 캐릭터의 통찰력을 제한하라

서술자가 한 명인 경우에도, 그 서술자의 통찰력이 지나치게 뛰어나거나 너무 많은 정보를 너무 빠르게 알게 되면 이야기에 서브텍스트를 만들 기회를 놓칠 수 있다. 특정 캐릭터의 행동에 서술자가 즉시 뛰어들어 스스로 해설하게 하는 대신 독자들이 해석할 수 있게 맡겨야 한다. 아무것도 모르는 것이 분명한 서술자는 독자들이 좀처럼 좋아하지 않을 것이므로 이 방법이 항상 효과적인 것은 아니다. 하지만 현실적인 방법으로 솜씨 좋게 이 방법을 이용한다면 부수적인 캐릭터들과 서술자 모두에 대해 알려주는 깊은 서브텍스트의 길이 열릴 것이다. 또한 더 중요한 플롯을 더 자주 드러낼 수 있다.

입체적 캐릭터를 만들어야 한다

캐릭터 서브텍스트의 첫 번째 규칙은 서브텍스트가 있어야 한다는 것이다. 텅 빈 캐릭터를 그냥 던져두고 독자들이 '야, 서브텍스트 정말 많네!'라고 생각할 것이라고 기대해서는 안 된다.

서브텍스트는 이미 그곳에 있지만 아직 보이지 않는 것을 암시하는 것이 관건임을 기억해야 한다. 이는 발견할 만한 것이 있는 입체적 캐릭터를 만들어야 한다는 뜻이다.

첫째, 캐릭터에 복잡하고 흥미로운 배경 이야기를 설정함으로써, 둘째, 이 캐릭터를 이중적으로 보이는 인물(예를 들어 표면적 공격성이 즉시 한 가지 모습으로 드러나고 그 모습이 그보다 분명한 성격을 보여주는 다른 모습과 아주 서서히 대비되는 인물)로 만듦으로써 입체적 캐릭터를 만들 수 있다.

캐릭터들을 믿어야 한다

훌륭한 서브텍스트를 만드는 과정에서 가장 어려운 부분은 작가 대신 그 일을 수행하도록 캐릭터를 믿는 것이다. 아마 처음에는 본능적으로 독자들에게 상황을 설명하는 안전망을 만들고 싶을 것이다("그나저나 혹시나 해서 말해주는데, 이 남자는 겉으로만 보면 불쾌한 사람이라고 오해받지만 속으로는 정말 다정해요.")

이 함정에 빠지면 안 된다. 그들 자신의 서술을 통해서든 다른 사람의 서술을 통해서든 캐릭터의 행동을 설명하고 싶어도 참아야 한다. 캐릭터가 강하고 역동적인 선택과 행동을 수행하게 한 다음 그 행동들이 알아서 하게 놔두어야 한다. 이것이 '보여주기 대 말해주기'의 핵심이다.

의심스러우면 원고를 들여다 보면서 설명 부분에 모두 선을 그어 지워봐야 한다. 그래도 이야기를 이해할 수 있는가? 이해할 수 없다면 다시 돌아가 필요한 만큼 더 명확하게 만들어야 한다. 하지만 얼마나 적은 설명으로도 그럭저럭 괜찮은지, 그 결과 캐릭터의 서브텍스트가 얼마나 더 강해졌는지를 알면 아마 놀라게 될 것이다.

대화에서
서브텍스트 심화하기

좋은 대화는 다음의 다섯 가지 요건을 충족해야 한다.

◆ 플롯을 진행시킨다.

◆ 캐릭터들을 정확하게 보여준다.

◆ 현실을 모방한다.

◆ 재미있다.

◆ 서브텍스트를 제공한다.

이 다섯 가지는 대화 쓰기를 정복하기 위해 이용할 수 있는 '단계'이기도 하다. 처음 글쓰기를 배울 때 우리는 대화가 이야기를 말하는 데 도움이 된다는 점에 주로 관심을 갖는다. 그것은 대화를 쓰는 단계에서 흰띠에 해당한다. 그렇게 그다음 단계들을 익히기 시작해 마침내 검은띠 심사, 즉 대화에서 서브텍스트 쓰기를 배우는 단계에 도달한다.

서브텍스트와 관련된 대화를 글쓰기의 비밀 입회식으로 생각해보자. 그것이 미묘함부터 역설과 주제적 중요성까지 모든 스토리텔링의 가능성이라는 완전히 새로운 대저택의 문을 열어준다. 금상첨화로 대화의 네 가지 이전 단계를 더 다듬을 수 있도록 서브텍스트가 도와준다.

다음은 마블의 〈퍼스트 어벤져〉(이야기 구조 면에서는 문제가 있지만 주로 훌륭한 대화 덕에 볼만한 영화이다)에 나온 예들을 이용해 구성한, 대화를 심화하는 네 가지 규칙이다.

규칙 1: 속마음을 말하지 말아야 한다

대화를 쓸 때 작가는 흔히, "지금 당신한테 너무 화가 나!" "당신을 사랑해!" "내 배경 이야기 때문에 나는 너무 비참하고 엉망진창이 됐어. 이런!"처럼 캐릭터의 생각을 정확히 설명해주고 싶은 충동을 가장 먼저 느낀다.

원고에 있는 모든 대화를 살펴보고 대화들의 요점을 찾아야 한다. 캐릭터들이 말하고 싶어 하는 것 한 가지는 무엇인가? 솔직하게 대화하면서 그것을 실제로 자세히 설명하는 곳에 전부 밑줄을 쳐봐야 한다. 이제 다른 방향에서 접근하거나, 정반대로 말하거나, 몸짓언어나 묘사를 통해 암시하는 등 같은 것을 실제로 말하지 않고 말하는 방법을 생각해내야 한다. 예를 들어 다음과 같다.

내가 가장 좋아하는 대화 중 하나는 〈퍼스트 어벤져〉 후반부의 술집 장면에서 페기 카터의 빨간 드레스에 모든 사람의 관심이 집중될 때 이루어진다. 그녀가 주인공 스티브 로저스와 막 구조된 그의 친구 버키에게 다가가고, 버키가 그녀에게 집적거리기 시작한다. 스티브는 한마디도 하지 않는다. 대화는 모두 페기와 버키 사이에서 이루어지지만, 서브텍스트는 모두 페기와 스티브가 서로에게 정말 말하고 싶어 하는 것이다. 스티브가 솔직히 "이봐요, 우리는 연인이 되고 전쟁이 끝나면 데이트를 해야 해요"라고 말하는 대신 관객들은 보석 같은 짧은 대화 장면을 보게 된다.

페기: (스티브에게) 당신의 최고 분대가 임무 떠날 준비를 하는군요.

버키: 음악 안 좋아해요?

페기: 사실 좋아해요. 심지어 이 모든 게 끝나면 춤추러 갈지도 몰라요.

버키: 그럼 뭘 기다려요?

페기: 맞는 짝이요. (자리를 떠난다).

버키: (스티브에게) 나는 보이지 않나 봐. 내가 너처럼 되어 가는군. 끔찍한 꿈이야.

규칙 2: 대화를 원점으로 돌려라

어떤 말을 한 번 하면 그 말은 정확히 그 뜻으로 한 것이다. 그 말을 두 번 하면 이제 그 말은 새롭고 심지어 상징적이기까지 한 의미를 갖기 시작한다. 중요한 시점에 대화 한 토막을 반복하면, 전체 이야기를 구성하고 주제와 관련해 원점으로 돌아갈 수 있다.

이야기의 서두에서 처음에 있는 그대로 받아들인 다음 다른 상황에서 반복하는 서브텍스트 덕에 의미가 배가될 수 있는 대화를 찾아봐야 한다. 예를 들어 다음과 같다.

> 〈퍼스트 어벤져〉에서는 이 기법을 몇 번 사용한다. 앞의 예에서 본
> '맞는 짝'이라는 대사가 대표적인 예다. 그 장면에서 페기는 스티브
> 가 앞서 한 말을 반복하고, 스티브는 자신이 연애 관계에서 찾는 것
> 을 짚으며 그 말을 했다. 대화에 나온 같은 대사를 다시 반복함으로
> 써 그녀는 처음 장면에서 바로 대답했을 때처럼 그가 앞서 한 말에
> 대해 직접적이 반응을 노골적이지 않게 할 수 있다.
>
> 반복되는 다른 대사들은 스티브의 유명한 대사인 (흠씬 두드려 맞는
> 상황에서) "하루 종일이라도 할 수 있어"와 진심 어린 질문인 "이거
> 시험인가요?"다.

규칙 3: 독자를 놀래켜야 한다

서브텍스트(그리고 유머)는 기대되는 것과 기대되지 않는 것을
나누는 과정에서 생겨난다. 캐릭터가 독자들이 기대하지 않는 방
식으로 반응하면 결과적으로 재미있으면서 깨우침을 준다.

한 캐릭터가 다른 캐릭터에게 직접적으로 질문을 하고 뻔한 대
답이 돌아오는 대화를 찾아보자. 그 대답을 덜 노골적인 것으로 바
꾸면 어떻게 될까? 질문을 받는 캐릭터가 고의든 아니든 오해할
수도 있을 것이다. 또는 그가 냉소적이거나 역설적으로 반응할 수
도 있다. 거짓말을 할 수도 있다. 대답하고 싶지 않아서 그냥 질문

을 피할 수도 있다. 이 모든 선택지는 대부분의 분명한 대답보다 캐릭터에 대해 많은 것을 말해주는 재미있는 대화가 될 흥미로운 가능성을 준다. 예를 들어 다음과 같다.

> 스티브는 상당히 솔직하기 때문에 이 영화에서는 이 기법이 과도하게 사용되지 않는다. 하지만 하워드 스타크가 '퐁듀'를 먹자며 페기를 초대한 것을 그가 오해하는 상황은 재미있다. 또 그가 페기에게 관심을 갖고 있다는 사실을 말해주는 역할도 한다("그러니까 두 사람이……? 두 사람이……? 퐁듀를요?"). 그 오해는 한 번 더 그것을 대화를 통해 실제로 설명하지 않고 스티브와 페기의 관계에 관한 대화가 될 수 있도록 후속 장면까지 이어진다.
>
> 억양이 독일인임이 뻔한 어스킨 박사가 어디 출신이냐고 묻는 스티브에게, 천진난만하게 "퀸스의 73번가 유토피아파크웨이요"라고 대답할 때도 재미를 느낀다.

규칙 4: 절제와 반어

캐릭터가 자신이 말하는 의미를 분명히 밝혀야 할 때라도 절제나 반어를 이용해 노골적으로 대화가 이루어지지 않도록 할 수 있다. 이런 대화를 잘 쓰면 캐릭터가 무슨 이야기를 하고 싶어 하는지 독자들이 언제나 정확히 이해할 수 있다. 그뿐 아니라 그 말을 전달하는 태도의 미묘함 덕에 조금 더 많은 것을 알 수 있다.

캐릭터들이 확고한 진술("나는 세계 대회에서 세 번 우승했어." "그녀한테 차였어." "여기가 가장 좋은 식당이야.")을 하는 대화를 찾아보자. 이제 절제와 반어를 사용해 이 진술들을 다르게 표현할 방법을 생각해보라. 예를 들어 다음과 같다.

스티브가 처음 맡은 (비공식) 중요 임무는 포로가 된 연합군 병사들을 구출하는 것이다. 그가 입은 옷과 그가 사용하는 방법을 통해 그가 그러한 임무를 수행할 때 따라야 할 정통적인 절차를 따르지 않는다는 사실을 알 수 있다. 군인 중 한 명이 못 믿겠다는 듯이 묻는다. "무얼 하고 있는지 아는 겁니까?" 이 질문에 분명한 대답은 두 가지다. 스티브는 기대한 대로 "네"라고 격려가 담긴 거짓말을 할 수도 있다. 아니면 그는 전투 경험이 전혀 없는 '꼭두각시'에 불과하다는 진실을 말해줄 수도 있다.

대신 그는 완전히 다른 서브텍스트적 의미가 있는 다른 진실을 말한다. 그가 잠시 멈췄다가 태연하게 말한다. "그럼요. 내가 아돌프 히틀러를 200번이나 녹다운시킨걸요." 그것은 경험이 없다는 사실을 인정하지 않은 채 자신의 진짜 능력에 대해 능청스럽게 언급하는 꽤 기분 좋은 반어다. 그가 무대 공연에서 히틀러를 녹다운시킨 이유는 그저 그가 세상에 하나뿐인 슈퍼 솔저였기 때문이다. 그 한 줄의 대사에 네 가지 의미가 담긴 것이다.

말이 항상 특정한 감정들의 영향을 전달할 수 있을 정도로 강하지는 않다. 때로는 침묵이 말보다 중요하다. 그리고 침묵은 캐릭터의 성격을 묘사할 때 놀랍도록 자주 눈부신 통찰력을 준다.

그러면 수다스러운 캐릭터들에게 언제 입 좀 다물라고 말하는 것이 더 나은지 어떻게 알 수 있을까?

◆ **강한 감정이 작용할 때**: "당신이 미워"라는 말은 차갑게 응시하는 것만큼 메시지를 강하게 전달하지 못한다.

◆ **행동이 더 강력하거나 더 간결하게 생각을 전할 때**: 화가 난 부인이 남편의 머리에 샐러드를 던지는 것처럼 역동적인 행동이든, 양상추를 자르는 데 너무 열중해서 그의 부탁에 반응할 시간이 없는 척하는 것처럼 무언가 더 미묘한 행동이든 몸짓언어에 반박하는 것은 어렵다.

◆ **대화가 중요하지 않을 때**: 플롯을 진전시키지 않는 잡담은 빼버려야 한다. 반면에 그 잡담이 곧 일어날 상황(더 심각한 화제에 대해 이야기하는 것에 대한 캐릭터의 두려움 같은)에 대한 통찰력을 준다면 그 대화의 '쓸모없음' 자체가 일종의 침묵이 된다.

◆ **너무 많은 정보가 긴장감을 해칠 때**: 캐릭터들이 자신이 알고

있는 모든 것을 지껄인다면 이제 작가가 그들의 입을 손으로 찰싹 때려야 할 때다. 캐릭터에게는 비밀이 있어야 언제나 더 흥미롭다. 다만 그들에게 비밀이 있다는 사실을 독자들이 반드시 분명히 알게 해야 한다. 캐릭터가 질문에 답하기를 꺼리거나 화제를 바꾸기로 선택한다면 그가 말하지 않는 상황의 가치가 높아진다.

◆ **캐릭터에게 가장 어울릴 때:** 어떤 캐릭터들은 애초에 말을 많이 하도록 만들어지지 않았다. 과묵한 성격 때문에 글쓰기가 까다로울 수 있다. 하지만 그들의 과묵한 성격을 통해 작가들은 모든 말이 중요한지 아닌지 확인할 수 있다.

서브텍스트의 침묵을 결코 두려워해서는 안 된다. 인터뷰 경험이 많은 사람이 그렇듯이 그 침묵을 유리하게 이용해 캐릭터와 독자들이 하나같이 귀를 기울이고 관심을 갖게 만들어야 한다.

"상징은 장식하고 풍요롭게 하기 위한 것이지,

인위적인 심오한 느낌을 만들기 위해

존재하는 것이 아니다."

– 스티븐 킹

제7장

의미 있는
상징 담기

이야기의 중심 주제는 거짓 대 진실의 갈등으로 제시되면서 이야기의 도덕적 전제에 집중할 것이다. 하지만 주제에는 그것 말고도 많은 측면이 있다. 자비 대 정의가 중심 주제인 이야기에서 사랑과 독립, 변화 같은 이질적 주제 역시 다룰 수 있다.

더 흥미로운 주제들로 채울수록 이야기가 더 흥미로워질 수 있다. 하지만 주제를 더 많이 고를수록 단편적인 이야기가 여기저기 흩어질 가능성이 더 높아진다. 어떻게 하면 혼란스럽지 않게 만들면서도 깊고 다양한 주제들을 보여줄 수 있을까?

기본적인 답은 반드시 어떤 식으로든 연결된 주제들을 골라야 한다는 것이다. 사랑과 독립, 변화는 캐릭터아크에서 똑같이 전진하는 과정을 보여주는 여러 측면이다. 그렇기 때문에 성장소설이라면 이 모든 주제를 플롯과 긴밀하게 연결된 컨텍스트 내에서 살펴볼 수 있는 기회들을 아주 쉽게 제공할 수 있다.

작가는 가장 먼저 모든 작은 주제들을 중심 주제와 확실히 묶어야 한다. 그러고 나면 주제로 가득한 이야기를 최대한 긴밀하고 응집력 있게 유지할 수 있는 특별한 도구를 하나 더 손에 쥘 기회가 생긴다. 그 도구는 상징이다.

중심 주제와 그에 딸린 작은 위성 주제들을 찾아냈다면 그 모든 주제를 상징적으로 표현하는 데 사용할 만한 것을 찾아야 한다. 중심 플롯을 생각해보자. 어떤 외부 구조가 캐릭터아크를 부추기고, 그것을 어떻게 모든 주제에 반영할 수 있는가? 캐릭터가 책을 쓸 수도 있고, 춤을 배울 수도 있고, 혁명적 이상을 위해 결집할 수도 있다. 그것이 무엇이든 이 캐릭터의 개인적 성장에 관한 다양한 주제의 측면을 두 배, 세 배, 네 배로 표현하게 해야 한다.

상징은 이해하기 어려운 개념일 수 있다. 그렇다면 애초에 맞는 상징을 어떻게 찾아낼 수 있을까? 그것은 무엇의 상징이어야 하는가? 그리고 그것들을 상징적 가치를 잃지 않을 정도로 어떻게 이야기에 집어넣을 수 있을까? 상징은 작가가 주제를 심화해 단순히 독자들의 의식적 감상을 불러일으키는 정도를 넘어 그들의 감정적이고 잠재의식적인 핵심에 직접 말할 수 있는 기회를 가장 풍부하게 제공한다. 그것은 엄청난 힘이다. 《제인 에어》에는 상징이 풍부하게 담겨 있다. 다음은 샬롯 브론테가 이야기의 모든 측면을 강화하기 위해 사용한 다섯 가지 상징 유형이다.

상징 유형 1: 소소한 세부 사항

이야기의 가장 소소한 세부 사항에도 상징을 담을 수 있다. 캐릭터들이 입는 옷의 색깔, 그들이 보는 영화, 집을 꾸미려고 거는 그림들, 이 모든 세부 사항이 상징적 공감을 일으킬 기회를 준다.

브론테의 소설 1장에서 고아가 된 제인 에어는 비윅의《영국 조류사History of British Birds》라는 책을 읽고 있다. 그 책에서는 영국의 풍경을 아주 음산하고 황량하게 묘사한다. 이러한 묘사는 표면적으로 제인의 세계와 관련 없어 보이지만 당연히 관련이 있다. 브론테는 그냥 쉽게 제인에게 유쾌한 사랑 이야기를 읽게 할 수 있었다. 대신 그녀는 잔인한 숙모와 함께 사는 제인의 암울한 삶을 상징하기 위해 음산한 묘사를 이용했다.

상징 유형 2:
모티프

모티프는 반복되는 주제다. 이야기에서 모티프는 서사가 진행되는 동안 계속 반복되는 요소이고, 분명한 효과가 있다. 모티프는 복잡하게 연결된 상징으로 독자의 잠재의식에 침투하는 눈에 잘 띄지 않는 방법으로 사용할 수도 있다.

고아라는 개념은《제인 에어》에서 계속 두드러지게 드러나는데, 주인공 자신의 사랑받지 못하는 고아라는 점에서 가장 눈에 띈다. 사실 사랑이라는 개념과 사람들이 사랑을 얻기 위해 하는 일들이 전체 이야기의 중심이다. 브론테는 이 모티프의 뚜렷한 양상들을 되풀이해서 강화한다. 예를 들어 다음과 같다.

- ◆ 앞부분에서 하녀가 고아 소녀에 관한 노래를 부른다.
- ◆ 고용된 제인이 돌보는 아델이라는 아이는 표면적으로 고아다.
- ◆ 이야기의 뒷부분에서 리버스 가족을 만났을 때 제인은 그들이 얼마 전에 고아가 됐다는 사실을 알게 된다.

브론테는 한 번도 이 예들과 제인 자신의 고아 신세를 직접 비교하는 방식으로 이 모티프에 관심을 두지 않는다. 오히려 그저 그들을 이야기에 존재하게 함으로써 전체적인 효과를 강화한다.

상징 유형 3:
은유

모티프는 은유가 될 수도 있다. 사실 문학 작품에서 최고의 몇 가지 상징은 주제와 관련된 요소를 시각적 은유로 표현하는 것이다. 성미가 급한 캐릭터를 상징하기 위해 불을 사용할 수 있다. 흐르는 물은 정화의 상징이 될 수 있다. 질병은 죄나 부패를 상징할 수 있다.
《제인 에어》의 주요 은유적 모티프는 능력과 자유의 상징으로 사용된 새다. 브론테는 소설에서 내내 새 은유를 사용해 모든 캐릭터와 배경이 이 근본적 주제와 상대적이라는 것을 상징한다. 참새처럼 작고 평범한 새는 제인을 상징한다. 맹금류는 제인이 사랑하게 될 고뇌하는 남자 로체스터를 상징한다. 그리고 로체스터의 감옥이자 제인의 안식처인 손필드 저택은 새장이라는 말로 자주 묘사된다.

이야기를 쓰는 동안 강력한 은유적 언어가 자주 떠오를 것이다. 글을 고쳐 쓸 때 무의식적으로 만들어낸 되풀이되는 모티프를 찾아낼 수 있는지 살펴봐야 한다. 주제를 더 잘 나타내도록 그것들을 강화할 수 있는가? 같은 모티프의 다른 양상들을 이용해 다양한 캐릭터를 묘사할 수 있는 방법을 알아내야 한다.

상징 유형 4: 보편적 상징

일부 상징은 우리의 사회의식에 아주 깊이 뿌리 내리고 있으며 거의 모든 이야기에 사용된다. 그 상징들은 독자들의 잠재의식이 이미 깊게 받아들인 상태일 것이므로 힘이 있다. 그 상징들은 물론 그것들이 널리 퍼져 있기 때문에 상투적으로 보일 수 있다는 것이 약점이다.

날씨는 특히 좋은 예다. 뇌우는 흔히 캐릭터가 패배할 때 배경이 되거나 겉으로 보이는 승리를 대비할 때 사용된다. 제인이 로체스터의 청혼을 받아들일 때 정원에 있는 나무가 번개를 맞는 것은 그저 우연히 일어나는 사건이 아니다. 그것은 그들의 사랑을 갈라놓을 어두운 사실이 새롭게 밝혀질 것이라는 전조다.

상징 유형 5: 숨겨진 상징

어떤 상징은 이야기에 너무 깊이 묻혀 있기 때문에 독자들이 전혀 알아차리지 못할 수도 있다. 숨겨진 상징은 다른 상징보다 분명히 가치가 훨씬 떨어진다.

예를 들어 로체스터의 말 이름은 메스루르다. 이 이름의 의미를 알아차리는 독자는 거의 없을 것이다. 메스루르는 《아라비안나이트Arabian Nights》에 나오는 사형 집행인의 이름이다.

대체 왜 말에게 이런 이름을 붙일까? 아니면 왜 블랙키나 뷰티라고 하지 않을까? 먼저 이 두 이름을 썼다면 상징 유형 1번을 서투르게 사용한 예가 되었을 것이다. '메스루르'라는 이름은 설명하지 않아도 이미 어둡고 신비로운 소설의 분위기를 강화한다. 그리고 알기 어려운 출처를 실제로 이해한 독자들에게는 불길한 예감을 주는 상징이 그만큼 더 강해질 것이다.

상징은 섬세한 춤이지만 안무를 제대로 구성한다면 별 세 개짜리 소설에서 별 다섯 개짜리 소설이 될 수 있다.

"천재를 움직이게 하는 것, 아니 더 정확히 말해
천재의 작품에 영감을 불어넣는 것은
새로운 아이디어가 아니다.
이미 이룬 것이 아직 충분치 않다는 생각에 대한
그들 자신의 집착이다."

— 외젠 들라크루아

제8장

이야기에 가장 잘 맞는
주제를 공들여 만들기

이야기의 핵심 주제를 찾아냈다면 잠시 시간을 들여 그 주제가 이야기에 정말 가장 잘 맞는 주제인지 분석해야 한다. 이야기의 주제를 가능한 한 간략하게 요약해서 다시 한번 확인해보자. '정의 대 자비' 같은 일반적 주제인가? 아니면(《크리스마스 캐럴》의) 사랑받지 못하느니 아주 가난한 상태로 죽는 편이 낫다 같은 특수한 주제인가?

이야기의 주제를 요약해보면 주제의 상대적 독창성과 위험 요소를 더 잘 파악할 수 있다. 이야기의 주제가 눈에 잘 띄는가? 아니면 약간 들춰봐야 주제를 찾아낼 수 있는가? 그리고 주제를 찾았다면 그것이 플롯, 캐릭터아크와 조화를 이루는가?

가장 좋은 주제는 보편적이면서 독창적이다. 하지만 그것이 어떻게 가능할까? 뭔가 새로우면서도 이 세상 모든 사람이 공감할 수 있는 주제 쓰는 법을 어떻게 배울 수 있을까?

우리는 모두 지금까지 사랑이 중요하다고 말하는 어마어마하게 많은 로맨스 소설과, 선이 악을 이길 수 있다고 호기롭게 주장하는 셀 수 없이 많은 액션 소설을 읽었다. 보편적 주제에 관해 이야기하고 싶다면 '하늘 아래 새로운 것은 없다'라는 주제에 관해 이야기해보면 어떨까?

이제 독창적 주제에 관해 생각해보자. 그렇다. 바로 지금 해보자. 잠시 편하게 앉아 완전히 독창적인 주제를 생각해 내는 데 얼마나 걸리는지 보라. 나도 똑같이 하겠다.

……

자, 난 아무것도 떠올리지 못했다. 당신은 어떤가?

물론 독창적인 관점처럼 보이는 것이 몇 가지 떠오르긴 했다. 하지만 어떤 생각의 구체적인 것들 밑에는 언제나 성가시게 단순하고 보편적인 전제가 깔려 있는 것 같다. 사랑, 정의, 자비, 고통, 권한 부여, 죽음, 희망, 절망, 속임수, 진실, 두려움, 용기 같은 것들 말이다. 그리스인들이 이미 기원전 700년에 그 모든 것에 대해 다루었으니, 우리는 하던 일을 접는 편이 나을 것이다. 우리가 다룰 만한 독창적 주제는 남아 있지 않다!

다행히 이 지점에서 독창적 주제와 보편적 주제가 균형을 이루기 시작한다.

삶 자체는 보편적이다. 이는 무시할 수 없는 사실이다. 삶이라는 이야기는 우리가 모두 공유하고 있고, 그 사실에서 아주 전형적인 패턴이 생겨난다. 바로 모든 사람이 공유하는 개인적 경험들에서 이야기의 구조와 캐릭터아크가 발견된다. 이 기본적인 구조 전제가 효과를 발휘하는 것은 사람들이 그것에 공감하기 때문이다. 만약 너무 극단적으로 바꾼다면 독자들이 그 구조와 캐릭터아크를 알아보지 못하고, 그것에 공감하지 못할 것이다. 솔직히 말해 그것들에 관심을 갖지 않을 것이다.

전형은 이야기 구조나 캐릭터아크보다 더 깊은 곳에 있다. 삶과 죽음, 부모와 자식, 기쁨과 고통, 자비와 잔인함, 희망과 절망을 비롯해 아주 많은 것이 삶 자체의 근본적 전제들이다. 이 모든 개념을 피할 정도로 독창적인 이야기를 쓴다는 것은 불가능할 뿐 아니라 궁극적으로 무의미하다.

이야기는 공통성에 관한 것이다. 독자와 관객으로서 우리는 책의 페이지와 화면에서 캐릭터들과 그리고 그들을 통해 작가들과 연대감을 추구한다. 우리 마음속에서는 사실 독창적인 것이 아니라 친숙한 것을 찾고 있다.

나는 사랑이 모든 것을 이긴다거나 선이 악보다 강하다는 사실을 믿게 만드는 이야기에서 느끼는 승리감에 결코 싫증 내지 않을 것이다.

하지만 독자들은 같은 이야기에서 같은 주제를 같은 방식으로 다루는 것은 실제로 지겨워 한다. 간단히 말해 남발할 위험이 있는 것은 전형적 주제와 플롯, 캐릭터가 아니라 그것들을 결합하는 방식이다.

독창적인 주제는
어떻게 찾을 수 있을까?

독창적인 주제와 진부한 주제의 차이는 독창성보다는 어떻게 실행되느냐에 달려 있다. 신선함과 반향을 만들어내기 위해 급진적인 무언가를 상정하지 않아도 된다. 하지만 무엇을 상정하든 그것이 작가 자신에게 근본적이고 솔직하게 개인적이어야 한다. 선이 악을 이긴다고 또 말한다면 나는 하품하면서 책을 덮을 수도 있다. 작가의 목숨이 걸린 것처럼 절박하게 선이 악을 이긴다고 말한다면 나는 그 작가를 기억할 것이다.

주제와 관련된 아이디어에서 가장 열정적이고 개인적으로 독창적인 핵심을 찾는 기술을 연마하는 데 필요한 네 가지 조언이 있다.

캐릭터의 주제를 찾아야 한다

지금까지 살펴본 대로 주제는 항상 캐릭터에 뿌리를 두고 있다. 캐릭터들 중에서도 특히 주인공이 작가에게 주제를 보여줄 것이다. 다른 주제를 보태려 해도 이야기가 정말로 말하려는 것은 캐릭터가 겪는 내적 갈등의 핵심에 있는 무언가이다.

이는 작가가 주제와 관련해 예상 밖의 터무니없는 전제를 생각해낸 다음 캐서롤에 초콜릿 소스를 뿌리듯 이야기에 그 전제를 뿌릴 수는 없다는 뜻이다. 작가는 이미 갖고 있는 것에서 시작해야 한다. 주인공이 누구이고 무엇을 원하는지 살펴보고 플롯에서 무엇을 하는지 살펴봐야 한다.

이제 더 자세히 살펴보자.

당신이 나이고 《여행자Wayfarer》라는 역사 모험 이야기를 쓰고 있다고 해보자(공교롭게도 내가 정말 그 책을 썼다). 그 책은 초능력을 얻은 후 1820년대의 런던을 분주히 돌아다니며 착한 사람이 되어 실패를 성공으로 바꾸는 것이 어떤 의미인지 알아내는 한 영국 아이의 성장소설이다.

겉으로 보기에 그 책은 성장하는 과정이 반찬처럼 곁들여진 선대 악에 관한 이야기다. 또는 주인공 아이가 스파이더맨처럼 큰 힘에는 책임이 따른다는 사실을 배우는 이야기일 수도 있다. 그 모든 생각은 이야기의 전제에 내재하고 있다. 하지만 그 이야기에 눈에 띌 만한 독창적인 것은 없다. 그 이야기에 개인적인 것이 없다는 점이 더 중요하다.

그러므로 우리는 더 깊이 파고들어야 한다. 이 캐릭터가 맞닥뜨린 구체적인 고난을 살펴보아야 한다.

◆ 그가 무엇을 원하는가?
◆ 그가 왜 그것을 원하는가?
◆ 그가 그것을 얻기 위해 무엇을 사심 없이 희생하려 하는가?
◆ 그가 무엇을 이기적으로 희생하려 하는가?

♦ 이야기의 결말에서 그가 얻은 것은 무엇이고 잃은 것은 무엇인가?

♦ 그는 어떻게 변할 것인가?

캐릭터에 대해 이런 질문들을 할 때 옳은 답은 무엇인지 뚜렷하게 바로 떠오르지 않을 수도 있다. 대부분의 뻔한 답은 알아차린 즉시 거부해야 한다. 그 과정에서 캐릭터와 플롯을 주제와 동시에 무언가 더 깊은 것으로 발전시킬 만한 구상이 떠오를 수도 있을 것이다.

자신만의 주제를 찾아야 한다

캐릭터들을 통해 플롯에 잘 맞게 주제를 구체적으로 표현할 수 있을 것이다. 하지만 캐릭터들은 사실 작가의 연장선일 뿐이다. 진정으로 독창적인 주제를 만드는 열정적인 정직함을 활용하려면 먼저 자신에게 철저하게 물어야 한다.

대답 형식으로 된 주제는 지루하다. '사랑이 모든 것을 이긴다.' 흠, 하품 난다. 그러므로 이 주제를 질문으로 다시 구성해야 한다. '정말 사랑이 모든 것을 이기는가?'처럼 말이다.

당신이 지금 삶에 관해 갖고 있는 구체적인 질문은 무엇인가?

정말로 답이 떠오르지 않는 질문을 찾았다면 흥미로운 주제가 될 만한 가능성을 찾았다는 뜻이다.

지금 가장 마음이 쓰이는 질문이 무엇인지 생각해보자. 자기도 모르게 무엇을 계속 곱씹게 되는가? 정치적이거나 사회적인 질문일 수도 있고, 자기 자신이나 인간 관계에 대한 아주 개인적인 질문일 수도 있다. 질병이나 일과 관련된 어려움에 관한 것일 수도 있다.

어떤 질문이든 바로 그것이 좋은 재료다. 그에 대해 솔직히 써나가면서 작가 자신의 대답도 어느 정도 찾을 수 있을 것이다.

자신이 삶에 대해 항상 갖고 있는 것 같은 일반적인 질문은 어떨까?

바로 눈앞에 있는 삶에 대한 '시시한' 질문들에서 그치지 말아야 한다. 위로, 밖으로 시선을 돌려라. 똑같은 방식은 아니라도 항상 갖고 있는 것 같은 중요한 질문들은 무엇인가?

내 이야기에 불쑥불쑥 다시 나타나는 주제 중 하나는 정체성에 대한 것이다. 내 캐릭터들은 늘 자신이 누구이고 자신의 목표가 무엇인지 묻는다. 내가 의도적으로 이야기에 이런 전제를 집어넣지 않음에도 항상 그 내용이 들어 있다. 그것이 내가 늘 마음 깊은 곳에서 천천히 숙고하는 많은 질문들 가운데 가장 중요한 것이기 때문이다.

당신은 어떤 미덕이 과소평가된다고 느끼는가?

긍정적 변화 아크와 행복한 결말로 이야기를 쓴다면, 작가는 아마도 사랑, 용기, 정의, 자비, 친절, 자기희생 같은 미덕을 긍정하는 데 주제의 초점을 맞출 것이다. 그렇다면 로맨스 장르에서 사랑, 액션 장르에서 용기처럼 너무 뻔한 것을 고르지 말아야 한다. 대신 자신에게 중요하고 세상에서 과소평가되거나 소설에서 작은 비중으로 표현된다고 느껴지는 것을 골라야 한다.

마블의 〈캡틴 아메리카: 시빌 워〉에는 내가 자주 생각하는 대사가 나온다. 캡틴 아메리카가 좌절감을 느끼는 토니 스타크에게 진심으로 말한다. "일을 어렵게 만들려는 게 아니에요." 그 말에 토니가 반어적으로 투덜거린다. "알아요. 당신은 아주 정중한 사람이니까요."

이 대사를 듣고 내가 최근에 나온 이야기 중에서 캡틴 아메리카라는 캐릭터를 가장 좋아하는 두 가지 이유를 깨달았다.

첫째, 그의 정중함은 실제로 매우 독특하다. 현대의 캐릭터 가운데 정중함 때문에 주목받는 이는 좀처럼 없고, 액션 장르의 주인공 중에서는 훨씬 드물다. 그의 정중함이 우리가 대부분 있다는 것조차 깨닫지 못했을 공백을 메워준다.

둘째, 스스로 '매우 정중한' 사람으로서 나는 그에게 공감한다. 그것이 내가 인정하는 '미덕'이기 때문이다. 그래서 나는 화면 속 캐릭터와 공유하는 공통점과, 그 캐릭터가 어려운 측면들(예를 들어 아무렇게나 대해도 되는 호구가 되지 않으면서도 정중하게 굴기) 사이에서 균형 잡는 모습을 보는 것도 즐긴다.

사람들의 미덕이나 좋은 자질 가운데 자신이 가장 가치 있게 여기는 다섯 가지를 목록으로 만들어보자. 이 특성들의 어려움과 파멸, 보상을 어떻게 하면 주제와 관련해 솔직하게 살펴볼 수 있을까?

자신을 겁먹게 하는 악행은 어떨까?

미덕이 있는 곳에 악행도 있다. 당신은 부정적 변화 아크로 어두운 이야기를 쓰고 있을 수도 있다. 아니면 그저 적대자의 파멸을 보고 싶을 수도 있다. 어느 쪽이든 당신이 가장 좋아하는 미덕들의 이면을 깊이 생각해봐야 한다. 어떤 악행이 당신을 괴롭히는가? 살인, 강간, 아동 학대, 물질 남용 같은 것이 모두 중대한 악행이다. 하지만 선의의 거짓말, 무신경한 말과 심지어 일중독까지 그보다 작은 악행들도 살펴봐야 한다.

당신이 특히 감정적으로 반응하는 무언가를 찾아봐야 한다. 그것이 마음에 깊은 두려움을 일으킨다면, 그것에 대한 이야기를 써야 한다. 또는 그저 당신을 짜증나게 해서 똑같이 좋지 않은 자신의 악행으로 다른 사람들을 비난하고 싶게 만드는 것일 수도 있다.

우리는 모두 전쟁부터 소소한 낙서까지 다른 사람들에게 상처 주는 행동에 대해 개탄한다. 하지만 그것이 명백히 나쁜 행동이라는 이유만으로 도덕적으로 잘난 척하지는 말아야 한다. 자신에게 개인적으로 중요한 악행을 골라 글을 써야 하며 그것이 왜 중요한지도 찾아내야 한다.

익숙한 주제를 새로운 환경에 두어야 한다

최근에 읽은 이야기 가운데 신선하고 산뜻하지 않은 것들에 관해 곰곰이 생각해봐야 한다. 그 이유는 아마도 이 특정 캐릭터나 플롯, 주제를 전에 이미 너무 많이 봤기 때문이 아니라, 전에 그 모든 것을 한꺼번에 너무 많이 봤기 때문일 것이다.

독창적인 이야기가 모든 면에서 독창성을 드러내는 경우는 거의 없다. 대신 독창적인 이야기는 친숙한 요소들을 새로운 시각으로 바라보는 이야기들이다. 예를 들어 다음과 같다.

◆ 〈스타워즈〉는 서부극을 새롭게 해석한 작품으로 유명하다.
◆ 《책도둑》은 런던이나 파리가 아니라 나치 독일에서 자라는 어린이들에 관한 이야기를, 예상 밖의 서술자가 이끌어가는 예측할 수 있는 제2차 세계대전 이야기다.
◆ 〈프린세스 브라이드The Princess Bride〉는 전혀 익숙하지 않은 방식으로 너무나 익숙한 이야기를 그려낸 동화다.

이 이야기들의 주제는 모두 분명 독창적이지 않다. 하지만 예상 밖의 메시지와 환경을 통해 주제를 전하기 때문에 이야기 자체는 새롭게 느껴진다.

전형적인 캐릭터와 플롯, 주제는 결코 식상한 요소가 아니다. 인간이 살아가고 사랑하고 싸우고 궁금해하고 괴로워하고 웃고 죽는 한 근본적인 것들은 변하지 않는다.

하지만 자신이 자기도 모르게 늘 특정한 유형의 주제를 보여주는 특정한 유형의 이야기를 쓴다면 잠시 멈추고 자신에게 물어봐야 한다. 이 주제를 다른 이야기, 다른 장르, 다른 플롯으로 더 잘 표현할 수 있을까? 반대로 다른 주제를 선택하면 이 이야기의 다른 모든 내용을 완전히 두드러지게 잘 표현할 수 있지 않을까?

설득력 있게 주제를 쓰는 데는 솔직함이 중요하다

작가로서 우리는 '솔직해지기' '연약해지기' '글을 쓸 때 자신을 쏟아붓기' '자의식을 갖지 않기'에 대해 자주 이야기한다. 하지만 이 모든 것이 정말 무엇을 뜻하는 걸까?

먼저 아주 뻔한 질문으로 시작하자. '정직한 허구란 무엇인가?' 내 생각은 다음과 같다.

정직한 허구란 무엇일까?

◆ 진실한 허구

알베르 카뮈는 다음과 같이 유명한 말을 했다.

허구란 진실을 말하기 위한 거짓이다.

좋은 허구란 언제나 진실한 허구다. 허구 속의 정직은 필요한 사실들이 옳을 뿐 아니라 도덕의 보편적 현실과 공명하기 때문에 진실한 전제와 상황, 반응, 영향을 보여주는 것에서 시작한다. 이는 미리 정해진 '옳은' 선택을 하는 캐릭터들과는 전혀 관련이 없다. 전적으로 그런 선택들의 효과와 비용을 진정성 있고 솔직하게 보여주는 것과 관련이 있다.

◆ 개인적 신념과 전혀 관련 없는 허구

앞서 말한 중국 속담을 다시 떠올려보자.

> "세상에는 세 가지 진실이 있다.
> 나의 진실, 당신의 진실, 진실 그 자체."

허구 속의 정직은 당신의 진실을 보여주기 위함이 아니다. 그 정직은 먼저 캐릭터의 진실에 충실함으로써 진실 자체를 보여주려는 것이다. 이는 작가 자신과는 상반되는 원칙과 신념을 가진 캐릭터라 해도 그를 통해 이야기한다면, 작가는 캐릭터의 이상을 온전히 진정성 있는 방식으로 보여줄 수 있어야 한다는 뜻이다.

자기가 쓴 이야기에 나오는 악당이 미운가? 그렇다면 아마 그를 자신이 할 수 있는 만큼 잘 쓰지 못하고 있는 상태일 것이다. 캐릭터를 솔직하게 잘 쓰기 위해서는, 그들이 객관적으로 비난받을 만한 사람이라 해도 자신을 사랑하듯 그들을 사랑할 수 있을 정도로 철저하게 캐릭터의 입장에서 완벽하게 이해해야 한다. 그렇다고 그들의 생각에 동의하거나 그들이 어떻게 행동하도록 부추겨야 한다는 의미는 절대 아니다. 하지만 작가 자신의 주관성에서 물러나 이 캐릭터들의 주관적 관점에서 쓰려고 노력해야 한다는 뜻이다.

◆ 개인적 허구

작가들에게는 항상 "자신이 아는 것을 써라"라고 조언한다. 이 말은 작가의 삶의 경험을 바탕으로 한 이야기만 쓰라는 뜻이 아니다. 이 말의 진정한 의미는 "솔직해져라"다.

글을 쓰면서 두려움에 맞서 싸우고 "연약해져라"라는 격려가 이 지점에서 작동하기 시작한다. 자신이 쓰는 허구 속에서 솔직해진다는 것은, 자신의 핵심으로 파고들어 삶에서 때로는 불편하고 때로는 당혹스러우며 때로는 어마어마하게 무서운 것을 마음 한구석에서 이해하고 공감하게 된다는 뜻이다.

솔직해지고 연약해지는 것이 자신의 가장 깊은 곳에 있는 가장 어두운 비밀을 드러내야 한다는 뜻은 아니다. 그것은 이야기에서 캐릭터가 어떤 감정을('좋은' 감정이든 '나쁜' 감정이든) 경험할 때, 작가는 그 경험에 대한 이야기를 쓰면서 자기 안의 같은 감정을 자기 검열 없이 이용해야 한다는 의미이다.

작가가 솔직하지 않다는 신호

솔직한 허구를 믿는다고 해서 그것을 성취할 수 있는 것은 아니다. 허구 속의 정직은 말도 안 되게 얻기 어렵다. 그 정직은 적극적으로 그에 대해 생각하고 한 단어 한 단어 쓰면서 의식적으로 그것을 추구해야만 구현할 수 있다.

솔직한 허구를 그려내기 까다로운 이유 중 하나는, 허구 속의 정직이 플롯에 도움이 되거나 재미를 찾거나 독자들을 즐겁게 하는 가장 편리한 방법이 아니기 때문이다.

극작가이자 시나리오 작가 도널드 마르길즈는, 우리는 때로 작품의 정직성과 상충되는 장면이나 대화, 농담을 추가함으로써 무심결에 작품에서 삐걱거리는 분위기를 만들어낼 수 있지만, 그것들이 우리에게 '개인적 즐거움'을 주기 때문에 삭제하기 어렵다고 했다. 다시 말해 작가는 우리가 좋아하는 것을 없애지 않을 것이라는 뜻이다.

허구 속 정직의 느낌

나는 내가 쓰는 허구 속에서 정직해지고 싶지만 대부분은 그냥 쓰고 있다는 점을 인정해야겠다. 캐릭터가 어떤 행동을 하거나 무슨 말을 하면, 나는 멈춰서 그 말들이 얼마나 정직한지 생각하지 않고 그저 단어들을 쏟아낸다. 하지만 조금 더 깊이 파고들어야 하는 장면이 이따금 생긴다. 그런 장면 중 하나로 내 기억에 아로새

겨진 것은 현실과 환상 세계를 넘나드는 내 소설《드림랜더》의 중간 지점Midpoint(이야기의 중간에 나오는 중요한 장면으로, 이야기의 흐름을 바꾸는 시점이다—옮긴이)에 나오는 전투 장면이다. 한 비평 파트너는 초기 원고들에서 이 장면이 마음에 들지 않는다고 말했다. 너무 표면적이고 단조롭고 평범하다는 것이었다. 그래서 나는 더 깊이 파고들어야 했다.

나는 바로 다시 쓰기 시작하는 대신 잠시 앉아서 생각했다. 그 부분은 내 주인공이 처음으로 총력을 기울여 전투에 임하는 장면이었다. 이 경험에 대한 주인공의 반응 자체는 이야기에 중요하지 않았지만, 그것은 현실적으로 인생이 바뀌는 사건이었다. 그러니 주인공이 무언가 중대하게 반응하지 않은 채 그냥 수월하게 그 경험을 하게 만드는 것은 솔직하지 않은 일이었다.

나는 자문했다. "만약 내가 말을 타고 전투에 나간다면 어떤 기분이 들까?" 그 결과 내가 지금까지 쓴 최고의 장면들 가운데 하나라고 생각하는 장면을 써내려갔다. 편집자도 그 장면을 좋아했고 비평 파트너들도 좋아했다. 그 장면은 무엇보다 독서 후기에서 항상 특별히 언급된다. 나는 깊이 파고든 덕분에 솔직해졌고, 그러자 독자들이 공감할 수 있었다.

글쓰기 교사인 마사 올더슨이 트위터에 다음과 같은 글을 남겼다.

"글을 쓸 때 진실을 파고들어라. 흔히 다른 사람들에게 배우거나 알아차린 겉모습이 먼저 떠오른다. 진짜 진실은 더 깊다."

《드림랜더》의 전투 장면에서 내 표면적 본능은, 캐릭터가 강하고 멋있으며 어떤 상황에도 당황하지 않는 전형적인 액션히어로로 물을 쓰는 것이었다. 그러나 진짜 진실은, 그렇게 쓴다면 그 장면에서 거의 조금 거리를 둘 만큼 감각 자극에 압도되어 마치 그가 자기 행동들의 관찰자가 될 것 같다는 사실이었다.

나는 지금도 그 장면을 자주 생각한다. 그 장면은, 내가 쓰는 모든 장면의 핵심에서 주제와 관련된 정직한 감정적 진실을 찾기 위해 언제나 더 나아가고 조금 더 깊이 파고들고 표면적이고 상투적인 단순한 문구 이상을 생각하라고 상기시키고 도전 의식을 북돋는다.

자신의 허구가 실패할지도 모른다고 걱정한다면 자신이 쓰는 모든 장면에서 크든 작든 주제와 관련된 진실을 끝까지 찾는 일에 도전해봐야 한다.

"결국 언제나 같은 것이 필요하다.
충분히 깊이 들어가야
얼마나 단단하든 진실의 기반암이 나온다."

– 메이 사튼

제9장

초고에서 주제 쓰기

소설의 플롯을 구성하는 것은 단계적 과정이 아니다. 특히 초기에 브레인스토밍brainstorming 단계에서 이야기를 만드는 것은, A단계에서 B단계로 넘어가는 것처럼 단순하게 진행되지 않을 것이다.

우리의 뇌는 사방으로 뛰어다니고 싶어 한다. A단계가 Z단계에 관한 무언가를 깨닫게 만들고, 다시 그것이 D와 M, U단계에 관한 무언가를 깨닫게 하는 식이다. 그런 다음에야 다시 앞으로 돌아가 B단계에 대해 생각할 수 있다. 하지만 소설 자체는 단계적인 과정의 결과물이다. 초고에서 A 장면부터 쓰기 시작해서 그다음에는 B 장면으로 넘어가야 한다. Z 장면은 작가가 그 장면을 쓰기 시작할 때까지 기다려야 한다.

이를 통해 윤곽을 잘 잡으면 창의성을 아주 자유롭게 발휘할 수 있음을 알 수 있다. 세심하게 조정된 최상의 결과물로 서사를 쓰기 위해서는 한 발 뒤로 물러나 큰 그림을 볼 수 있어야 한다. 이야기에 대해 알려면 이야기에 포함되어 있는 모든 것, 각각의 조각이 다른 모든 조각에 어떻게 영향을 미치는지 알아야 한다.

흔히 플롯과 캐릭터아크, 주제처럼 이야기의 다양한 측면을 더 잘 이해하기 위해 각각의 요소들을 구분할 수는 있다. 그럼에도 그 요소들 중에서 따로 기능하는 것은 없다는 점을 항상 기억해야 한다. 플롯은 캐릭터에 따라 달라지고 캐릭터 또한 주제에 따라 달라진다.

각각의 요소를 짜임새 있게 엮기

이야기에서 어느 한 측면의 윤곽만을 따로 떼어 만들어내는 것은 불가능하다. 대신 작가는 하나씩 순차적으로 '끌어당겨 엮어야' 한다. 이야기의 플롯을 알아내려 할 때 작가가 던질 많은 질문들에 대한 답은 필연적으로 캐릭터와 주제에 따라 달라질 것이고, 그 반대도 마찬가지다. 플롯에 대한 질문이 작가를 캐릭터의 동기에 대한 긴 샛길로 이끌 수 있다. 캐릭터의 동기는 필연적으로 캐릭터아크를 통해 알 수 있을 것이다. 또한 캐릭터아크는 그 캐릭터가 플롯이 끝날 때 어디 있을지에 대한 추가 질문을 이끌어낼 것이다.

그 과정에서 인내심을 가져야 한다. 떠오르는 대로 질문에 답해야 한다. 이야기의 여러 측면을, 윤곽을 잡는 과정에서 엄격한 구성 요소들에 꿰맞추려 하지 말아야 한다. 그리고 이야기의 한 측면을 따라 샛길로 빠질 때마다 항상 원래의 질문으로 돌아가 답을 찾아야 한다.

글쓰기의 거의 모든 과정에서 '끌어당겨 엮기' 기술을 사용하겠지만, 작가는 특히 다음의 세 영역에서 이 기술을 의식적으로 사용하게 될 것이다.

플롯, 캐릭터, 주제 엮기

세 가지 모두 중요하다. 세 가지가 힘을 합쳐 응집력 있고 강력한 이야기를 만들어내려면 각각의 요소가 다른 두 요소 속으로 엮여 들어가야 한다. 하지만 세 가지 모두를 동시에 공들여 만들어내기는 어렵다. 플롯을 어느 정도 공을 들여 만들어낸 다음에야 캐릭터를 이해할 수 있을 테고, 그 결과 주제를 이해하기 시작할 만큼의 지식이 생길 것이다. 그리고 이야기를 쓰는 내내 그렇게 하나씩 하나씩 진행된다.

◆ 캐릭터의 외부 목표(플롯 질문)에 공을 들일 때는 그 목표가 그가 원하는 것(캐릭터아크 질문)에 어떤 영향을 받는지도 고려해야 한다. 그것은 다시 캐릭터가 믿는 거짓에 영향을 받으며, 그 거짓은 진실(주제 질문)에 반대한다.

◆ 이야기에서 주인공과 적대자의 외적 갈등(플롯 질문)에 공을 들일 때는 이 갈등이 어떻게 캐릭터에게 공존하는 내적 갈등으로 인해 주도되고 표현되는지(캐릭터 질문, 주제 질문)도 고려해야 한다.

◆ 이야기의 진행 과정에서 캐릭터의 태도 변화를 어떻게 보여줄지(캐릭터아크 질문) 공들여 쓰고 있다면, 그것이 다시 외부 적대 세력에 대한 그의 반응과 외부 목표를 어떻게 바꿀지(플롯 질문)도 고려해야 한다.

이런 과정이 반복된다. 자기 자신에게 플롯 질문을 할 때마다 관련된 캐릭터 질문과 주제 질문도 이어서 해야 한다(그 반대도 마찬가지다). 세 구성 요소가 호응하도록 공들여 구성하고 만들어내지 않으면 한 가지 이상의 요소가 조화를 이루지 못할 것이다.

주인공의 목표와 적대자의 목표 엮기

주인공과 적대자가 이야기의 많은 부분에서 물리적으로 떨어져 있는다 해도 두 사람을 따로 떼어놓고 생각할 수는 없다. 그뿐 아니라 상호 배타적인 그들의 목표가 갈등을 만들고 갈등은 다시 플롯을 만든다.

주인공과 적대자를 2인용 크로스컷톱의 한쪽을 잡고 있는 벌목꾼이라고 생각해보자. 그들은 이 톱을 양쪽에서 잡고 앞뒤로 계속 밀고 당겨야 한다. 어느 한쪽이 톱을 순서대로 밀고 당기기를 그만두면 톱은 더 이상 움직이지 않고 나무를 자를 수 없다. 이는 캐릭터들의 플롯 목표가 서로 조화를 이루며 발전해야 한다는 뜻이다.

- 주인공의 전체 플롯 목표를 공들여 만들 때는 그것이 적대자의 전체 플롯 목표로 인해 어떤 방해를 받을지 고려해야 한다.
- 주인공의 장면 목표를 공들여 만들 때는 그것이 적대자의 목표를 어떻게 방해할지 고려해야 한다. 또한 그 결과, 적대자의 새로운 장면 목표라는 형태로 방어적이거나 공격적인 반응을 어떻게 자극할지도 고려해야 한다.
- 주인공이 혼자서 계획을 세울 때는 적대자 혼자 세우는 계획들에 대해서도 작가가 알고 있어야 한다.

주인공이 엄청나게 활약하는 멋진 전투를 만들어낸 다음, 그것을 적대자의 이전과 이후 목표와 행동의 인과와 연결해 플롯과 단단히 연결하는 데 너무 쉽게 실패할 수 있다. 플롯을 제대로 일반화하면 '주인공과 적대자의 상호 양보'라는 것이다. 이는 작가가 그들의 행동을 조화롭게 계획해야 한다는 뜻이다.

시점, 시간 순서, 플롯 지점 엮기

이야기의 기본적 요소들을 모두 성공적으로 엮었다면, 작가는 표면에 조금 더 가까이 다가갈 수 있게 해줄 서사적 선택들도 고려하고 싶을 것이다. 좀더 '장식적인' 선택들이 있다. 그 선택들은 이야기의 핵심에는 영향을 미치지 않지만, 이야기를 실어 나르는 수단이 된다. 그런 요소에는 다음과 같은 선택들이 있다.

♦ 각 장면을 어떤 시점으로 이야기할까?

♦ 이야기에 플롯을 전개하는 사건이나 시간 순서가 여러 개 포함된다면 그런 장면들을 어떻게 배치할까?

♦ 이야기에 플롯을 전개하는 사건이나 캐릭터아크가 여러 개 포함된다면 각각의 플롯 지점을 어떻게 조화롭게 만들까?

이 모든 선택이 장면들의 순서와 장면들의 초점에 영향을 주고 결과적으로 서사의 전체 흐름과 힘에 영향을 미칠 것이다. 이런 선택을 하려면 이야기의 큰 그림을 볼 수 있어야 한다.

♦ 어떤 장면에서 보조 캐릭터의 시점을 사용하기로 선택한다면, 이어지는 장면들에서 주요 캐릭터의 시점에 무엇을 더하거나 그 시점에서 무엇을 없앨까?

♦ 플롯을 전개하는 사건이나 시간 순서를 여러 개 사용한다면, 장면들을 어떤 순서로 배열해야 긴장과 관심의 흐름을 최상으로 유지할 수 있을까? 플롯을 전개하는 사건이 번갈아 나올 때 장면을 어떤 순서로 배열해야 사건들과 주제를 가장 잘 대비하거나 반영할 수 있을까?

♦ 여러 캐릭터의 캐릭터아크를 만들 때, 그들이 발전하는 중요

한 순간들을 주요 구조적 플롯 지점 주변에서 어떻게 하면 조화롭게 만들 수 있을까? 이런 선택들이 작가의 시점 선택에 어떤 영향을 미칠까?

이야기를 구성하는 것은 가장 적절한 선택하기를 연습하는 것이다. 완벽한 선택은 거의 없다. 하지만 이야기의 모든 조각을 체스판의 말들로 생각한다면, 전반적으로 가장 만족스러운 결과를 얻기 위해 어떤 말을 움직여야 하는지, 보호해야 하는지, 희생해야 하는지 더 잘 이해할 수 있을 것이다.

이야기 이론을 확실하게 이해하면 이야기의 조각들을 자신감 있고 정확하게 움직이는 끌어당겨 엮기 기법을 의식적으로 사용할 수 있다. 소설의 플롯을 구성하는 방법을 알아내는 진짜 목표는 결말에 도달할 때까지 단순히 한 장면 위에 다른 장면을 쌓아 올리는 것이 아니다. 가능한 한 탄탄하고 강력하게 주제와 관련된 이야기 구조를 공들여 만드는 것이다.

이야기의 절정에서 주제의 역할 정하기

주제가 질문이라면 절정은 그 답이다. 이야기가 진행되는 내내 이어진 갈등이 절정에서 정점에 이른다면, 마지막 대결의 결과 주인공과 적대자 가운데 누가 이겼는지에 대한 외적 증거만 제공해서는 안 된다. 마지막 대결의 결과에서 이야기의 주제도 함께 제시해야 한다.

스티븐 킹의 《쇼생크 탈출Shawshank Redemption》을 생각해보자. 절정 장면에서 앤디 듀프레인의 탈옥은 쇼생크 감옥에서 물리적으로 탈출한 것에 그치지 않는다. 그것은 우리가 끔찍한 상황을 겪은 다음 마지막에 승리하게 해주는 것은 희망이라는 주제와 관련된 진실의 마지막 증거이기도 하다.

앤디가 탈출에 실패한다면, 그는 여생을 감옥에서 보내야 할 뿐 아니라 주제 전제가 거짓이고 반대 주장("내 말을 들어봐. 희망은 위험한 거야. 희망이 사람을 미치게 할 수도 있어")이 진실임이 입증될 것이다.

이야기의 주제(또는 더 나아가 주인공의 캐릭터아크)를 아직 확신하지 못한다면 이야기의 절정을 살펴봐야 한다. 절정에서 무슨 일이 일어나는가? 주인공이 어떤 싸움을 하는가? 거의 확실히 어떤 물리적 목표를 추구할 것이다. 그는 악당을 죽이고, 여자 친구를 되찾아야 하고, 귀중한 보석을 훔쳐야 한다. 하지만 물리적 보물찾기라는 수면 아래에 주제와 관련된 더 깊은 이유가 있다. 그가 이런 것을 얻으려는 동기가 주제의 핵심이어야 한다.

그가 주제와 관련 없는 이유로 이 마지막 싸움을 한다면 이야기는 다 허물어질 것이다. 그 싸움이 여전히 긴장감 넘치는 결말일 수도 있다. 심지어 꽤 재미있는 이야기일 수도 있다. 하지만 지적으로, 감정적으로 자극하는 역작은 아닐 것이다. 적어도 잠재의식 수준에서는 근본적으로 엉성하고 비논리적이리라는 점이 더 심각한 문제다.

물론 주제 면에서 견실한 절정을 만들려면 절정 자체보다 훨씬 많은 요소가 필요하다. 이야기의 주제와 관련된 질문에 공감할 수 있게 답하는 절정을 만들기 위해서는 올바른 질문을 하는 이야기를 만들어야 한다. 이는 이야기의 서두에서 캐릭터가 믿는 거짓을 통해 질문을 설정하는 것을 포함한다. 또한 거짓과 진실이 주제와 관련된 관념에 대해 차례로 단호하게 주장하며 이야기의 절정에서 한쪽이 승리함으로써 마침내 '입증'될 때까지 줄곧 일관성 있게 싸우게 하는 것도 의미한다.

여기에 쉬운 경험칙rule of thumb이 있다. 이야기가 주제에 관한 긍정적 주장으로 끝날지 자신에게 물어봐야 한다. 이야기가 주제와 관련된 진실을 긍정하며 끝난다면 그 이야기는 부정적 주장으로 시작해야 한다. 그리고 이야기의 서두에서 주제와 관련된 진실이 거짓이라고 상정해야 한다.

예를 들어 《쇼생크 탈출》은 주요 캐릭터가 세상에서 가장 절망적인 상황에 처한 상태로, 다시 말해 자신이 저지르지 않은 범죄 때문에 항소해볼 기회도 없이 무기징역을 선고받은 상태로 시작한다.

이 부정적 주장은 그다음에 긍정적 주장으로 반박되고, 그다음에 부정적 주장, 그다음에 긍정적 주장이 번갈아 제시되는 방식으로 이야기 내내 계속 이어진다. 그러다가 이야기의 절정에서 주제전제가 최종적으로 입증되는 마지막 대결에 이를 것이다. 이야기의 진실을 반증하며 끝나는 이야기에서는 이것이 반대로 작용한다. 그 이야기는 긍정적 주장으로 시작할 것이다.

당신의 이야기는 어떻게 끝나는가? 행복하게 끝나는가, 불행하게 끝나는가? 주인공은 어떤 변화를 겪는가? 주인공이 거짓을 극복하고 진실을 발견하는가? 주인공이 자신은 이미 알고 있는 진실을 다른 사람들이 발견하도록 돕는가? 또는 진실에서 멀어져 거짓을 믿게 되는가?

작가는 이 질문들에 대답하면서 이야기의 주제를 발견할 것이다. 이야기의 주요 갈등을 주제의 핵심 원칙에 따라 움직이고 주도할 수 있는 마지막 대결로 집중시켜야 한다.

'진실 차트'를 이용해
주제에 대한 이해도 높이기

'진실 차트Truth Chart'는 주제와 캐릭터의 큰 그림을 이해하고 빠르게 훑어볼 수 있도록 고안한 한 쪽짜리 이야기 개요다. 이를 통해 작가는 모든 것이 일관성 있고 현실적으로 진행되는지 한눈에 살펴볼 수 있다.

주제와 관련된 진실들(그리고 그보다 적은 거짓들)은, 특히 이야기의 주제와 관련된 근본적 진실이 '사랑'처럼 거대한 것이라면 그 진실들의 추상적인 방대함 때문에 다루기 어려워 보이는 경우가 많다. 이러한 보편적 소재는 아주 많은 방식으로 정확하게 표현할 수 있기 때문에 정확하게 정의하기 어려운 경우가 많다. 또한 작가는 자신도 모르게 똑같은 핵심 진실을 열 가지도 넘는 다른 방식으로 표현할 수도 있다. 주제와 관련해 응집력 있는 이야기를 만들려고 할 때는 흔히 자신이 다루는 소재의 이러한 추상적 성격 때문에 혼란스러울 수 있다.

나는 소설 한 편의 윤곽을 잡다가, 플롯과 캐릭터아크가 인물의 모든 행동에서 주제와 관련해 견실한지 확인하는 데 도움이 될 만한 훈련법이 필요하다는 사실을 깨달았다. 결국 이 훈련법 자체가 진실 차트라는 도구가 되었다.

진실 차트는 어떻게 구성되는가?

진실 차트의 각 부분에 대해서는 잠시 후에 설명할 것이다. 먼저 진실 차트가 어떻게 구성되는지 알아보자.

◆ 이야기의 중요한 진실(중심 주제)
◆ 이야기의 중요한 거짓

- ◆ 캐릭터의 구체적 진실

- ◆ 캐릭터의 구체적 거짓

- ◆ 캐릭터가 원하는 것

- ◆ 캐릭터에게 필요한 것

- ◆ 캐릭터의 과거의 유령

- ◆ 1막—'중요한 거짓'의 구체적 표현

- ◆ 1막—이야기에서 진실을 '간략히' 소개

- ◆ 2막—진실의 한 측면이 구체적 거짓의 해결책으로 작용(진실의 순간)

- ◆ 3막—거짓의 '가장 큰' 찌꺼기 남기기

- ◆ 3막—절정의 진실

주제와 관련된 진실 차트 차근차근 작성하기

이 요소들에 대한 설명과 그 요소들이 이야기에서 어떻게 상호 작용해야 하는지에 대해서는 이 책 뒤에 제시한 '다섯 가지 주요 캐릭터아크'라는 부록을 참고하면 된다. 여기에서는 각각의 요소를 빠르게 대강 훑어보자.

◆ 이야기의 중요한 진실(중심 주제)

이것이 이야기의 주제 전제가 된다. 이것은 캐릭터의 구체적 진실(예: 살아남아 부당하게 갇힌 감옥에서 탈출하도록 희망이 도와줄 것이다)

보다는 보편적 원칙(예: 희망이 사람들에게 계속 살아갈 이유를 준다)이어야 한다. 또한 한 단어로 된 원칙(예, 희망)보다는 의도가 담긴 진술을 만드는 것이 가장 좋다.

◆ 이야기의 중요한 거짓

이것은 중요한 진실에 반대되는 중요한 거짓이다. 중요한 진실과 마찬가지로 중요한 거짓은 캐릭터가 믿는 구체적 거짓이 일반화된 형태다. 중요한 거짓이 주인공의 주변 세계와 보조 캐릭터들, 적대 세력을 포함해 이야기의 모든 부분에 영향을 줄 것이다.

◆ 캐릭터의 구체적 진실

이것은 이 특정한 이야기 상황에서 발견된 진실 중에서 어떤 캐릭터에 주어진 구체적 형태다. 예를 들어 많은 이야기에서 구원적 사랑에 관한 '중요한 진실'을 보여준다. 하지만 당신의 이야기가 이 소재에 관한 구체적 진실을 드러내는 방식은 《제인 에어》와 영화 〈로건Logan〉만큼이나 크게 다를 수 있다.

◆ 캐릭터의 구체적 거짓

중요한 진실과 중요한 거짓이 진실 차트의 가장 위에 있는 이유는, 그 진실과 거짓이 이야기의 본질적 의미를 규정하는 원칙이기 때문이다. 하지만 글을 쓰는 과정에서 캐릭터가 믿는 구체적 거짓을 통해 주제 전제를 발견할 가능성이 더 높다. 구체적 거짓은 플롯 문제들의 뿌리에 있다. 캐릭터는 자신이나 세상에 관해 사실이 아닌 무언가를 믿는다. 그리고 그에게 분별력이 부족하다는 점이 그와 그의 근본적 플롯 목표 사이에서 끊임없이 장애물, 즉 갈등을 만들 것이다.

◆ 캐릭터가 원하는 것

캐릭터가 원하는 것은 흔히 더 크고 더 추상적인 욕구(예: 사랑받는 것)를 상징함에도, 그의 플롯 목표를 구체적으로 보여줄 것이다. 캐릭터가 원하는 것은 그것을 원하는 잘못된(거짓에 기반한) 이유나 그것을 얻는 잘못된(거짓에 기반한) 방법 때문에 흔히 적어도 부분적으로는 잘못 이해된다.

◆ 캐릭터에게 필요한 것

캐릭터에게 필요한 것은 본질적으로 진실을 이해하는 것이지만, 그것은 대부분 더 구체적이고 특정한 외부 세계의 목표로 표현될 것이다. 캐릭터가 처음에는 필요한 것에서 도망칠 수도 있다. 하지만 많은 이야기에서 그는 필요한 것을 의식적으로 '원할' 수 있다. 그 때문에 거짓에 기반한 욕구와 진실에 기반한 필요 사이에서 내적 갈등이 강화된다.

◆ 캐릭터의 과거의 유령

유령(상처라고도 한다)은 거짓이 캐릭터의 삶에 처음 뿌리 내린 순간과 그 이유를 보여주는, 과거에 일어난 동기 부여 사건이다. 유령은 흔히 충격적 사건(예: 부모님의 죽음)이지만 삶에 관한 잘못된 인식으로 이끈 '좋은' 사건(예: 한 가지 특정한 성공 덕분에 아주 많은 칭찬을 받은 경험)일 수도 있다.

◆ 1막 — '중요한 거짓'의 구체적 표현

1막에서 이야기의 중요한 거짓은 주인공을 원하는 것을 향해 움직이도록 촉구하거나 필요한 것 또는 원하는 것을 향해 나아갈 주인공의 능력에 직접적인 장애물을 만드는 구체적 메시지로 나타날 것이다. 그것은 보통(심지어 부정적 변화 아크에서도 대부분) 주인공의 정상적인 세계가 제시하는 사고방식이나 믿음이다. 캐릭터는 이 거짓의 표현을 의심하더라도 그다지 의문을 제기하지 않고 당연하게 받아들일 것이다.

◆ 1막 — 이야기에서 진실을 '간략히' 소개

주인공은 1막을 대부분 진실이 주도적으로 거짓을 부정하지 않는 비교적 평온한 상태로 보낼 것이다. 그럼에도 진실은 이야기의 주제와 관련된 더 큰 전제가 '간략히' 소개되는 형태로 여전히 존재할 것이다. 이것은 흔히 창의 가장 날카로운 끝, 즉 서서히 밀어 넣어 캐릭터가 거짓을 알아차리는 변화 아크를 열기 시작하려고 처음 살짝 찔러넣은 진실일 수 있다(이는 부정적 변화 아크에서는 진실에 대한 더 큰 저항을 불러일으킬 것이다).

◆ 2막 ── 진실의 한 측면이 구체적 거짓의 해결책으로 작용(진실의 순간)

1막을 설정한 다음에 2막에서는 갈등에 최대로 몰입하는 주인 공을, 그리고 그 연장선에서 그가 거짓과 진실 사이의 내적 갈등에 최대로 몰입하는 모습을 보여줄 것이다. 2막의 전반부에는 사건들이 일어나 그가 점점 (흔히 그러듯 의식하지 못한다면) 진실을 의식하게 만들 것이다.

이것은 마침내 캐릭터가 진실의 순간을 경험하는 중간 지점의 외적 갈등에서 표출된다. 이때 캐릭터가 어떻게 반응할지는 그가 따르는 캐릭터아크 유형에 따라 달라진다. 그것과 상관없이 그가 이때 발견하는 진실은 완벽하고 중요한 진실은 아닐 것이다. 오히려 변변치 않은 '불완전한' 진실일 것이다. 주제와 관련해 이렇게 드러난 것이 외부 플롯 전개에 맞춰 적절히 이어지려면 진실의 순간이 캐릭터가 1막에서 믿은 구체적 거짓의 '해독제'로 제시되어야 한다.

이어지는 2막의 후반부에서는 캐릭터가 전체 거짓을 온전히 거부하지는(또는 전체 진실을 받아들이지는) 않을 것이다. 그는 이제 1막에서 시작한 수정된 형태의 진실과 거짓을 믿는다.

◆ 3막—거짓의 '가장 큰' 찌꺼기 남기기

3막은 캐릭터아크에 까다로운 시기일 수 있다. 캐릭터는 이 시점이 되면 성장을 대부분 끝내야 하지만 3막에서 제대로 된 절정에 이르기 위해 가장 중요한 사실은 드러나지 않고 남아 있어야 한다. 그러므로 캐릭터가 3막에서 맞닥뜨릴 거짓의 '가장 큰' 찌꺼기를 유지하는 것이 중요하다. 이쯤 되면 캐릭터가 진실을 대부분 받아들였을 것이다. 하지만 그의 눈에는 아직 큰 티끌이 있다. 그(또는 평탄한 아크에서는 그의 주변 세계)가 지우지 못한 중요한 거짓의 조각이 아직 남아 있다. 이것이 이야기에서 거짓의 마지막 '주장'이 될 것이다.

◆ 3막—절정의 진실

3막의 '큼직한 거짓 찌꺼기'와 싸우는 것이 절정에 나타나는 이야기의 진실일 것이다. 본질적으로 이것이 주제 전제의 중요한 진실이 될 것이다. 하지만 중요한 진실을 이야기의 주요 갈등을 해결하는 데 필요한 구체적 진실로 개선하면 도움이 된다. 그가 어떤 캐릭터아크를 보여주는지에 따라 캐릭터가 최종 진실과 상호 작용하는 다양한 방법들을 알 수 있다.

모든 캐릭터아크에 맞는 답을 찾는 방법

이야기를 만드는 과정의 시작에서부터 진실 차트의 빈칸을 채우는 일은 거의 확실히 어려울 것이다. 이야기에 맞는 진실과 거짓, 주제, 캐릭터아크를 발견하는 과정은 유기적으로 이루어질 것이다. 이야기의 플롯과 그 플롯에서 캐릭터가 겪는 여정에 관한 지식을 먼저(그리고 동시에) 충분히 쌓아둔 후에야 정답을 알게 될 것이다.

이야기를 잘 쓰려면 이야기의 주제와 관련된 진실이 전체 구조 내의 모든 다른 부품에서 유기적으로 생겨나야 한다. 일단 전반적인 형태를 알 수 있을 정도로 이야기가 진행되면 그때부터 새롭게 떠오르는 진실들을 찾을 수 있다.

자신의 이야기가 어떤 질문을 하는지 깊이 생각해봐야 한다. 예를 들어 내가 이 도구들을 이용해 (운명이라는 보편적 주제에 집중한) 내 이야기에서 인식한 주제 질문들은 다음과 같다.

- ◆ 나는 왜 여기에 있을까?
- ◆ 나는 어떤 사람이 되어야 할까?
- ◆ 이 삶에서 내 운명은 무엇일까?
- ◆ 이 삶에서 내가 해야 하는 일은 무엇일까?
- ◆ 삶의 서사는 무엇일까?

글을 쓰면서 자신에게 말해야 한다. 어떤 주제가 나타나는가? 이 이야기에서 어떤 주제를 살펴보고 싶은가? 주제를 한 가지 진실로 요약해보면 여러 가지 진실을 찾을 수도 있다. 멈추지 말고 계속 다듬어야 한다. 절정에서 나타나는 진실에 비춰 항상 자신을 확인하라. 캐릭터의 싸움과 이야기 초반에 생기는 오해에 그 진실이 어떻게 연결되는가?

결국에는 이야기의 진실을 요약할 한 가지 최선의 방법을 생각해내야 한다. 적어 둔 다른 진실들도, 캐릭터가 중요한 거짓을 극복하고 절정에서 중요한 진실을 받아들일 때까지 1막과 2막에서 계속 다룰 '더 작은' 진실로 드러날 수도 있기 때문에 버리지 말고 챙겨둬야 한다.

진실 차트의 예

진실 차트가 실제로는 어떤 모습인지 알 수 있도록 내가 윤곽을 잡는 과정에서 만든 예를 몇 가지 제시한다.

보여줄 차트는 두 가지 다른 형태다. 첫 번째는 주인공의 진실 차트이고, 따라서 이야기의 중심 주제를 표현한다. 두 번째는 중요한 보조 캐릭터의 진실 차트다. 보조 캐릭터의 차트를 통해 중심 거짓 또는 중심 진실을 기반으로 만들어진 진실이나 거짓을 다른 각도에서 살피는지 볼 수 있을 것이다.

- ♦ **이야기의 중요한 진실**(중심 주제): 우리가 무엇을 하는지가 중요하다(그리고 무엇을 해야 하는지 자신이 알고 있다).
- ♦ **이야기의 중요한 거짓**: 운명은 거짓이며, 삶에는 서사도 없고 의미도 없다.

주인공 또는 중심 주제 진실 차트

- ♦ **캐릭터의 구체적 진실**: 내 진실에 대한 책임이 나에게 가장 중요한 내 운명이다.
- ♦ **캐릭터의 구체적 거짓**: 세상을 구하는 것은 내 운명이 아니다. 나는 전부 되는대로 행동하고 일부는 실수다.
- ♦ **캐릭터가 원하는 것**: 세상을 구한 뒤 사랑하는 사람과 행복하게 사는 것
- ♦ **캐릭터에게 필요한 것**: 의미 있게 사는 것
- ♦ **캐릭터의 과거의 유령**: 자신의 실수로 일어난 종말론적 결과
- ♦ **1막—'중요한 거짓'의 구체적 표현**: 내 행동의 결과가 좋을 것이라는 보장은 없다.
- ♦ **1막—이야기에서 진실을 '간략히' 소개**: 나는 포기할 수 없고 행동해야 한다.
- ♦ **2막—진실의 한 측면이 구체적 거짓의 해결책으로 작용**(진실의 순간): 내가 무엇을 하는지는 오직 해야 할 일을 할 능력이 있기 때문에 중요하다.

- ◆ **3막―거짓의 '가장 큰' 찌꺼기 남기기:** 운명은 정해진 서사다. 또는 삶은 무의미하다.
- ◆ **3막―절정의 진실:** 운명은 수수께끼 같지만 내게 어떤 대가를 치르든 내면의 진실을 듣겠다는 의지만 있다면 여전히 닿을 수 있다.

보조 캐릭터(서브 플롯) 진실 차트

- ◆ **캐릭터의 구체적 진실:** 내 운명은 내가 이해하는 서사보다 중요하다.
- ◆ **캐릭터의 구체적 거짓:** 서사는 진실이므로, 그저 내가 진실을 엉망으로 만들고 있음이 분명하다.
- ◆ **캐릭터가 원하는 것:** 서사 속의 운명을 충실히 따르는 것
- ◆ **캐릭터에게 필요한 것:** 현실과 현실에서의 자기 자리를 믿고 마음껏 더 크고 더 복잡하게 받아들이는 것
- ◆ **캐릭터의 과거의 유령:** 운명과 관련해 그녀가 줄곧 믿은 서사가 정확하지 않다는 사실을 깨닫는 것
- ◆ **1막―'중요한 거짓'의 구체적 표현:** 내 운명은 내 정체성에서 발견된다.
- ◆ **1막―이야기에서 진실을 '간략히' 소개:** 현실과 현실에서의 내 자리에 관한 진실을 더 이상 부정하지 말아야 한다.
- ◆ **2막―진실의 한 측면이 구체적 거짓의 해결책으로 작용**(진

실의 순간): 운명을 충실히 따르고 싶다면 더 이상 내 정체성과 제한적 서사를 고집하지 말아야 한다.

- **3막 — 거짓의 '가장 큰' 찌꺼기 남기기:** 운명을 충실히 따르려면 먼저 그 운명을 이해해야 한다.
- **3막 — 절정의 진실:** 내가 할 수 있는 일 중에서 중요한 것은 신념에 따라 행동하는 것뿐이다.

모든 장면에서
플롯, 캐릭터, 주제 엮기

플롯과 캐릭터, 주제가 이야기 자체의 기초가 되려면 모든 장면에 이 세 가지 요소가 들어가 있어야 한다. 훌륭한 이야기는 적절한 장면 구조를 사용해 미세한 부분에서도 행동과 반응의 균형을 유지한다. 장면마다 주제를 성공적으로 구현하기 위해 장면 구조 자체를 깊이 들어가 너무 자세히 보지 않아도 된다. 하지만 플롯과 주제, 캐릭터의 상호 작용은 장면마다 잘 살펴봐야 한다.

장면 수준에서의 플롯

플롯은 이야기의 물리적 사건들을 움직이는 외적 갈등이다. 기본적으로 플롯은 이야기에서 일어나는 일이다. 착한 남자가 나쁜 남자와 싸워 여자를 얻는다, 만세, 만세. 이것이 플롯이다.

이야기 구조를 적용하면 플롯을 응집력 있게 만들어낼 수 있다. 이야기의 구조에 대해서는 많은 다른 관점으로 설명하지만, 본질적으로 모두 설정, 갈등, 해결의 기본 단계를 통과하는 목표를 추구한다는 공통점으로 요약된다.

이것이 플롯의 큰 그림이다. 하지만 플롯의 작은 그림은 어떨까? 장면 수준에서의 플롯은 어떨까?

플롯은 이야기의 세 가지 주요 요소 가운데 장면 수준에서 다시 확인하기에 가장 쉬운 요소다. 장면 자체는 기본적으로 작은 이야기이므로 독자적 구조 아크와 감정 아크에 따라 만들어진다. 장면이 적절하게 구성되면 연결고리를 만들고, 그 고리가 다시 더 큰 플롯이라는 사슬을 구성한다.

장면 구조에 접근하기 위한 가장 좋고 간단한 방법은 모든 장면을 하나의 전체로 묶으려면 두 개의 반쪽이 필요하다고 보는 것이다. 이러한 짝을 다음 가운데 하나 또는 전부로 생각하면 된다.

◆ 행동 > 반응
◆ 질문 > 대답
◆ 행동 > 교훈
◆ 감정 > 반대 감정

흔히 접할 수는 없지만 내가 가장 좋아하는 것은 여전히 드와이트 V. 스웨인이 사용한 고전적 접근법이다.

◆ 1부: 장면(행동)

- 목표(장면 수준에서 캐릭터는 결과적으로 자신의 전체 플롯 목표에 이르도록 도와줄 무언가를 원하고 그것을 얻기 위해 노력한다.)
- 갈등(캐릭터가 자기 목표를 이루는 과정에서 장애물을 만난다.)
- 결과(캐릭터가 목표의 결과를 달성하지만, 그 수준은 캐릭터가 의도한 목표를 달성하지 못하거나 그 일부만 달성한다는 점에서 대체로 형편없다.)

◆ 2부: 후속 장면(반응)

- 반응(캐릭터가 그 결과에 반응한다.)
- 딜레마(캐릭터가 새로운 문제를 극복하고 중심 플롯을 향해 계속 나아갈 방법을 알아내야 한다).
- 결정(캐릭터가 새로운 문제에 대처하고 바라건대 보다 효과적인 방법으로 중심 플롯 목표를 향해 나아가기 위해 새로운 장면 목표를 정한다).

이 방법은 일관성 있는 인과뿐 아니라 장면끼리 연결하는 장면 사슬을 지속적으로 만들어낸다는 단순한 이유에서 매우 유용하다. 한 장면이 끝날 때 이루어지는 결정이 언제나 다음 장면의 목표로 매끄럽게 이어지고 이 과정이 계속 반복된다.

그러므로 장면 구조가 완벽하다면 자연스럽게 장면 수준에서 플롯을 완벽하게 수행하고 있다는 의미도 되지 않을까? 그렇다, 그것이 좋은 경험칙이다. 하지만 아닐 수도 있다, 그렇게 연결된다고 보장할 수는 없다. 이는 다음과 같은 것들도 확인할 수 있을 때 보장할 수 있다.

◆ 모든 장면의 목표가 전체 플롯 목표에 적절하다(서브플롯 장면들도 마찬가지다).

◆ 모든 장면의 결과가 플롯을 변화시킴으로써 플롯을 움직인다.

장면 수준에서의 캐릭터

응집력 있고 공감을 일으키는 스토리텔링의 세 가지 주요 요소 곧 플롯, 캐릭터, 주제 중 하나인 캐릭터에 관해 이야기할 때 우리는 많은 것을 이야기한다.

독자들의 관심을 끄는 흥미롭고 매력적인 캐릭터를 보여주는 것에 대해 이야기한다. 또한 플롯에서 공감을 불러일으키고 주제에 관해 논평하도록 캐릭터를 복잡한 인물로 발전시키는 것에 대해 이야기한다. 하지만 무엇보다도 플롯에서 외적 갈등의 어두운 측면을 상징하는 캐릭터에 대해 이야기한다. 그리고 내적 갈등에 대해 이야기한다.

플롯과 매끄럽게 통합되는 캐릭터의 아크를 선택했다면 모든 장면에서 그것이 적절하게 표현되는지 어떻게 확인할 수 있을까?

이는 장면마다 플롯을 지원하도록 장면 구조를 단순히 적용하는 것보다 덜 타당하고 덜 간단한 과정이다. 하지만 그 답은 여전히 장면 구조에 내재하고 있다. 특히 장면의 감정 아크에서 찾을 수 있다.

플롯과 캐릭터가 협력하려면 외적 갈등과 내적 갈등이 서로 영향을 주고받으면서 다른 쪽을 추동해야 한다. 외부 플롯에서 일어나는 일들이 캐릭터를 변화시켜야 하고, 캐릭터의 내적 갈등에서 일어나는 일들이 외부 플롯에 영향을 미쳐야 한다. 모든 장면에서 이처럼 서로 영향을 주고받아야 한다.

플롯과 마찬가지로 캐릭터가 반드시 장면에 의미 있게 포함되도록 하는 유일한 방법은 장면 때문에 이야기가 바뀌었는지 확인하는 것이다.

최근에 쓴 장면을 살펴봐야 한다. 장면이 캐릭터를 어떻게 바꾸었는가? 그 변화는 대체로 미묘할 것이다. 너무 극적으로 변화하면 이야기가 빠르게 진행되면서 현실성을 의심하게 만들거나 전체 갈등을 너무 빨리 끝내버릴 것이다. 내적으로든 외적으로든 철저하게 변화한다는 것은 이야기가 결말에 이르렀다는 신호다.

지금까지 '행동 > 교훈'과 '감정 > 반대 감정'이라는 측면에서 장면 구조를 어떻게 볼 수 있는지 이야기했다. 이 두 가지는 어떤 장면에서든 캐릭터를 완성시키는 비결이기도 하다.

✦ 행동 > 교훈

'행동 > 교훈'은 사실 이야기의 외적 과정에만 적용할 수 있다. 캐릭터는 장면 목표를 시행하기 위해 행동하고, 충돌에 휘말리고, 다음 목표를 더 성공적으로 행하기 위해 새로운 방법을 배운다. 하지만 이는 장면 수준에서 캐릭터가 내적으로 발전했는지 판단할 수 있는 유용한 지표이기도 하다. 스스로에게 물어보라.

- 이 장면에 나타난 사건들이 캐릭터의 내적 갈등을 어떻게 바꾸었는가?
- 외적 갈등이 새로운 정보를 제공해 캐릭터에게 주제와 관련된 진실을 볼 수 있는 통찰력을 주고 그 캐릭터를 거짓 때문에 불편하게 만들었는가?
- 외적 갈등이 표현된 다음 장면에서 캐릭터가 더 성공적으로 행동하려면 내적으로 어떤 것에 적응해야 하는가?

이 질문들에 대한 답 중에 한 가지라도 모호하다면 아마 캐릭터의 발전을 가장 적절하게 통합하지 못하거나 캐릭터아크를 진행시키지 못한 장면을 발견했을 것이다.

✦ 감정 > 반대 감정

앞서 소개한 방법에 따라 캐릭터를 위해 분명한 '교훈'을 과장해서 보여주는 것이 적절한 경우도 있을 것이다. 하지만 이 '교훈'은 직접적이거나 도덕적으로 느껴지지 않도록 대부분 서브텍스트가 되는 정도까지 미묘해야 한다. 그렇다면 어떻게 너무 분명하지 않게 캐릭터를 변화시킬까?

어떤 장면의 외적 행동들을 계획할 때 캐릭터가 반드시 내적으로 변화하도록 만들어야 한다. 시작할 때와 똑같은 감정적 분위기로 장면을 절대 끝내지 말라. 장면의 사건들을 이용해 캐릭터가 감정적으로 확실히 변화하게 하라. 장면이 시작될 때 캐릭터가 행복했다면 끝날 때는 슬프게 해야 한다. 호기심을 갖고 시작했다면 호기심을 충족시키고 끝내야 한다. 우울하게 시작했다면 아주 기쁘게 끝내야 한다.

말할 필요도 없이 장면의 처음과 끝의 감정은 이야기와 유기적으로 연결되어야 하고, 플롯이 나아가게 해야 한다. 캐릭터가 아무 이유 없이 우울하게 장면을 시작하거나 외적 변화를 강제하지 않는 방식으로 행복하게 끝낼 수 없다. 2번 장면을 시작할 때 우울한 감정은 1번 장면에서 일어난 일의 결과여야 한다. 마찬가지로 2번 장면이 끝날 때의 행복은 3번 장면에서 일어날 결과에 대한 설정이어야 한다.

장면 수준에서의 주제
사실 주제는 이야기의 세 가지 주요 요소 중 장면 수준에 적용하는 것이 가장 쉽다. 플롯과 캐릭터가 모든 장면에서 서로 결정적으로 영향을 주고받을 정도까지 성공적으로 엮었다면 작가는 주제 또한 접착제처럼 그 두 가지를 붙일 것이라는 점을 거의 확신할 수 있다.

주제는 장면 수준에서 좀처럼 플롯이나 캐릭터만큼 분명하지 않다. 장면 자체인 플롯, 장면을 움직이는 필수 엔진을 제공하는 캐릭터와 달리 주제는 보통 그저 암시될 뿐이다.

주제가 '사랑이 모든 것을 이긴다'라면 사랑이라는 개념, 그것의 여러 변주, 반대 개념들이 몇 개의 장면에서만 언급되거나 전혀 언급되지 않을 수도 있다. 그러나 '사랑이 모든 것을 이긴다'는 여전히 통합적 개념으로서, 모든 장면에서 캐릭터의 내적 변화를 통해 적절한 행동을 선택하도록 작가를 이끌어야 한다.

다시 말해 캐릭터가 깨닫지 못하더라도 그가 모든 장면에서 추구하는 것은 주제다. 각 장면에서 플롯이 캐릭터를 변화시키는 방식은 이야기의 주제와 관련된 진실을 향해 전진하는 것 또는 이야기의 주제와 관련된 진실로부터 후퇴하는 것이다. 그렇지 않다면 작가는 장면의 행동과 캐릭터 발전이 실제로 이야기의 전체적 응집력과 공감에 기여하는지 물어봐야 한다.

이를 재확인하는 가장 쉬운 방법은 앞에서 이야기한 '교훈'과 '감정'을 살펴보는 것이다. 두 가지가 모두 주제와 관련되어 있는가? 예를 들어 주제가 사랑이라면 캐릭터의 '교훈'은 "나는 다른 사람들의 도움이 없다면 이 특정 목표를 이룰 수 없다"처럼 부수적일 수 있다. 반면 '감정'은 도와주겠다고 한 친구에 대한 고마움이나 자신에게 지금 의리 있는 친구들이 없다는 사실을 깨달으면서 느끼는 외로움일 수 있다.

장면 수준에서 주제를 통합할 수 있는 또 다른 방식은 거짓과 진실 사이에서 캐릭터가 벌이는 내적 싸움을 외면화된 도덕 또는 철학 논쟁으로 바꿔보는 것이다. 예를 들어 목표를 이루는 이유와 방법에 대한 주인공의 신념에 보조적 캐릭터가 저항하는 것이 외적 갈등의 장애물 중 하나라면 플롯 자체가 본질적으로 주제와 관련된다.

플롯과 캐릭터, 주제라는 이야기의 세 주요 요소를 거시적 수준에서 이미 설정했다면 이제 장면 수준에 적용하는 것이 훨씬 쉬워진다. 작가가 이야기의 조각들을 모아서 매끄러운 전체를 만들 때 점점 본능적으로 수행하고 그것이 장면마다 효과를 발휘하는 것이 가장 좋다.

아름다움이 드러나고,
삶이 고조되고,
가장 깊은 수수께끼를 탐구하기 바라지 않는다면
왜 우리가 책을 읽겠는가?"

— 애니 딜러드

제10장

기억에 깊이 남을
중요한 이야기 만들기

지난해 읽은 책과 본 영화를 떠올려보자. 어떤 책과 영화가 아직 생생히 기억나는가? 어떤 책과 영화가 벌써 기억에서 희미해졌는가? 당신은 둘 중 어떤 이야기를 쓰고 싶은가?

물론 어리석은 질문이다. 작가라면 독자들이 기억할 만한 이야기를 쓰고 싶은 게 당연하다. 이야기에는 두 가지 유형이 있다. 무언가에 대한 이야기와 '정말' 무언가에 관한 이야기다.

무엇에 대한 이야기인가?

지금까지 살펴본 것처럼 플롯은 정말 무엇에 대한 이야기인지(이야기 아래에 숨겨진 이야기)를 보여주는 외적이고 가시적인 은유다. 주제는 이 '아래에 숨겨진 이야기'를 가장 분명히 표현한 것이다. 겉으로 드러난 적은 없지만 독자들이 분명한 플롯을 경험하는 데 여전히 강력한 영향을 주는 이야기 서브텍스트로 '괜찮은' 정도에서 '기억에 깊이 남을' 만한 이야기로 만들 수 있다.

대조적인 예를 생각해보자. 먼저 무엇에 대한 이야기인지 살펴본 다음, 그것이 '정말' 무엇에 대한 이야기인지 들여다보자.

표면적으로 무엇에 대한 이야기인가?

♦ ⟨스탠 바이 미Stand by Me⟩(로브 라이너 감독, 원작은 스티븐 킹의 동명소설 《스탠 바이 미》): 여전히 사랑받는 이 성장소설은 표면적으로 실종된 소년의 시체를 발견한 네 소년이, 신문에 자신들의 사진이 실리기를 바라며 대단한 모험에 도전하는 이야기다.

♦ ⟨레전드 오브 타잔The Legend of Tarzan⟩(데이비드 예이츠 감독): 에드거 라이스 버로스의 고전 캐릭터를 각색한 이 영화는 표면적으로 고아가 되어 정글에서 자란 영국 귀족에 관한 이야기다. 그는 오랜 적들에게 맞서고 사랑하는 이들을 보호하기 위해 전에 살았던 아프리카의 삶으로 어쩔 수 없이 돌아간다.

'정말' 무엇에 대한 이야기인가?

♦ ⟨스탠 바이 미⟩: 스티븐 킹의 많은 이야기가 그렇듯 기분 좋은 향수nostalgia와 지나친 폭력, 상스러움은 실제로 핵심이 아니다. 핵심은 캐릭터가 겪는 더 깊은 내적 여정이고, 특히 이 영화의 경우 삶과 죽음, 우정, 성장에 관한 주인공 고디의 탐험이다.

♦ ⟨레전드 오브 타잔⟩: 이 블록버스터 영화는 겉으로 보이는 것

이 전부다. 사실 최근에 나온 거의 모든 블록버스터 영화가 마찬가지이고, 유감스럽게도 다들 핵심이 부족하다. 주인공의 독특한 상황과 내적 갈등(실현되지 않은) 덕에 이 영화에서 더 많은 이야기를 할 기회가 있었다는 이유만으로 관객을 괴롭히는 것이다. 이 영화는 〈스탠 바이 미〉와 달리 두어 달 만에 거의 아무 내용도 기억나지 않는다.

이야기 '아래에 숨겨진 이야기'는 깊고 의미 있는 서브텍스트에서 만들어진다. 이는 이야기의 플롯을 살펴보고 이 외적 사건들이 더 중대한 삶의 어떤 질문들을 캐릭터들이 논리적으로 떠올리게 할지 작가 스스로 물어봄으로써 찾을 수 있다.

◆ 이야기에서 일어나는 사건들을 자신이 겪어야 한다면 어떤 영혼의 질문을 하게 될 것 같은가?
◆ 그러고 나서 한 걸음 더 물러 서서 이야기의 큰 그림을 보자. 전체 갈등이 성장이나 죽음에 대한 이해 같은 더 깊은 무언가를 은유하는가?
◆ 외부 플롯이 제공하는 더 깊은 질문들과 은유들을 찾아냈다면, 작가로서 어떻게 그것들을 최대한 활용할 수 있을까?

이야기에서 최고의 가능성을 지니고 있는 것들을 보이지 않는

곳에 내버려두지 말아야 한다. 그것들을 앞쪽으로 가져와야 한다. 그것들을 이용해 이야기의 기초를 강화하고 주제를 드러내며 독자들이 캐릭터가 겪는 투쟁에 동질감을 느끼게 해야 한다.

작가들이 곧잘 잊어버리는 훌륭한 이야기의 다섯 가지 비결

내가 말하는 '훌륭한 이야기'란 지성과 이해, 열정, 상상력과 합해져, 감정적으로 관심을 사로잡고 지적으로 자극하는 캐릭터와 플롯에 반응할 기회를 관객과 독자에게 주는 이야기다.

그 정도의 경험을 할 수 있는 이야기는 아주 드물다. 충실한 스토리텔링으로 돈을 잃을 위험을 무릅쓰는 대신, 구경거리로 위험을 줄이는 기업 정신(특히 할리우드의)이 그 이유가 될 수 있다. 이는 결국 신인 작가나 영화감독이 '그런 방식으로 해야 한다'라고 느끼고 본능적으로 그런 패턴을 모방하게 되는 악순환을 만든다. 그 문제의 원인은 대부분 이야기를 하는 쪽의 이해 부족이다. 이게 나쁜 소식이다.

좋은 소식은 다행히도 우리에게는 작가로서 이렇게 뚜렷한 위험에서 배우고, 배운 것을 이용해 더 나은 이야기를 만들 기회와 책임이 있다는 것이다. 좋은 스토리텔링은 다음 다섯 가지 중요한 원칙에서 시작할 수 있다. 내가 말하는 '원칙'은 모든 이야기에서 진실로 들리는 기본적인 스토리텔링 진실들이다. 좋은 책이나 시나리오를 쓰고 싶다면 이 원칙을 꼭 적용해야 한다. 물론 원칙은 이 다섯 가지보다 많지만, 이제 소개할 원칙들이 거의 확실하게 가장 기본적이고 가장 중요하다. 이는 성공하고 싶어 하지만 강한 이야기 이론과 적용 면에서 필수인 기초가 부족한, 의도는 좋은 허구에서 가장 흔히 무시하는 다섯 가지 원칙이기도 하다.

첫째, 모든 조각이 플롯에 이바지해야 한다

이야기는 하나의 장치이고, 그 장치의 다양한 조각들을 잘 조립해야 한다. 이 사실은 플롯과 구조 수준에서 가장 분명하게 드러난다. 통일된 인과의 사슬을 만들기 위해서는 모든 조각, 모든 장면이 동그랗게 세운 도미노처럼 서로 연결되어야 한다. 관련 없는 장면이나 플롯의 전환은 독자들이 이야기를 읽는 동안 과속 방지턱 같은 방해 요소가 될 수 있다.

이 점은 장면과 구조뿐 아니라 플롯의 모든 요소에 적용된다. 작가는 모티프를 반복하고, 아주 사소한 전조라도 결과를 보여주며, 배경과 소품을 주제와 관련해 의미 있는 방식으로 다시 사용할 방법을 항상 찾아야 한다. 이야기는 대부분 미진한 부분이 두어 군데 있어도 버틸 수 있지만, "모든 것이 중요하다"라는 말은 모든 작가가 좌우명으로 삼아도 좋다.

캐릭터는 플롯의 운전자지만, 그 역할에 그치지 않고 주제를 상징적이고 전형적으로 표현해야 한다(조지 루카스 감독이 '스타워즈 오리지널 삼부작'을 만들 때 조지프 캠벨의 책을 읽고 도움을 받았다는 일화는 유명하다). 이는 모든 캐릭터가 중요해야 한다는 뜻이다.

작가는 그저 멋있는 캐릭터를 생각해낸 다음 이야기의 두어 장면에 집어넣었다가 아무 이유 없이 빼거나 죽일 수 없다. 그런 캐릭터는 점프 리드로 연결해 자동차에 시동을 걸게 도와준 다음 두 번 다시 볼 일 없는 멋진 남자 같은 유형이다. 그는 이야기에서 깊은 인상을 주지 못하고, 지나가는 수없이 많은 낯선 사람이 아주 쉽게 대신 맡을 수 있는 역할이었을 것이다.

통합적인 이야기 요소를 더했는지 관련 없는 요소를 더했는지는 구조를 통해 쉽게 판단할 수 있다. 모든 이야기 구조에서 본질적 의미를 규정하는 순간은 절정의 순간이고, 그 순간에 최종적으로 갈등이 끝난다. 모든 것이 그 순간을 위해 준비된다. 어떤 캐릭터나 장면, 플롯 장치를 없앴음에도 절정의 순간에 아무런 영향을 주지 않는다면 그 캐릭터나 장면, 플롯 장치는 없어도 된다. 아무리 멋있는 장면 같아도 정말 신나게 썼어도 이야기에 무거운 짐이 될 뿐이다.

둘째, 플롯이 주제에 이바지해야 한다

절정의 순간은 작가가 어떤 플롯 요소를 포함시킬지 모든 결정을 내릴 때 안내해주는 터널 끝에 있는 빛이어야 한다. 마찬가지로 주제는 플롯 자체를 의미 있고 공감할 수 있는 목적지로 안내하는 등대여야 한다.

플롯이 이야기에서 가장 먼저 떠오르는 일은 아주 흔하고, 작가들은 플롯에서 어떻게 적절한 주제를 캐내야 할지 전혀 모른다. 그렇기 때문에 기껏해야 주제가 여기저기 흩어진 채 결국 캐릭터의 투쟁이나 관객, 독자 자신의 삶에 중요한 해설을 전혀 제안하지 못하고 만다.

작가가 플롯을 전개하는 사건과 캐릭터를 더 많이 포함시킬수록 의미 있는 주제를 담은 결말에 도달하기 위해 이 모두를 하나로 엮는 것이 더 중요하다는 것을 깨닫는다면 상황은 더 복잡해진다.

자신의 이야기가 무슨 말을 하려고 하는가? 모든 이야기는 무언가를 말하고 있다. '그냥 이야기' 같은 것은 없다. 작가는 캐릭터의 핵심으로 파고 들어가, 자신이 정말 무슨 말을 하려고 하는지 알아낼 수 있을 만큼 충분히 용감해지고 충분히 훈련해야 한다. 그러고 나서 주제에 도움이 되는 캐릭터아크와 플롯을 만드는(그 반대가 아니라) 골치 아프고 어렵고 품이 많이 드는 일을 할지를 결정하는 것이 진짜 문제다.

조너선 프랜즌은 훌륭한 에세이집 《어둠에 불을 켜라Light the Dark》에서 모든 작가에게 도전 의식을 일깨운다.

나는 내 영혼을 가능한 한 세심히 관찰하고, 그 영혼에서 발견한 것을 표현할 방법을 찾으려 애쓴다.

셋째, '그냥' 일어날 수 있는 일은 없다

작가들은 반짝이는 싸구려 보석에 혹해 옆길로 새는 것으로 악명이 높다.

몇 년 전에 나는 스티븐 스필버그와 조지 루카스, 로렌스 캐스단이 〈레이더스Raiders of the Lost Ark〉에 대해 논의하기 위해 몇 차례 기획 회의를 한 녹취록을 읽을 기회가 있었다. 루카스와 캐스단은 여러 아이디어와 플롯에 관해 차분하게 논의하며 기본적으로 우리가 아는 이야기에 도달한다. 그러는 동안 스필버그는 마치 어린아이가 신나게 상상 놀이를 하는 것처럼 "아, 그러고 나서 어떻게 하면 정말 끝내줄지 알아요? 거대한 바위가 굴러와 이 남자를 깔아 뭉개는 거예요!" 하는 식으로 계속 무모하고 정신 나간 아이디어를 던진다. 나는 그것을 읽으며 끊임없이 쾌감을 느낀다.

우리는 모두 스필버그다. 작가들은 자기 이야기가 독자들을 위해 가능한 한 멋있기를 원한다. 그뿐 아니라 작가 스스로도 멋있게 만들 가능성 덕분에 아주 들뜬다.

하지만 멋있는 것을 조심해야 한다. 멋있는 장면을 쓰려다가 매혹적이고 너무 쉽게 중요하지 않은 것들로 가득 찬 이야기를 만들 수 있다(스필버그가 제안한 아주 많은 아이디어는 영화에 반영되지 않았다). 의미가 없다면 멋있는 것은 사실 멋있지 않다.

이런 유혹은 호기심 많은 작가들에게 특히 위험하다. 과학소설이나 판타지소설의 끝없는 가능성이, 작가들에게 그 장르가 멋있다는 이유만으로 온갖 멋있는 것들을 던져 넣을 기회를 준다. 하지만 스필버그의 영화 〈쥐라기 공원Jurassic Park〉에서 한 캐릭터가 "그들은 자신들이 할 수 있는지 없는지에만 너무 정신이 팔려서, 정작 그렇게 해야 하는지에 대해서는 생각해보지 않은 거야."라고 말한 그대로이다.

그 기막힌 캐릭터를 왜 추가하려 하는가? 캐릭터들이 왜 그 이국적인 장소로 여행을 갔는가? 그 짧지만 재미있는 서브플롯을 왜 포함시켰는가? 먼저 떠오르는 답이 "그야…… 멋있으니까"라면 다시 한번 살펴봐야 한다.

멋있는 모든 것을 포함시키지 못할 이유는 없지만 먼저 그것을 이야기에서 중요한 부분으로 만들어야 한다. 빼버리면 의미를 잃어버릴 정도로 플롯에 꼭 필요한 것이어야 한다. 주제와 관련해 공감을 일으키는 데 필요한 것이라면 더 좋다. 그 부분들은 멋있기만 해서는 안 되고 질문을 제기하거나 답을 제시해야 한다.

괜찮은 작품이라면 길고 복잡한 책이나 영화보다 독자들이 더 좋아하는 것은 없다. 그 모든 복잡성이 합쳐져 마법 같은 전체의 씨줄과 날줄을 이룬다면 말로 표현하기 어려울 정도로 재미있을 것이다. 하지만 작가가 의미 없는 요소들을 인식하고 버리기를 거부하면서 고집스럽게 자신들을 끌고 가는 길고 골치 아픈 책이나 영화보다 독자나 관객이 더 싫어하는 것도 없다. 조각들은 훌륭하지만, 훨씬 나은 전체가 되었을 이야기가 의미 없는 요소들 때문에 손상되었다면 더 말할 나위도 없다.

넷째, 캐릭터들은 변해야 한다

내가 의미에 대해 많이 생각한다는 점은 인정한다. 이야기에는 의미가 있어야 한다. 하지만 그 말이 모호한 명령처럼 느껴질 수도 있다. 작가들은 자신의 이야기에 너무 깊이 빠져 있어 객관적 의미를 어떻게 찾아야 할지 알기 어려운 경우가 많다. 어쨌든 작가가 그것에 대한 이야기를 쓴다는 사실 자체가, 작가에게는 이미 의미 있는 소재라는 뜻이다.

이야기가 전체로서 의미 있는지, 이야기의 어떤 특정한 요소가 그 의미에 이바지하는지 판단할 수 있는 가장 쉬운 방법은 이야기 안에서 변화 아크를 찾는 것이다.

이야기의 중요한 사건들이 주인공이나 그녀의 주변 세계에 변화를 만든다. 이야기에서는 많은 일이 일어날 수 있다. 하지만 그 일이 중요하고 지속적으로 영향을 미치지 않는다면 그저 시끄럽고 정신없지만 아무 의미도 없는 것일 뿐이다.

이야기의 시작과 끝을 비교해봐야 한다.

◆ 무엇이 달라졌는가?

- ◆ 캐릭터가 세상에 갖고 있던 믿음 가운데 어떤 것이 변했는가?
- ◆ 이것이 그들의 외적 행동에 어떤 변화를 일으켰는가?
- ◆ 그들의 외적 행동이 주변 세계에 어떤 변화를 일으켰는가?
- ◆ 그들이 물리적으로 어떻게 변했는가?
- ◆ 그들의 주변 세계가 물리적으로 어떻게 변했는가?

이 질문들에 답하면서 표면적 어수선함에는 신경 쓰지 말아야 한다. 어쩌면 캐릭터들이 대규모 전투를 벌이고 많은 사람이 죽었을 수도 있다. 처음에는 그런 것이 변화처럼 보인다. 하지만 그 전투에서 살아남은 캐릭터들의 목표나 그 목표까지 남은 거리가 가까워지지 않았다면 사실 아무것도 변하지 않은 것이다.

이는 흔히 시리즈물에서 도전해야 할 문제다. 작가들은 시리즈가 완결될 때까지 실제로 갈등을 끝내지 않는다. 모든 이야기에서 주인공과 적대자를 절정의 만남으로 데려갈 방법을 찾아야 하기 때문이다. 하지만 주인공과 적대자의 갈등은 만날 때마다 깊어져야 한다. 그러지 않으면 시리즈에서 그 회차는 의미가 없어진다.

다섯째, 현실적 인과는 캐릭터의 동기에서 생겨나야 한다

특히 플롯 중심의 이야기에서는 외적 행동에 너무 몰두한 나머지 그 행동에 대한 캐릭터 중심의 의미 있는 이유를 만드는 데 실패하기 쉽다. 캐릭터의 동기가 견고하지 않으면 플롯도 견고할 수 없다.

전쟁이 극적이고 흥미롭다는 이유만으로 캐릭터들이 전쟁에 나갈 수는 없다. 무모한 영웅이 기막히게 멋지다는 이유만으로 캐릭터들이 무모하게 갈등으로 뛰어들 수는 없다. 두 사람 다 사랑스럽기 때문에 사랑에 빠질 수밖에 없다는 이유만으로 캐릭터들이 사랑하게 될 수는 없다. 캐릭터가 더 지적이고 경험이 많아야 하는 상황일수록 이 점이 더 중요해진다.

절정의 순간이 이야기의 결말에 있는 길잡이 불빛이라면 캐릭터의 동기는 그 빛을 찾아 나서게 만드는 촉매제다. 작가는 자신이 쓰는 모든 장면에서 그런 동기를 확인하고 또 확인해야 한다. 캐릭터들이 자신의 소명 선언, 즉 동기와 완전히 일치하는 결정을 하고 이렇게 행동을 하는가, 아니면 그저 플롯에 편리하고 작가가 멋진 '것'을 끼워 넣을 수 있게 해주기 때문에 캐릭터가 이렇게 결정하고 행동하는가?

이야기에 기여하는 것이 작가가 해야 할 가장 중요한(그리고 어쩌면 유일한) 일이다. 그것은 의미 있는 캐릭터 동기를 공들여 만든 다음 모든 단계에서 확신을 갖고 솔직하게 그것을 끝까지 유지해야 한다.

좋은 스토리텔링을 만드는 것은 결코 불가능한 일이 아니다. 단지 가치 있는 상상을 지원하고 주의를 빼앗는 상상을 거부하는 요소를 선택할 수 있는 이해력과 통찰력, 활발하고 명료한 사고, 절대적인 절제가 필요한 수준 높은 기술이기 때문에 어려울 수밖에 없다.

허구를 쓰는 작가는 이러한 통찰력을 이용해 평범함을 뛰어넘고 스토리텔링의 더 넓은 세계를 이해하며 중요한 이야기를 쓸 능력을 갖춰야 한다.

'중요한' 허구를
만드는 다섯 가지 요소

작가들은 대부분 중요한 이야기를 쓰고 싶어 한다. 풀리처상을 받거나 디킨스, 도스토옙스키처럼 찬양받지는 못하더라도 자신이 지어내는 이야기가 단순한 이야기 이상이 되기를 바란다. 자신의 이야기가 사람들의 삶에 가 닿고, 사람들을 생각하게 하고, 질문하게 하고, 믿게 되기를 바란다. 그렇게 될 만한 이야기의 주요 재료는 언제나 강력한 주제 전제와 신빙성 있는 진실일 것이다.

하지만 그것만으로는 부족하다. 진실에 푹 빠지고 훌륭한 전제를 표현하는 이야기를 만들 수는 있어도 그것을 여전히 중요하다고 느끼지 않을 수 있다. 주제 면에서 풍성한 이야기가 '중요한' 이야기에까지는 미치지 못한다면 그것은 그저 무기력하게 느껴진다. 이야기의 잠재력을 충분히 이용하지 못한 것처럼 느껴진다.

이야기의 본질과 중요성을 만드는 다섯 가지 가장 중요한 요소들을 살펴보자.

요소 ①: 서브텍스트

서브텍스트가 없으면 깊이도 없고 중요성도 없다.

우리는 6장에서 서브텍스트를 마법의 재료로, 이야기에서 '말로 표현되지 않은' 의미이자 수면 아래에 있는 의미라고 설명했다. 이야기는 단순히 그런 의미를 넘어 상상력으로 공백을 채울 수 있도록 독자들을 이끄는 견고한 암시와 견고한 질문을 제시해야 한다. 다시 말해 작가는 깊이를 만들고, 그것을 이용해야 한다. 예를 들어 다음과 같다.

◆ 서브텍스트를 만드는 올바른 방법

리들리 스콧 감독의 〈글래디에이터Gladiator〉는 서브텍스트를 아주 훌륭하게 활용한다. 평생 알고 지낸 캐릭터들 사이의 능숙하고 효과적인 상호 작용 덕에 영화 시작부터 배경의 무게가 분명하게 드러난다. 관객은 막시무스와 마르쿠스 아우렐리우스 황제, 루실라, 콤모두스의 관계뿐 아니라 황제와 그의 자식들 사이에 존재하는 응어리를 바로 느낀다. 그러다가 잘난 체하며 관객들에게 모든 것을 설명하지 않고, 가장 핵심적인 질문을 설명해주는 사실들이 이야기 내내 충분히 드러나면서 그 서브텍스트가 성과를 낸다.

✦ 서브텍스트를 만드는 잘못된 방법

케빈 레이놀즈 감독이 각색한 〈트리스탄과 이졸데Tristan & Isolde〉는 캐릭터들의 관계와 동기 면에서 잠재적으로 서브텍스트를 가득 담을 수 있는 이야기다. 트리스탄의 유령(마크 영주가 손 하나를 잃어가며 구한 트리스탄을 입양한다)에는 잠재력이 있다. 하지만 이 사고에 대한 그의 진솔한 감정은 만족스럽게 전개되지 않는다. 그 결과 이야기의 중심 갈등(이졸데를 향한 사랑과 마크에 대한 충성심)에는 결국 깊이도 무게도 없어진다.

요소 ②: 시간의 경과

아주 짧은 시간 동안 강력한 이야기를 말할 수는 없지만 일반적으로 플롯을 전개해야 하는 시간이 길어질수록 캐릭터가 발전하는 모습이 더 중요해보일 것이다. 사람이 빠르게 확 바뀔 수는 있어도, 그 사람에게 변화를 일으키려면 하나 이상의 촉매제가 필요하기 때문에 대부분 시간이 걸리는 과정을 거쳐야 발전한다. 어떤 캐릭터가 1년 동안 감옥에 있는 것이 한두 주만 감옥에 있는 것보다 얼마나 더 많은 무게를 만들 수 있을지 생각해보라. 예를 들어 다음과 같다.

✦ 시간의 경과를 활용하는 올바른 방법

〈글래디에이터〉는 게르마니아에서 벌어진 전쟁부터, 스페인의 파괴된 고향 집을 거쳐 주카바르에서의 노예 생활, 로마에서의 검투 경기에 이르기까지 상당히 긴 막시무스의 여정을 다룬다. 시간의 경과가 이야기의 속도를 전혀 늦추지 않도록 솜씨 좋게 처리된다. 하지만 관객은 그 과정을 통해 캐릭터의 괴로움이 순간적인 고통이 아님을 이해할 수 있다. 그것만으로도 그가 겪는 일이 훨씬 중요하게 느껴진다.

◆ 시간의 경과를 활용하는 잘못된 방법

〈트리스탄과 이졸데〉에서는 도입부와 주요 이야기 사이에 10여 년이 흐르는 것 말고는 시간의 경과가 분명하게 드러나지 않는다. 트리스탄의 상처는 하룻밤 만에 낫는 것처럼 보인다. 콘월에서 출발해 아일랜드에 갔다가 다시 콘월로 돌아가는 여정은 여러 번 순간적인 장면으로 처리된다. 관객은 이졸데가 잉글랜드에 도착한 다음 시간이 얼마나 흘렀는지 전혀 알 수 없다. 그 결과 이야기가 급히 진행되는 것처럼 느껴진다.

요소 ③: 다양한 배경

다시 말하지만 강력하고 의미 있는 많은 이야기는 주로 한 가지 배경에서 일어난다(〈대탈주〉가 대표적인 예다). 하지만 작가는 종종 한 군데 이상의 장소에서 플롯이 캐릭터에게 영향을 주도록 함으로써 더 인상적인 깊이와 중요성을 만들기도 한다. 예를 들어 다음과 같다.

◆ 다양한 배경을 이용하는 올바른 방법

자존심 강한 대서사시 〈글래디에이터〉는 로마 제국의 전 지역을 가로지르는 배경을 설정한다. 이를 통해 막시무스가 사는 세상과 그가 맞닥뜨리는 황제의 권력, 그의 여러 행동이 영향을 미치는 인구의 범위를 이해할 수 있다. 이것은 시간의 경과와 밀접하게 연결되어 막시무스라는 캐릭터가 자신의 목표를 추구하면서 멀리 여행하고 많은 것을 보고 많은 것을 견뎠을 것이라는 느낌을 준다. 가장 중요한 점은 이 이야기에서 광범위한 배경이 사용되었다는 것이다. 이 영화의 배경은 단순히 방대한 규모를 보여주기 위한 것이 결코 아니다. 이는 합리적이고 필연적인 방식으로 플롯에 기여한다.

◆ 다양한 배경을 이용하는 잘못된 방법

〈트리스탄과 이졸데〉에서는 잉글랜드와 아일랜드라는 두 나라를 보여준다. 하지만 두 나라는 두 개의 작은 배경으로 줄어들었다. 잉글랜드가 각지의 영주들이 대수롭지 않게 여행할 정도로 작은 나라인 듯 그들은 걸핏하면 콘월에서 모인다. 잉글랜드의 연합이 주요 주제다. 하지만 관객들은 작은 이웃 마을 몇 개가 아니라 나라라고 느끼지 못한다. 이 때문에 마음속에서는 문제의 규모가 단순하게 축소된다.

요소 ④: 서브플롯

규모가 큰 이야기는 말 그대로 크다. 따라서 그런 이야기에서는 한 가지 이상을 다룬다. 현실 세계에서 우리의 주요 문제들이 더 작은 문제들을 만드는 것과 마찬가지로, 캐릭터의 주요 갈등은 다른 걱정거리들이 뒷받침하고 그것들과 대비될 것이다. 이야기를 하나의 문제로 축소하면 작가는 이야기의 컨텍스트를 제거함으로써 서브텍스트를 방해하는 것이다. 주제에 맞는 서브플롯을 통해 작가는 캐릭터들의 삶과 투쟁의 다양한 측면을 살펴볼 수 있다. 예를 들어 다음과 같다.

◆ 서브플롯을 집어넣는 올바른 방법

〈글래디에이터〉는 고도로 집중된 이야기임에도 여전히 많은 이야기들의 층위를 보여준다. 주요 갈등은 로마 제국을 구하는 것이지만, 플롯은 대부분 막시무스의 개인적 복수욕으로 이루어진다. 막시무스와 루실라, 막시무스와 프록시모, 막시무스와 다른 검투사들, 루실라와 콤모두스, 심지어 콤모두스와 조카 루시우스의 관계가 모두 함께 작용한다. 이를 통해 이야기가 단순히 복수를 추구하는 이야기로만 축소되었다면 잃어버렸을, 대비와 색채가 풍부한 태피스트리를 만들어낸다.

◆ 서브플롯을 집어넣는 잘못된 방법

〈트리스탄과 이졸데〉에는 이야기의 거의 모든 캐릭터와 트리스탄의 관계를 통해 아주 흥미진진한 서브플롯을 만들어낼 기회가 있다. 하지만 그중에서 하나도 이용되지 않는다. 모든 관심이 그와 이졸데의 관계에만 집중된다. 특히 마크 영주와 트리스탄의 중요한 관계가 안타깝게도 발전되지 않는다. 두 캐릭터가 관계의 동기를 더듬어 보는 대화를 한 번이라도 했다면 이야기가 확 바뀌었을 것이다.

요소 ⑤: 감정적이고 지적인 후속 장면

이야기의 모든 장면은 전반부와 후반부, 즉 장면(행동)과 후속 장면(반응)으로 나뉜다. 장면에서 행동이 플롯을 움직인다. 그렇지만 캐릭터의 발전과 주제의 깊이는 거의 언제나 후속 장면의 반응에서 발견될 것이다. 후속 장면을 절대 소홀하게 다루면 안 된다. 이야기에서 중요한 사건이 있을 때마다 시간을 들여 캐릭터의 지적, 감정적 반응을 보여줘야 한다. 캐릭터들이 사건들에 대해 어떻게 느끼는지 모른다면 독자들은 어떻게 생각해야 할지 제대로 결론을 내릴 수 없을 것이다. 예를 들어 다음과 같다.

◆ 후속 장면을 만드는 올바른 방법

〈글래디에이터〉는 액션 영화이기 때문에 상을 받지 못했다. 하지만 이야기의 행동과 캐릭터들의 반응, 감정 변화의 과정을 보여주는 강력한 후속 장면이 완벽하게 균형을 이루었기 때문에 평론가들에게는 호평을 받았다. 막시무스가 콤모두스와 자신의 관계를 밝힌 중간 지점 이후에, 루실라가 감옥에 갇힌 그를 찾아가자 그는 자신의 분노와 좌절, 결심과 더불어 그녀에 대한 배신감까지 드러내며 반응한다. 이 장면이나 이와 비슷한 다른 장면들이 없었다면 관객들은 그의 감정 변화 과정을 그저 추측할 수밖에 없었을 것이다.

✦ 후속 장면을 만드는 잘못된 방법

〈트리스탄과 이졸데〉의 후속 장면들은 대부분 하나같이 실망스럽다. 캐릭터들, 특히 트리스탄이 자신들의 세세하고 복잡한 반응에 대해서는 거의 예외 없이 전혀 논의하지 않는다. 이 영화는 자신의 모든 것을 빚진 남자에 대한 트리스탄의 혼란스러운 충성심에 집중된 이야기다. 하지만 그 감정을 결코 만족스러울 만큼 직접적으로 다루지 않는다. 훌륭한 서브텍스트는 텍스트 자체가 독자들이 심사숙고할 만한 여지를 충분히 제공할 때만 존재할 수 있다.

어떤 주제나 소재든 이야기에서 이 다섯 요소만 적용할 수 있다면 플롯과 주제에 응집력과 공감을 만들어낼 수 있을 것이다.

주제를 이용해
응집력과 공감 형성하기

허구를 능숙하게 만들려면 정말 많은 조각을 한데 모아야 한다. 이 때문에 오직 한두 조각으로 이야기의 성패를 좌우할 수 있다고 암시하는 것은 거의 거짓에 가깝다. 하지만 작가가 딱 두 가지 요소만 골라야 한다면 그것은 응집력과 공감일 것이다.

작가들은 구조, 캐릭터, 주제라는 거물들에 집중하느라 그것들이 애초에 왜 중요한지는 너무 쉽게 잊어버린다. 허구에서 정말 중요한 두 가지(그 밖에는 잘 쓰인 이야기를 성공적으로 만드는 데 그치지 않고 그 수준을 한 단계 높일 수 있는 두 가지)는 응집력과 공감이다.

응집력이란 무엇일까?

응집력은 논리다. 응집력은 조직이다. 응집력은 본질적인 것을 찾기 위해 본질적이지 않은 것을 삭제하는 것이다. 응집력은 이야기의 모든 것이 이유가 있어서 그 자리에 있을 때 만들어진다. 이야기의 각 부분은 모두 통합된 전체의 한 부분이다. 그 모든 것이 같은 최종 목표를 향해 매끄럽게 협력한다.

이야기에 관한 구체적 관점을 가진 작가, 그 관점을 가장 적절하게 뒷받침하는 이야기 요소를 발견한 다음 주의를 빼앗는 모든 멋진 것들을 덜어내기 위해 절제하며 성실하게 애쓰는 작가가 응집력을 만들어낼 수 있다.

최근에 어떤 사람이 내게 가장 좋아하는 영화를 몇 편 알려달라고 했다. 나는 줄줄이 제목을 읊었다. 〈대탈주〉, 〈글래디에이터〉, 〈마스터 앤드 커맨더: 위대한 정복자〉, 〈트루 그릿〉, 〈워리어〉, 〈블랙 호크 다운Black Hawk Down〉, 〈사랑은 비를 타고Singin' in the Rain〉, 〈세컨핸드 라이온스〉, 〈본 아이덴티티The Bourne Identity〉, 〈멋진 인생〉 등이다. 나는 곧 이 이야기들의 한 가지 공통점이 집중력과 응집력이 있는 플롯임을 깨달았다.

사실 이 이야기들에서는 관객들이 그것을 거의 당연하게 여길 정도로 응집력이 아주 잘 구현되었다. 확실히 그렇다. 하지만 "아, 응집력 있는 영화라 〈대탈주〉가 정말 좋아"라고 말하지 않는다. 그 영화를 보고 연구하고 그 영화의 어떤 점이 내게 그렇게 강력하게 와 닿는지 알아내려 할 때 나는 플롯이나 속도, 캐릭터, 주제 같은 기법적 요소에 대해 더 많이 생각한다.

하지만 사실 플롯과 속도, 캐릭터, 주제는 응집력을 기반으로 한다. 그 모든 것을 갖춘, 심지어 잘 갖춘 이야기라도 그 요소들을 응집력 있게 결합하지 못한다면 전체로서의 이야기는 불안정해지고 실패할 것이다.

그렇다. 조각들과 전체 양쪽 모두에 문제가 있는 것보다는 조각들이 전체보다 나은 것이 더 바람직하다. 하지만 훌륭한 조각들을 하나의 훌륭한 전체로 합쳤기 때문에 훌륭한 이야기를 쓸 수 있다면 얼마나 더 좋겠는가?

응집력이 이야기의 모든 조각을 통합적 전체로 결합하는 것이라면, 플롯 구조에서부터 결합하는 것이 가장 좋다. 구조에 응집력이 없는 이야기라면, 작가의 나머지 관점을 수행할 기반도 없을 것이기 때문이다.

그리고 우리는 작가의 관점 이야기로 돌아왔다. 응집력 있는 구조를 만들려면 작가는 이 이야기가 전체로서 어떤 것이기를 원하는지 알아야 한다. 이야기는 단순히 구조를 이루는 플롯 추진 지점들과 동시에 일어나는 극적 사건들을 아무렇게나 모아 놓은 것에 그쳐서는 안 된다.

이야기의 플롯을 구성할 때 활용할 수 있는 몇 가지 조언은 다음과 같다.

♦ 구조가 이야기의 근간이다

구조가 없으면 이야기도 없다. 그저 여러 가지 일이 일어날 뿐이다. 그것도 운이 좋아야 그렇다는 말이다. 많은 일이 일어나는 너무 많은 이야기가, 사실상 아무것도 진행되지 않는 것과 다름없는 플롯을 만들어낸다. 구조를 통해 일이 순조롭게 진행되고 작가가 그저 행동뿐이 아닌 이야기를 만들 수 있도록 보장해준다.

♦ 구조를 이루는 사건들은 무엇에 관한 이야기인지 말해준다

교육을 조금만 받아도 누구나 플롯을 구성할 수 있다. 하지만 플롯이 능수능란하게 구성된 이야기는, 서사에서 구조를 이루는 모든 주요 순간을 찾아내고 플롯 지점부터 플롯 지점까지 공통된 요소들을 볼 수 있어야 발견할 수 있다(내 홈페이지의 이야기 구조 데이터 베이스에서 하는 것처럼). 무작위적인 것은 없다. 모든 것이 연결된다. 예를 들어 마틴 스코세이지 감독의 〈에비에이터The Aviator〉는 제멋대로 뻗어 나가는 다채로운 이야기다. 하지만 비행에 대한 하워드 휴즈의 집착이라는, 플롯을 관통하는 주제를 통해 구조적 토대에서 결코 눈을 떼지 않는다.

◆ 구조를 이루는 사건들은 촉매제 역할을 하는 변화를 계속 일으켜야 한다

플롯이 변하는지를 봐야 작가가 플롯을 움직이는지 알 수 있다. 사건들이 캐릭터들을 이야기의 풍경을 계속 바꾸며 행동하고 반응하고 다시 행동하게 강제하지 않는다면, 플롯이 움직이지 않는 것이며 구조가 효과적으로 작동하지 않는 것이다.

◆ 구조가 순조롭게 진행되는 데 가장 중요한 세 가지 순간은 촉발 사건, 중간 지점, 절정의 순간이다

물론 그렇다고 해서 구조를 이루는 다른 순간들이 덜 중요하다는 뜻은 분명 아니다. 하지만 구조의 응집성(모든 부분이 같은 이야기를 하는지)을 확인하고 싶다면 먼저 촉발 사건(1막의 중간)과 중간 지점(2막의 중간), 절정의 순간(3막의 끝)을 살펴봐야 한다.

특히 촉발 사건과 절정의 순간은 서로 시작과 끝이 되어야 한다. 즉 촉발 사건은 절정의 순간이 직접 답하는 질문을 해야 한다. 중간 지점은 그 사이에 있는 진실의 순간이고, 이를 기점으로 이야기의 방향이 (플롯과 주제 모두) 전반부의 질문에 대한 캐릭터의 이해에서 후반부의 그 답에 관한 캐릭터의 이해로 바뀐다.

근본적으로 좋은 구조는 전조를 잘 나타내는 것, 즉 복선을 깔고 그것을 해소하는 일과 관련되어 있다. 결말은 도입부에 있다. 그렇지 않다면 그 이야기는 응집력이 없는 것이다.

공감이란 무엇인가?

응집력 있는 이야기는 이미 대부분의 다른 이야기보다 훨씬 낫다. 하지만 응집력은 마법의 절반일 뿐이다. 나머지 반은 공감이다. 공감은 의미다. 내 책의 독자 에릭 코펜헤이건은 공감을 '신화적 가치'라고 불렀다. 공감은 이야기를 흥미로운 일화에서 보편적 긍정으로 높여준다.

이야기와 연결될 때 어떤 기분이 드는지 생각해보라. 그것이 공감이다. 우리가 독자와 작가로서 찾는 바로 그것이다. 공감은 이야기를 단지 오락거리에서 삶 자체의 경험으로 끌어올린다. 공감할 수 없는 이야기는 재미는 있을지 몰라도 빨리 잊힌다. 이는 장르와 상관없이 사실이다. '대규모'의 장대한 여정이든 '소규모'의 짧은 희극이든 진실을 거울처럼 비추지 않는다면 독자들에게 중요한 이야기가 될 수 없다.

응집력과 공감은 서로 근간이 되므로 밀접하게 관련되어 있다. 응집력이 없는 이야기에서는 공감을 이끌어내기는 어렵다. 공감은 응집력이라는 배를 타고 항해한다. 응집력에 구멍이 뚫리면 더 깊은 곳에 있는 의미는 적어도 조금은 물에 잠길 것이다. 그리고 그 반대도 마찬가지다. 응집력이 완벽한 배를 공감이 조종하지 않으면 그 배는 바다에서 목적지 없이 방황한다.

공감은 다루기가 조금 까다롭고, 공감도 대부분 어느 정도 주관적이기 때문이다. 우리가 모두 공감하는 보편적 진실들이 분명 있지만, 집단과는 다른 방식으로 개인에게 영향을 미치는 특정한 이야기나 장면도 있다. 그럼에도 공감을 불러일으키지 않는 이야기는 꽤 쉽게 찾아낼 수 있다. 그런 이야기에는 영혼이 없다.

그런 이야기는 읽은 후에도 열정이 거의 남지 않는다. 돈을 벌기 위해서나 그저 기술적으로 완벽한 구조에 맞추기 위해 대량 생산한 이야기다(둘 다 해당될 수 있다). 상상력과 독창성, 감정 이입, 용기가 부족한 이야기다.

상상력과 독창성, 감정 이입, 용기를 갖추었어도, 이야기가 잘 수행되지 않아 여전히 공감을 불러일으키지 못할 수도 있다. 응집력과 마찬가지로 공감은 이야기의 모든 것이 합쳐져 하나의 관점을 뒷받침할 때만 나타난다.

이야기의 공감을 확인하고 다듬을 때도 응집력과 구조에서와 마찬가지로 분명한 시작점이 있다. 여기까지 읽은 독자라면 추측할 수 있을 것이다. 공감의 시작점은 바로 주제다.

구조가 탄탄하지 않은 이야기에서도 훌륭한 주제가 생겨날 수 있는 것이 사실이다. 보통 작가의 개인적 인식이 깊고 서사 기법이 특출날 때 가능하다. 나쁜 소식은 처음부터 두 가지를 완벽히 갖추고 있는 작가는 드물다는 것이다. 좋은 소식은 작가로서 의식적이고 계획적으로 주제를 통해 공감을 일으키는 법을 배울 수 있다는 것이다.

응집력이 지적인 공감이라면 공감은 정서적 응집력이다. 작가가 목적의식을 갖고 독자들이 일체감을 느낄 수 있도록 플롯과 주제를 형성할 수 있어야 공감을 얻을 수 있다. 그 과정에서 작가는 독자들에게 곱씹을 만한 흥미로운 생각을 제공할 가능성이 높다 하지만 독자들은 머릿속에서 그 모든 것을 처리하기 시작하기도 전에 "이거 괜찮은데" "이건 진짜야" "바로 이거지"라고 느끼게 될 것이다.

응집력이 작가의 관점으로 시작한다면 공감은 정직으로 시작한다. 지금까지 매력적이고 응집력 있는 플롯을 만들었으니 이제 플롯의 솔직한 핵심을 찾아 열심히 써야 한다. 마지막 조언 몇 가지를 기억하기 바란다.

◆ 주제는 이야기가 진짜로 말하고자 하는 것이다

공감을 일으키는 이야기는 주제를 이용해 단순히 플롯을 꾸미는 데 그치지 않고 플롯을 이용해 주제의 이야기를 들려준다. 플롯을 겉으로 표현된 주제라고 생각해보자. 플롯은 캐릭터가 보편적 진실의 질문들을 물리적으로 해결해나가도록 강제하는 극적 배경을 제공한다. 주제와 플롯은 서로 없어서는 안 될 정도로 연결되고, 언제나 한쪽이 다른 한쪽을 설명해준다. 플롯은 여러 면에서 주제의 은유이고, 마찬가지로 주제도 플롯에 관한 해설이다.

◆ 주제는 플롯의 중심이 되는 실존적 질문 또는 답이다

2장에서 이야기한 주제를 중심 질문으로 압축하는 방법(예, 전쟁의 대가는 무엇인가? 과거를 어떻게 극복할 수 있을까? 이상주의는 위험한가?)을 시도해봐야 한다. 복잡한 이야기는 결코 단 한 가지 질문으로 압축할 수 있을 만큼 단순하지 않을 것이다. 하지만 응집력 있는 플롯 요소들을 선택할 때 중심 질문을 유도등으로 삼아야 한다.

◆ 주제는 플롯과 캐릭터를 결합한다

작가들은 흔히 '플롯 중심 허구' 대 '캐릭터 중심 허구'에 대해 이야기한다. 하지만 진정으로 공감할 수 있는 허구가 둘 중 한 가지에만 해당하는 일은 드물다. 주제가 플롯과 캐릭터를 연결하는 다리이기 때문이다. 캐릭터아크는 주제의 내적 작용을 탐구하고, 캐릭터의 행동은 주제의 외적 현실을 탐구한다.

◆ 주제는 독단적이지 않다

작가가 자신이 모든 답을 안다고 믿고 있으면 진정으로 공감할 만한 이야기를 쓸 수 없다. 솔직해지는 어려움이 이 지점부터 시작된다. 이야기의 중심 질문을 선택할 때 작가는 가능한 모든 대답을 적극적으로 찾아야 한다. 그렇다고 해서 작가가 그 대답을 모두 믿어야 한다는 뜻은 아니다. 하지만 작가는 선의의 비판자 노릇을 할 정도로 그 대답들에 충분히 감정을 이입해야 한다. 작가는 질문의 모든 측면을 고통스러울 정도로 솔직하게 검토해야 한다.

당신도
마법 같은 글을 쓸 수 있다

좋은 허구는 대답을 강력히 요구하지 않고 그저 질문할 뿐이다.

대부분의 이야기는 주인공의 최종 선택을 통해 해결책들을 제시할 것이다. 하지만 그 최종 선택들이 진실하게 들리고, 독자들에게 생각할 가치가 있는 무언가를 주려면 결말을 향한 여정에 감정을 이입할 수 있어야 한다.

응집력 있고 공감할 수 있는 허구는 주제가 있는 허구다. 이야기의 구조를 만들고 캐릭터를 구축하고 글을 다듬는 동안 시간을 들여 훌륭한 허구에서 지극히 중요한 이 두 재료를 반드시 점검해야 한다. 응집력 있고 공감을 일으키는 이야기를 만들 수 있다면 진정으로 마법 같은 글을 쓰게 될 것이라고 장담한다. 정말로 주제가 있는 글을 쓰게 될 것이다.

"인간의 이야기는 두세 가지밖에 없지만,
그 몇 가지의 이야기들이
마치 한 번도 일어나지 않은 것처럼
치열하게 반복된다."

– 윌라 캐더

부록

다섯 가지
주요 캐릭터아크

플롯과 주제를 통합하는 가장 강력한 접근법 가운데 하나는 캐릭터아크에 초점을 맞추는 것이다.

캐릭터아크를 살펴보는 기본적인 방법은 진실이 이끌거나 영웅적인 아크 두 가지(긍정적 변화 아크와 평탄한 아크)와, 거짓이 이끌거나 부정적 변화 아크 세 가지(환멸 아크, 하강 아크, 타락 아크)에 대해 알아보는 것이다.

모든 캐릭터아크의
여섯 가지 기본 요소

다섯 가지 캐릭터아크에는 기본 구조(3막과 10개의 플롯 추진 지점으로 나뉜다. 실제로 캐릭터아크를 분석하기 시작하면 확인할 수 있다)부터 시작해 몇 가지 공통점이 있다. 진실, 캐릭터가 믿는 것, 캐릭터가 원하는 것, 캐릭터에게 필요한 것, 유령, 정상 세계의 여섯 가지 요소를 기본으로 공유하며 이 요소들은 작가가 이야기에서 선택한 캐릭터아크에 맞게 적절하게 수정할 수 있다. 이 여섯 가지 기본 요소에 대해서는 〈표 1〉에서 자세히 살펴보자.

표 1. 캐릭터아크의 여섯 가지 기본 요소	
진실	이야기의 진실은 주제 원칙이다. 또한 세상의 이치에 대한 보편적 진술이다. 거의 모든 경우에(환멸 아크는 예외일 수도 있다) 진실은 때로는 고통스러울 수 있어도 근본적으로 긍정적 가치를 표현할 것이다. 그리고 그런 가치는 캐릭터가 세상에서 더 생산적이고 덜 시시하게 상호 작용하도록 도울 것이다.
캐릭터가 믿는 거짓	거짓은 진실과 대비되는 세상에 관한 오해다. 이야기 초반에 거짓은 누군가(주인공이나 플랫 아크일 경우 보조 캐릭터들)가 필연적 진실을 보고 이해하고 받아들이지 못하게 방해할 것이다. 전체 캐릭터아크, 사실상 전체 이야기는 캐릭터가 거짓을 넘어 진실로 발전할 수 있을지, 어떻게 발전할지에 관한 것이다.
캐릭터가 원하는 것 vs. 캐릭터에게 필요한 것	주제와 관련된 진실 대 거짓이라는 내적 갈등은 외부 플롯 갈등에서 캐릭터가 원하는 것 대 캐릭터에게 필요한 것으로 나타날 것이다. 물리적인 형태를 띄고 있음에도 보통 필요한 것은 틀림없이 진실이다. 원하는 것은 무언가 크고 추상적인 것('존경'처럼)일 수 있지만 아주 구체적인 플롯 목표('승진'이나 '학위'처럼)로 압축되어야 한다. 캐릭터는 특정한 캐릭터아크와의 직접적인 관계 속에서 원하는 것과 필요한 것에 점점 가까워질 것이다.
유령	유령(상처라고도 한다)은 주인공의 배경 이야기에서 동기를 부여하는 촉매제다. 유령 때문에 캐릭터가 거짓을 믿고, 거짓 너머의 진실을 보지 못한다. 이름이 암시하듯 유령(존 트루비 감독이 고안했다)은 캐릭터의 머릿속에 계속 떠오르는 것, 그냥 지나칠 수 없는 것이다. 대부분 충격적인 사건이지만 겉보기에는 긍정적인 무언가(자식을 자랑스러워하는 부모처럼)도 캐릭터가 제한적인 거짓을 믿는 원인이 될 수 있다.
정상 세계	정상 세계는 이야기의 주요 갈등이 일어나기 전 캐릭터의 삶을 보여주어야 하는 1막의 초기 환경이다. 캐릭터아크의 유형에 따라 정상 세계는 이야기의 진실이나 거짓을 상징적으로 표현할 것이다. 정상 세계는 완벽에 가까운 환경이었다가, 2막을 시작하면서 캐릭터가 주요 갈등이라는 모험 세계로 들어갈 때 바뀐다. 하지만 정상 세계는 더 은유적일 수도 있다. 그럴 경우 환경 자체는 바뀌지 않을 테지만 갈등이 주인공 주변의 환경을 바꿀 것(예를 들어 우호적 분위기에서 적대적 분위기로 바뀌는 것처럼)이다.

두 가지
영웅적 아크

긍정적 변화 아크(⟨표 2⟩)와 평탄한 아크(⟨표 3⟩)는 '행복한' 아크 또는 '영웅적' 아크다. 이런 이야기에서 주인공은 진실을 알게 되거나 이미 알고 있고, 진실을 이용해 이야기 세계에 긍정적인 영향을 미친다.

표 2. 긍정적 변화 아크		
캐릭터가 거짓을 믿는다 ⇒ 거짓을 극복한다 ⇒ 새로운 진실이 해방감을 준다		
1막(1~25%)		
1% **낚시 요소**	거짓을 믿는다	주인공이 기존의 정상 세계에서 지금까지 필요하거나 잘 작동한다고 판명된 거짓을 믿는다.
12% **촉발 사건**	더 이상 거짓이 작동하지 않을 것이라는 첫 번째 암시가 등장한다	주인공이 주요 갈등을 처음 마주하는 모험의 부름에서는 더 이상 거짓이 예전처럼 효과적으로 주인공에게 도움이 되지 않을 것이라는 미묘한 암시가 처음으로 등장한다.
25% **첫 번째** **플롯 지점**	더 이상 거짓은 효과가 없다	주인공이 중대한 선택에 직면하고, 그 선택에서 거짓이 지배하는 1막의 '예전 방식들'이 주요 갈등의 새로운 위험을 해결하는 데는 효과가 없다는 것을 스스로 드러낸다. 거짓이 효과 없다는 사실을 아직 깨닫지 못했어도 주인공은 돌아갈 수 없는 문을 통과하며 어쩔 수 없이 1막의 정상 세계를 떠나 2막의 주요 갈등이 벌어지는 모험 세계로 들어간다.
2막(25~75%)		
37% **첫 번째** **병목 지점**	거짓을 이용했기 때문에 처벌받는다	주인공이 거짓을 이용했다는 이유로 처벌받는다. 정상 세계에서 주인공은 자신이 원하는 것을 얻기 위해 거짓을 이용할 수 있다고 믿었다. 하지만 2막에서는 더 이상 이러한 사고방식에 따라 행동할 수 없다. 2막의 전반부 내내 주인공은 목표에 도달하기 위해 거짓에 기초한 예전의 사고방식을 이용하려 애쓸 것이다. 하지만 세상이 실제로 어떻게 돌아가는지 알아내기 전에는 실패했기 때문에 '처벌'받는다.

50% 중간 지점 (두 번째 플롯 지점)	진실을 보지만 아직 거짓을 거부하지 않 는다	주인공이 (흔히 플롯에 기초한 외적 갈등이 드러남과 동시에) 주제 와 관련된 진실을 대면하는 진실의 순간을 맞이한다. 이때 주인공은 처음으로 진실과 진실의 힘을 의식적으로 알아차린다. 하지만 진실 과 거짓이 양립할 수 없다는 사실은 아직 알지 못한다. 주인공은 2막 후반부에서 진실과 거짓을 모두 이용하려 할 것이다.
62% 두 번째 병목 지점	진실을 효과적으로 이용해 보상받는다	주인공이 진실을 사용하고 보상받는다. 주인공이 적대 세력에 맞서 싸우고 자신이 원하는 것에 다가간다. 이때 중간 지점에서 깨달은 사 실을 기반으로 진실에 기초해 행동하기 시작할 것이다. 궁극적인 플 롯 목표에 점점 가까워지면서 성공으로 보상받을 것이다.

3막(75~100%)

75% 세 번째 플롯 지점	거짓을 거부한다	거짓을 온전히 거부하는 것을 계속 거절함으로써 '바닥의 순간'에 직 면하게 된다. 주인공이 계속 거짓을 받아들인다면 결국 패배할 수밖 에 없는 진짜 위험에 직면해야 한다. 주인공은 패배가 눈앞에 있다 고 느끼고 거짓을 거부한다. 그리고 은연중에 진실도 온전히 받아들 인다.
88% 절정	진실을 받아들인다	주인공이 자신이 원하는 것을 얻을 수 있을지 알아내기 위해 적대 세 력과 마지막 대립을 시작한다. 그 직전이나 그 과정에서 주인공은 진 실을 의식적으로 확실히 받아들이고 행동한다.
98% 절정의 순간	필요한 것을 얻기 위 해 진실을 이용한다	주인공은 진실이 자신에 대해, 자신에게 필요한 것을 얻기 위한 갈등 에 대해 가르쳐준 모든 것과 진실을 이용한다. 진실의 본질에 따라 주인공이 원하는 것을 얻을 수도 있다. 또는 대의를 위해 자신이 원 하는 것을 희생해야 한다는 것을 깨달을 수도 있다. 그 결과 주인공 은 적대 세력과의 갈등을 확실하게 끝내버린다.
100% 해결	새로운 진실이 힘을 부여한 정상 세계로 들어간다	주인공이 새로운 정상 세계로 들어가거나 원래의 정상 세계로 돌 아간다. 그리고 그곳에서 이제 진실이 힘을 부여한 개인으로 살 수 있다.

표 3. 평탄한 아크
캐릭터가 진실을 믿는다 ⇒ 진실을 유지한다 ⇒ 세상의 거짓을 극복하기 위해 진실을 이용한다

1막(1~25%)

1% 낚시 요소	거짓이 지배하는 세상에서 진실을 믿는다	주인공이 정상 세계에서 주변 사람들이 거부하는 진실을 믿는다. 정상 세계와 그곳의 캐릭터들은 대부분 중심적 거짓에 빠져 있고, 그 거짓이 그들을 어떤 식으로든 노예로 만든다.
12% 촉발 사건	거짓에 맞서기 위해 진실을 이용하라는 요구를 받는다	주인공이 처음으로 중심 갈등에 직면할 때 모험의 부름은 주인공의 진실에 대한 직접적인 도전을 겪게 한다. 이때 문제는 주인공이 세상의 거짓에 맞서 진실을 행동에 옮기도록 설득할 수 있는가이다.
25% 첫 번째 플롯 지점	세상이 거짓을 강요하려 한다	주인공이 중대한 선택에 직면하고, 그 과정에서 적대 세력이 주인공이나 다른 사람들에게 거짓을 강요하려 한다. 주인공은 거짓을 위해 자신의 진실을 포기하기를 거부하며 돌아갈 수 없는 문을 통과한다. 그리고 어쩔 수 없이 1막의 정상 세계를 떠나 주요 갈등이 벌어지는 2막의 모험의 세계로 들어간다.

2막(25~75%)

37% 첫 번째 병목 지점	진실이 거짓을 이길 수 있을지 확실치 않다	주인공이 진실을 이용해 적대 세력의 거짓의 힘에 맞서 고군분투한다. 주인공은 자신의 진실로 거짓을 이길 수 있을지 의심하게 되고, 그 결과 그것이 정말 진실인지까지도 의심하게 된다.
50% 중간 지점 (두 번째 플롯 지점)	세상에 진실의 힘을 입증한다	주인공이 굴하지 않고 계속 자신의 진실을 따른다. 주인공이 주변 세상에 진실의 순간을 보여준다. 이때 주인공이 처음으로 진실의 온전한 힘과 순수성을 드러내보일 것이다. 한 명 이상의 중요한 보조 캐릭터가 이로 인해 긍정적이든 부정적이든 영향을 받을 것이다.
62% 두 번째 병목 지점	거짓에 사로잡힌 캐릭터들이 반격한다	주중간 지점에서 주인공이 진실을 강하게 드러내보이자, 거짓에 사로잡힌 캐릭터들은 거짓을 더 완강하게 밀어붙이고 거짓을 이용해 주인공과 진실에 가공할 만한 반격을 시작한다.

3막(75~100%)

75% 세 번째 플롯 지점	겉으로는 거짓이 이기는 것처럼 보인다	적대 세력의 거짓에 사로잡힌 전략이 외적 갈등에서 주인공이 패배하는 것처럼 보일 정도까지 주인공을 강타한다. 보조 캐릭터들이 계속 거짓을 온전히 거부하는 것을 거절하기 때문에 주인공이 '바닥의 순간'에 직면한다. 진실을 계속 받아들인다면 주인공은 자신이 희생하게 될 진정한 위험과 마주해야 한다. 압도적으로 불리함에도 주인공은 진실에 대한 신념을 다시 확인한다.
88% 절정	진실과 거짓이 마지막으로 대립한다	주인공이 자신이 원하는 것을 얻을 수 있을지 결정짓기 위해 적대 세력과 마지막 대립을 시작한다. 그녀가 진실을 의식적으로 확실히 받아들이고 행동한다.

98% 절정의 순간	진실이 거짓을 이긴다	주인공은 흔히 긍정적으로 바뀐 보조 캐릭터들의 도움을 받아 적대 세력을 이기기 위해 진실을 이용한다. 그리고 자신이 원하는 것과 필요한 것(평탄한 아크에서는 주인공이 언제나 진실을 이해하기 때문에 보통 두 가지가 같다)을 얻기 위해서도 진실을 이용한다.
100% 해결	새로운 진실이 힘을 부여한 정상 세계로 들어간다	주인공이 새로운 정상 세계로 들어간다. 그곳은 주인공의 행동 덕분에 진실로부터 힘을 부여받는다.

세 가지
부정적 변화 아크

이야기는 변화에 관한 것이다. 그 변화는 희망을 갖거나 심지어 영웅적이기까지 한 사람들이 주도하는 긍정적 변화일 수 있다. 하지만 그 변화는 세 가지 부정적 캐릭터아크(환멸 아크, 하강 아크, 부패 아크)에서 보듯이 인간의 가장 어두운 충동과 무지가 주도하는 부정적 변화일 수도 있다.

표 4. 환멸 아크		
캐릭터가 거짓을 믿는다 ⇒ 거짓을 극복한다 ⇒ 새로운 진실이 비극적이다		
1막(1~25%)		
1% 낚시 요소	안락한 정상 세계에서 거짓을 믿는다	주인공이 기존의 정상 세계에서 지금까지 필요하거나 잘 작동하는 것으로 증명된 거짓을 믿는다. 그 세계는 안락하고 만족스럽다.
12% 촉발 사건	거짓이 사실이 아니라는 첫 번째 암시가 등장한다	주인공이 주요 갈등에 처음 직면할 때 모험의 부름에서는 더 이상 거짓이 예전처럼 효과적으로 주인공에게 도움이 되지 않을 것이라는 미묘한 암시가 처음으로 등장한다.
25% 첫 번째 플롯 지점	모험 세계에서 냉혹한 진실에 완전히 몰입한다	주인공이 중대한 선택에 직면한다. 그 선택 과정에서 거짓이 지배하는 1막의 안락한 '예전 방식들'이 주요 갈등의 새로운 위험을 해결하는 데 효과가 없다는 것을 스스로 드러낸다. 주인공은 돌아갈 수 없는 문을 통과하면서 어쩔 수 없이 2막의 주요 갈등이 벌어지는 모험 세계로 들어간다. 그리고 그곳에서 냉혹하고 고통스러운 새로운 진실을 맞닥뜨린다.
2막(25~75%)		
37% 첫 번째 병목 지점	거짓을 이용한 대가로 처벌받는다	주인공이 거짓을 이용한 대가로 '처벌'받는다. 정상 세계에서 주인공은 거짓을 이용해 자신이 원하는 것을 얻을 수 있었다. 하지만 모험 세계에서는 더 이상 이러한 사고방식에 따라 행동할 수 없다. 1막의 전반부 내내 주인공은 목표에 도달하기 위해 거짓에 기초한 예전의 사고방식을 이용하려 애쓸 것이다. 하지만 상황이 실제로 어떻게 돌아가는지 알아내기 전에는 실패했다는 이유로 '처벌'받을 것이다.

50% 중간 지점 (두 번째 플롯 지점)	어쩔 수 없이 진실에 직면하지만 진실을 받아들이려 하지 않 는다	주인공이 (흔히 플롯에 기초한 외적 갈등이 드러남과 동시에) 주제 와 관련된 진실을 대면하는 진실의 순간을 맞이한다. 이때 주인공은 처음으로 진실과 진실의 힘을 의식적으로 알아차린다. 하지만 그는 이 암울한 새로운 진실이 초래할 수도 있는 결과 때문에 두려워한다. 주인공은 더 이상 진실을 부정할 수 없지만, 진실을 온전히 받아들이 거나 비교적 훌륭한 이전의 거짓을 포기하지 않으려 한다.
62% 두 번째 병목 지점	이전의 거짓 때문에 좌절감이 커지고 새 로운 진실 때문에 환 멸이 커진다	주인공은 어쩔 수 없이 실제 세계에서 거짓이 유용하지 않은 일들이 지속적으로 많아지는 상황에 처한다. 거짓의 한계 때문에 주인공이 점점 더 좌절한다. 결국 주인공은 불쾌한 진실을 받아들이기 시작한 다. 주인공이 자신이 원하는 것에 도달하기 위해 진실을 이용한 대가 로 '보상'받기 시작하면서도 새로운 세계관에 심한 환멸을 느낀다.

3막(75~100%)

75% 세 번째 플롯 지점	안락한 거짓은 이제 전혀 존재하지 않음 을 받아들인다	주인공이 반박할 수 없는 '바닥의 순간'에 직면한다. 그 순간 그는 더 이상 암울한 진실이 사실이 아니라고 자신을 속일 수 없다. 그는 새 로운 진실을 받아들여야 한다. 또한 예전의 안락한 거짓이 이제 전혀 존재하지 않는다는 사실도 인정해야 한다.
88% 절정	마지막 대결에서 암 울한 새로운 진실을 행한다	주인공이 자신이 원하는 것을 얻을 수 있을지를 결정짓기 위해 적대 세력과 마지막 대결을 시작한다. 그 직전이나 그 과정에서 주인공은 암울한 새로운 진실을 의식적으로 확실히 받아들이고 행동한다.
98% 절정의 순간	진실을 온전히 인정 한다	주인공은 진실이 자신에 관해, 자신에게 필요한 것을 얻기 위한 갈등 에 관해 가르쳐 준 모든 것과 진실을 이용한다. 진실의 특성에 따라 주인공이 원하는 것을 얻을 수도 있고, 자신의 대의를 위해 원하는 것을 희생해야 한다는 것을 깨달을 수도 있다. 그 결과 주인공은 적 대 세력과의 갈등을 확실하게 끝내버린다.
100% 해결	새로운 진실에 환멸 을 느낀다	주인공이 새로운 정상 세계로 들어가거나 원래의 정상 세계로 돌아 간다. 하지만 진실을 알기 때문에 주인공의 눈빛은 지쳐 있다.

표 5. 하강 아크
캐릭터가 거짓을 믿는다 ⇒ 거짓에 매달린다 ⇒ 새로운 진실을 거부한다 ⇒ 더 나쁜 거짓을 믿는다

1막(1~25%)

1% 낚시 요소	거짓을 믿는다	주인공이 기존의 (흔히 파괴적인) 정상 세계에서 지금까지 필요하거나 잘 작동하는 것으로 증명된 거짓을 믿는다.
12% 촉발 사건	거짓이 구원하거나 보상해주지 않을 것이라는 첫 번째 암시가 등장한다	주인공이 주요 갈등에 처음 직면할 때 모험의 부름에서는 주인공의 현재 상황에서 더 이상 거짓이 예전처럼 효과적으로 주인공을 보호하거나 보상해주지 않을 것이라는 미묘한 암시가 처음으로 등장한다.
25% 첫 번째 플롯 지점	거짓이 전혀 효과가 없고 진실을 향해 나아가게 한다	주인공이 중대한 선택에 직면한다. 그 선택에서 거짓이 지배하는 1막의 '예전 방식들'이 주요 갈등의 새로운 위험을 해결하는 데 효과가 없다는 것을 스스로 드러낸다. 주인공은 예전의 거짓과 새로운 진실 중에서 선택할 수 있다. 주인공은 돌아갈 수 없는 문을 통과하면서 진실을 향해 나아간다. 그로 인해 어쩔 수 없이 1막의 정상 세계를 떠나 주요 갈등이 벌어지는 2막의 모험 세계로 들어간다.

2막(25~75%)

37% 첫 번째 병목 지점	진실을 향한 반쪽짜리 시도 덕분에 절반의 효과만 얻는다	주인공이 원하는 것을 얻기 위한 수단으로 진실을 행하려 하지만 진실에 대한 이해나 열정이 부족하다. 예전의 거짓이 더 이상 유용한 사고방식이 아니며, 소극적으로 시도하는 진실 역시 절반의 효과만 얻게 되는 어중간한 지점에 갇힌다.
50% 중간 지점 (두 번째 플롯 지점)	진실을 깨닫고 진실을 거부하며 더 나쁜 거짓을 선택한다	주인공이 (흔히 플롯에 기초한 외적 갈등이 드러남과 동시에) 주제와 관련된 진실을 대면하는 진실의 순간을 맞이한다. 이때 주인공은 처음으로 진실의 온전한 힘과 기회를 의식적으로 알아차린다. 하지만 진실을 따르려면 자신을 온전히 희생해야 한다는 사실도 알게 된다. 그녀는 희생하지 않으려고 진실을 거부하고, 예전보다 더 나쁜 거짓을 받아들이기로 한다.
62% 두 번째 병목 지점	거짓이 효과는 있지만 파괴적이다	주인공이 결과는 신경 쓰지 않고 거짓을 잘 행해 자신이 원하는 것으로 향해가는 데 거짓이 효과적이라는 사실을 알게 된다. 하지만 주인공이 플롯 목표에 가까워질수록 거짓이 주인공 자신은 물론 주변 세상에 더 파괴적인 영향을 준다.

3막(75~100%)

75% 세 번째 플롯 지점	원하는 것과 필요한 것을 얻는 데 모두 완전히 실패한다	주인공이 '바닥의 순간'에 직면한다. 그 순간 자신이 원하는 것을 얻는 데 완전히 실패한다. 이 실패는 2막 후반부에서 주인공의 거짓이 초래한 피해가 축적되어 나타난 직접적인 결과다. '목표'에 도달하기 전에 '수단'이 주인공을 붙잡았다. 하지만 거짓의 파괴적 힘을 보여주는 모든 증거를 확인하고도 주인공은 여전히 뉘우치거나 진실로 돌아서는 것을 거부한다.

88% 절정	원하는 것을 지키기 위해 최후의 시도를 한다	주인공은 적대 세력과의 마지막 대결을 시작하자마자 자신이 원하는 것을 지키려는 마지막 시도로 거짓을 더 완강하게 밀어붙인다.
98% 절정의 순간	완전히 파멸한다	내적 갈등과 외적 갈등 모두에서 거짓 때문에 심각한 손상을 입은 주인공은 자신이 원하는 것을 얻을 수 없다. 또는 얻더라도 그것이 자신에게 쓸모없다는 것을 알게 될 뿐이다. 대신 주인공은 완전히 개인적 파멸에 굴복한다.
100% 해결	선택한 결과의 여파에 직면한다	주인공은 자기가 선택한 결과의 여파에 직면해야 한다. 주인공은 결국 피할 수 없는 진실을 받아들일 수 있지만 이미 소용없다. 또는 진실을 모르는 채 선택의 결과를 감당하도록 남겨질 수도 있다.

표 6. 부패 아크
캐릭터가 진실을 본다 ⇒ 진실을 거부한다 ⇒ 거짓을 받아들인다

1막(1~25%)

1% 낚시 요소	진실을 이해한다	주인공이 주제와 관련된 진실을 허용하거나 심지어 권장하는 정상 세계에 산다. 그 결과 주인공은 진실을 이해한 상태로 시작한다.
12% 촉발 사건	거짓의 첫 번째 유혹이 등장한다	주인공이 주요 갈등에 처음 직면할 때 모험의 부름에서는 거짓이 진실보다 주인공에게 도움이 될 수도 있다는 미묘한 유혹이 처음으로 등장한다.
25% 첫 번째 플롯 지점	묘한 매력이 있는 거짓의 모험 세계로 들어간다	주인공이 중대한 선택에 직면한다. 그 선택에서 1막의 안전하고 진실에 기초한 정상 세계를 떠나 2막의 묘한 매력이 있고 거짓에 기초한 모험 세계로 이끌려 들어간다. 주인공이 위험을 깨닫지 못하고(또는 어떤 결과가 있을지 예상했다고 믿고) 유혹에 빠져 돌아갈 수 없는 문을 통과한다.

2막(25~75%)

37% 첫 번째 병목 지점	진실과 거짓 사이에서 갈등한다	주인공이 예전의 진실과 새로운 거짓 사이에서 갈등한다. 거짓이 주인공을 원하는 것으로 더 가까이 데려가며 효과를 입증한다. 하지만 주인공은 예전의 신념과 세상에 대한 이해에서 점점 멀어진다는 것을 깨달으면서 내적 갈등을 겪는다.
50% 중간 지점 (두 번째 플롯 지점)	진실을 완전히 거부하지 않은 채 거짓을 받아들인다	주인공은 힘이 최대인 거짓을 직면하는 진실의 순간을 맞이한다. 주인공은 거짓이 없으면 자신이 원하는 것을 얻을 수 없다는 사실을 인정한다. 주인공이 아직 진실을 의식적으로 완전히 거부할 마음은 없지만 거짓을 온전히 받아들이기로 결심한다.
62% 두 번째 병목 지점	진실이 요구하는 희생에 저항한다	주인공이 거짓을 이용한 대가로 '보상'받는다. 주인공이 중간 지점에서 배운 사실들을 기반으로 적대 세력과 싸운다. 그리고 자신이 원하는 것을 향해 가면서 거짓에 기초해서 행동하기 시작할 것이다. 진실은 주인공이 기꺼이 내줄 수 없는 희생을 요구하며 주인공을 끌어당긴다. 주인공은 점점 단호하게 진실을 거부하기 시작한다.

3막(75~100%)

75% 세 번째 플롯 지점	거짓을 온전히 받아들인다	주인공이 진실을 완전히 거부하고 거짓을 받아들인다. 주인공이 이에 따라 행동하면서 주변 세계에(그리고 그는 인정하기를 거부할지라도 자신에게 도덕적으로) '바닥의 순간'을 만든다. 주인공은 이제 자신이 거짓을 받아들인 보상으로 여기는 것을 대가로, 진실을 거부한 결과를 알면서도 기꺼이 받아들이려 한다.
88% 절정	원하는 것을 얻기 위해 마지막 노력을 한다	주인공이 자신이 원하는 것을 얻을 수 있을지 결정짓기 위해 적대 세력과 마지막 대결을 시작한다. 주인공은 진실의 방해를 받지 않고 플롯 목표를 향해 가차없이 밀고 나간다.

98% 절정의 순간	도덕적으로 실패한다	주인공은 자신이 원하는 것을 얻기 위해 거짓이 자신에게 가르쳐준 모든 것과 거짓을 이용한다. 그는 원하는 것을 얻고 자신의 행동이 초래한 악을 계속 분별하지 못할 수도 있다. 또는 원하는 것을 얻지만, 그것이 자신이 희생한 만큼의 가치는 없다는 사실을 깨닫고 큰 충격만 받을 수도 있다. 또는 원하는 것을 얻지 못하고 거짓을 위해 자신을 희생한 것이 헛된 일이었다는 깨달음에 큰 충격을 받을 수도 있다. 어느 쪽이든 주인공은 적대 세력과의 갈등을 확실하게 끝내버린다.
100% 해결	선택한 결과의 여파에 직면한다	주인공은 자기 선택한 결과의 여파에 직면해야 한다. 주인공은 거짓을 거부하고 자신의 실수를 인정하며 결과를 받아들일 수도 있다. 또는 자신의 목표를 달성하기 위해 거짓을 계속 사용하겠다는 의도를 태연하게 밀고 나갈 수도 있다.

★★★

말할 필요도 없이 이러한 캐릭터아크들을 다양하게 변형할 수 있다. 당신도 여기 소개한 이 다섯 가지 캐릭터아크를 발견하고 숙달할 수 있다면 독자들이 공감할 수 있는 글을 쓸 수 있는 강력한 능력을 얻게 될 것이다.

참고문헌

Bird, Matt, "Parallel Characters in Sunset Boulevard," http://www.
secretsofstory.com/2013/11/rulebook-casefile-clones-in-sunset.html

Gardner, John, *The Art of Fiction*, Random House, Inc., 1983(존 가드너, 《소
설의 기술》, 교유서가, 2018).

Franzen, Jonathan, *Light the Dark*, edited by Joe Fassler, Penguin Books,
2017.

Hauge, Michael, *Writing Screenplays That Sell*, Collins Reference, 2011.

Maisel, Eric, *A Writer's Space*, Adams Media, 2008(에릭 메이젤, 《글쓰기의 태
도》, 심플라이프, 2019).

Margulies, David, *The Writer*, October 2015.

McKee, Robert, *Story*, HarperCollins, 2010(로버트 맥키, 《Story: 시나리오 어떻
게 쓸 것인가》, 민음인, 2002).

Phillips, Melanie Anne; Huntley, Chris, *Dramatica*, Write Brothers Press,
1999.

Truby, John, *The Anatomy of Story*, Faber and Faber, Inc., 2007(존 트루비,
《스토리 마스터 클래스》, 2024, 한스미디어).

Truby, John, "Truby Rates the Oscar Hopefuls – 2016," https://truby.com/
truby-rates-the-oscar-hopefuls/

옮긴이 **박상미**

고려대학교 국어국문과를 졸업하고 오랫동안 출판 편집자로 일했다. 글밥아카데미 수료 후 현재
바른번역 소속 번역가로 활동하고 있다. 옮긴 책으로 《가족, 사랑할 수 있을 때 사랑하라》가 있다.

강렬한 울림을 주는 이야기 주제 잡는 법

초판 1쇄 인쇄 2024년 8월 14일
초판 1쇄 발행 2024년 8월 20일

지은이 K.M. 웨일랜드 **옮긴이** 박상미
펴낸이 김종길 **펴낸 곳** 글담출판사 **브랜드** 아날로그

기획편집 이경숙·김보라 **영업** 성홍진
디자인 손소정 **홍보** 김지수 **관리** 이현정

출판등록 1998년 12월 30일 제2013-000314호
주소 (04029) 서울시 마포구 월드컵로 8길 41(서교동)
전화 (02) 998-7030 **팩스** (02) 998-7924
페이스북 www.facebook.com/geuldam4u **인스타그램** geuldam
블로그 http://blog.naver.com/geuldam4u

ISBN 979-11-92706-26-9 (03800)

* 책값은 뒤표지에 있습니다.
* 잘못된 책은 구입하신 곳에서 바꾸어 드립니다.

글담출판에서는 참신한 발상, 따뜻한 시선을 가진 원고를 기다리고 있습니다.
원고는 글담출판 블로그와 이메일을 이용해 보내주세요. 여러분의 소중한 경험과 지식을 나누세요.
블로그 http://blog.naver.com/geuldam4u 이메일 to_geuldam@geuldam.com